Ida Ding

Hendlmord

Ein Starnberger-See-Krimi

Mit Illustrationen
der Autorin

Rowohlt Taschenbuch Verlag

*Für meinen Muggerl,
den Thomas*

2. Auflage März 2014

Originalausgabe
Veröffentlicht im Rowohlt Taschenbuch Verlag, Reinbek
bei Hamburg, Februar 2014
Copyright © 2014 by Rowohlt Verlag GmbH,
Reinbek bei Hamburg
Umschlaggestaltung yellowfarm gmbh, Stefanie Freischem
(Abbildung: plainpicture/neuebildanstalt/
Wilken; Markus Gann, Vojtech Beran/shutterstock.com;
Robert Biedermann/123RF.de; nortivision/Fotolia.com)
Innenillustrationen Copyright © Ida Ding
Satz aus der Dolly PostScript, InDesign
Gesamtherstellung CPI books GmbH, Leck
Printed in Germany
ISBN 978 3 499 22862 9

Unter uns gesagt, also ganz unter uns, wenn es den Nepomuk Halbritter nicht gäbe, wären alle längst durchgedreht. Eigentlich sollte der von der übrigen Welt, samt Traktor Königstiger, ausgeliehen werden, der könnte so manches Chaos zum Stillstand bringen, so eine Ruhe, wie der hat. Nur manchmal, da wird sogar er narrisch –

Die Mama aus dem Off

Auftakt

Wie ich mit Vollgas die Pöckinger Dorfstraße hinaufbrettere und beim Linderlhaus abbiegen will, winken mir die Senioren von *Gemeinsam Dabeisein*. Sie stehen nicht wie sonst bei ihrem Treff im Alten Rathaus, sondern vis-à-vis vor der verrammelten Hendlbude und warten auf ihren Reiseproviant. Sogar die Kirchbach Gretl, die Mesnerin, wedelt überschwänglich mit den Patschhänden. Ich dachte, die ist mir immer noch beleidigt, wegen dem Notfall bei der Beerdigung von ihrem Mann, dreißig Jahre oder länger ist das her. Ich war Ministrant damals und musste so dringend, kurz vorm Zerreißen, da habe ich mich während dem Vaterunser mit gekreuzten Beinen zum Nachbargrab vorgeschleppt, über das Weihwasserbecken gestellt und reingepieselt. Wegen meinem langen Ministrantenrock sieht das keiner, hab ich geglaubt. Aber es war eine ganze Limo, die da durch mich durchgerauscht ist. Geschäumt und übergeschwappt ist es. Das Rinnsal hat sich zwischen dem Kies bis vor die Schuhe von der Kirchbach Gretl durchgeschlängelt, und seitdem ignoriert sie mich.

Ob das Gewinke überhaupt mir gilt? Ich drehe mich um, entdecke niemanden und grüße zurück. Warum hat der Hendlwickerl das Visier seiner Bude eigentlich noch nicht hochgeklappt, wo doch sein Jeep, wie immer am Mittwoch, danebensteht? AL für Aigner Ludwig, so lautet sein Kennzeichen. Also muss er doch da sein! Und da fällt mir auf, dass ich auch noch gar nichts gerochen hab. Sonst steigt dir dem Wickerl seine Marinade schon am Ortseingang in die Nase und zieht dich wie ein Magnet die Straße hinauf. Wie ich mich noch wundere, braust von hinten ein Krankenwagen heran. Mit dem Lenkknopf kurble ich eine Neun, lasse ihn vorbei und steige bei den Senioren ab.

Mir pressiert's gerade ein wenig, deshalb ziehe ich nur die Handbremse und lasse den Tiger laufen. Gleich schnattern die Alten los: Sie wüssten auch nicht, warum noch zugesperrt ist, und ich soll doch mal nachschauen. Meinetwegen. Ich kenne mich aus, vor kurzem hab ich dem Wickerl eine neue Theke eingebaut. Der Türgriff der Bude fettelt, und ich rutsche ab. Beim Hendlbraten hat der Wickerl ja nicht immer gleich ein Tuch parat, weil er sowieso nicht weiß, wo zuerst hinlangen, wenn ein jeder was von ihm will, dass du glaubst, die Nachkriegszeit ist nie zu Ende gegangen. Ich wische mir die Hände an der Hose ab, packe noch mal fester zu und reiße an der Plastiktür mit den runden Ecken. Endlich, nach wildem Gezerre, lockert sich der Alurahmen, und das Gestänge gibt nach. Ich weiß auch nicht, mit was ich gerechnet hab: auf jeden Fall nicht mit dem, was ich in der Bude zu sehen kriege. Was sage ich «kriege». Eine Belohnung war das nicht, eher ein Schock. Aber zuerst steigt mir drinnen die kalte Marinade in die Nase. Würzig. Paprika, Estragon, Rosmarin, Thymian. Hendlgrillen ist eine Wissenschaft für sich, hat der Wickerl gesagt, als er mir das mit der Petersilie verraten hat. Kein großes Geheimnis, es weiß trotzdem nicht jeder. Das Küchenkraut sorgt für saftiges Fleisch und Aroma, wenn die Gerupften ihre Runden in der Hitze drehen. Der Wickerl war mal Spießer auf dem Oktoberfest, bevor er sich mit einem eigenen Wagen im Landkreis Starnberg selbständig gemacht hat. Na ja, selbständig ist zu viel gesagt, der Imbiss gehört zwar ihm, aber die Hendl liefert eine tschechische Großmästerei. Wenn ich da an meine Augsburger mit ihren schönen schwarz glänzenden Federn denke, wie gut es denen im Vergleich geht. Würmer picken, Löcher scharren, brüten, davon konnten die eingepferchten Kollegen aus dem Osten nur träumen.

Erst ist es dunkel hier drinnen. Ich rutsche auf irgendwas Pappigem aus, halte mich am Senfkübel fest, der kippt, etwas klatscht auf den Boden. Licht fällt von draußen rein. Direkt auf die Spieße, die dem Wickerl aus dem Rücken raustehen und sein Inneres nach außen gebracht haben. Nix Petersilie, so viel steht fest. Ich stehe in der Matsche und will mir die Augen reiben, ob ich nicht träume, aber ich kann mich keinen Zentimeter rühren.

«Was ist, Muck, was bist du denn jetzt so mucksmäuschenstill?», ruft von draußen der Rossi von seinem Rollstuhl aus und reißt mich aus meiner Starre. Schnell präge ich mir alles ein, wanke rückwärts raus und schlage die Tür fest zu. Nicht dass noch einer von den Rentnern in Ohnmacht fällt. Fast zwick ich dabei der Pflaum Burgl und der Müller Ayşe die Nasen ab, wo sie doch schon halb im Wagen stehen, als wenn Tag der offenen Tür wäre.

Draußen hole ich erst einmal tief Luft. «Heute müsst ihr leider mit Fischsemmeln auskommen», sage ich dann. Ein lautes Murren geht durch die Reihe. «Weil, dem Wickerl geht's nicht gut.»

In der Schaltzentrale
1.

Manchmal passiert nichts bei uns. Also überhaupt nichts, da denke ich, ich bin in einer Geisterstadt oder so einem militärischen Sperrgebiet, wo ein Pfurz* eine Sprengung auslöst. Aber dann gibt es Tage wie heute, da geschieht so viel auf einmal, dass du glaubst, Pöcking ist die Schaltzentrale für die ganze Welt. Aber der Reihe nach. Wobei eine Reihe herzustellen gar nicht so leicht ist. Vor fünf Stunden ist nämlich auf der Wiese vor unserem Hof, der am Waldrand hoch überm Starnberger See liegt, schon mal eine Bluttat geschehen.

Zuvor steht die Emma neben unserem Bett und reißt mich aus dem Tiefschlaf mit ihrem Geheul. «Es blitzt und brennt, Papa, schnell.»

Ich rumple aus meinem Dauertraum auf, schau zum Fenster und warte kurz, bis ich in der Morgendämmerung überhaupt was erkennen kann. Von einem Gewitter ist nichts zu sehen, stattdessen höre ich nur das ferne Dröhnen von der Umgehungsstraße. «Das war bestimmt nur ein Flieger auf dem Weg nach München», will ich sie beruhigen und knipse die Nachttischlampe an.

---

* Für alle Nicht-Bayern gibt es ein Glossar mit bayerischen Ausdrücken am Ende des Romans. Nicht dass jemand denkt, hier liegt ein Tippfehler vor. Es heißt tatsächlich Pfurz und nicht Furz.

Emma schnieft, barfuß, im Nachthemd. «Und die Oma Anni war auch wieder da.»

Meine Mama geistert zwar noch durch meine Träume, obwohl sie seit fünf Jahren das Irdische hinter sich gelassen hat, aber dass sie im Zimmer unserer Tochter herumspukt, ist mir neu. «Die Oma lebt nicht mehr», sage ich zur Emma. «Sie ist längst im Himmel, wirklich.» Ich zweifle selber ein bisschen daran, denn wenn sie droben so weitermacht wie hier unten, ist sie auf dem Weg ins Paradies bestimmt von jemandem aufgehalten worden. Meist hab ich als Bub Stunden auf mein Wurstbrot gewartet, weil sie unterwegs wen getroffen hat, von dem sie den Namen zwar nicht gleich gewusst hat, den sie aber trotzdem sofort in ein Gespräch verwickelt hat. «Sie sind doch der Herr Ding, oder?» Einkaufen war wie Urlaub für meine Mutter. Deshalb musste sie auch mehrmals am Tag ins Dorf. Und obwohl sie zu Hause auf unserem Kanapee gestorben ist, stelle ich mir ihre Himmelsauffahrt immer in der Dorfmitte an dem steilen Berg vor. Da, wo rechts die Metzgerei, der Bäcker und die Sparkasse sind und links der Bioladen, die Apotheke, Michaelas Haarstüberl und so ein Kleidergeschäft, in dem ich aber noch nie drin war, deshalb fällt mir der Name jetzt auch nicht ein.

«Die Oma war aber da.» Emma stampft mit dem Fuß auf. Kohl, das Stoffschaf, das sie überallhin mitschleppt, rutscht ihr aus dem Arm. Sie hat es Kohl genannt, weil ich ihr mal erklärt habe, dass du Schafe, wie Babys auch, nicht mit Kohl füttern sollst. Bauchwehgefahr, der Name als Warnung.

Ich fang Kohl auf und ziehe Emma am Arm her. «Na gut, dann leg dich zu uns rein.» Das lässt sie sich nicht zweimal sagen. Sie hüpft ins Doppelbett, kriecht unter die Decke, aus der das nächtliche Betäubungsgas, ein Bohnen-Zwiebel-Gemisch, aufsteigt, und schläft, noch bevor sie die Matratze berührt. Als ich die Lampe ausschalte, höre ich die Haustür unten, ein leises Klicken, und dann das Knarzen der Treppenstufen. Kein Wunder, dass Emma Gespenster sieht. Unser Sohn Emil schleicht sich herauf und verschwindet mit einem leisen Türquietschen in seinem Zimmer. Wo treibt sich der Bub bloß die ganze Nacht herum? Ich werde ihn mir später, vielleicht, ganz bestimmt, mal vorknöpfen.

Wie hätte mein Vater das gelöst, wenn ich damals, wie Emil jetzt, mit fünfzehn die ganze Nacht weggeblieben wäre? Ich wälze mich erst auf die eine, dann auf die andere Seite.

Bei meinen großen Brüdern jedenfalls, wenn die was angestellt hatten und meine Mutter eine Bestrafung verlangte, hat er nur «Ja mei» gesagt. «Da kannst du nichts machen, so sind sie halt, die Buben.» Dann hat er mit den Schultern gezuckt und den Flaschenöffner herabgezogen, der bei uns an einer Schnur von der Küchenlampe baumelte. Kaum denke ich an meinen Vater, taucht das Blinken in meinem Hirn auf, egal, wie fest ich die Augen zusammenpresse. Seit Jahren geht das so, ich kann's nicht abstellen. Mal stärker, mal schwächer, sehe ich es überall, als hätte jemand eine Warnleuchte in mein Hirn geschraubt. Ich versuche mich mit anderen Sachen abzulenken, zu tun gibt es genug. Abgesehen von den Leuten im Dorf, denen ich ständig bei irgendwas helfen muss, steht auch bei uns einiges an.

Schafe scheren. Dreißigster Mai, und noch immer schleppen meine Tiere den Wintermantel mit sich herum. Gestern ist die Locke, das Walliser Schwarznasenschaf mit den Korkenzieherhörnern, gegen einen Pfosten gelaufen, weil sie durch ihre dichten Rastalocken nichts mehr sieht. Und um das Elektrische gehört sich gekümmert. Bei uns *dreht* man noch das Licht an. Die alten Leitungen im Haus stammen noch aus der Zeit, als der Strom erfunden wurde. Sie sind mehr wie morsch, ständig haut's die Sicherung raus. Vor lauter Arbeit versuche ich lieber, an was Schönes zu denken. An meine Glucken, die sind eine Augenweide. Die Glanzgefiederten haben zu brüten begonnen, und wenn alles gut geht, schlüpfen in drei Wochen die ersten Grauschwarzgeflaumten.

«Kannst du auch nicht wieder einschlafen?» Sophie tastet, über Emma hinweg, nach mir. Bei ihr verstehe ich die Aufregung, heute ist ihr erster Tag beim Mord, nach langen Jahren bei den Drogen.

«Versuch, noch ein Stünderl zu schlafen. Ich weck dich, mit einem Kaffee», flüstere ich ihr zu, streichle ihre kleine Hand und rolle aus der Decke. Mein Inneres zwingt mich hinaus und aufs Klo, wo ich vorsorglich das Fenster kippe und dann auf der Schüssel noch etwas weiterdöse. Ich kann mich auch in Ruhe schicken, Blinken hin oder her.

Was ist mit dem Fuggerjakl heute? Schläft der noch? Der kräht doch sonst um die Zeit? Auf einmal reißt es mich. Da draußen, da draußen riecht's nach Blut. Hastig springe ich in die Stallhose, in der noch die lange Unterhose steckt mit den drei Paar Socken dran, zerre meine Wie-raus-so-rein-Schichten (Kurzarmshirt, Langarmshirt, Strickpulli) über den Kopf, laufe die Treppe runter, dann die drei Stufen nach draußen und fahre in die Gummistiefel, die vor der Haustür schon in Gehrichtung stehen. Da drückt was. Ich ziehe den rechten Stiefel wieder aus, schüttle eine Maus heraus. Die wollte mir der Chiller anscheinend zum Frühstück servieren. Am Schwanz schleudere ich den kleinen Leichnam in Nachbars Garten, einem Zugereisten, der sich schon oft über unsere Hühner beschwert hat, schlüpfe wieder in den Stiefel und wanke los. Reste von Nebelschwaden umwabern mich. Vielleicht hat Emma doch recht gehabt mit ihrem Gewitter, und ich hab nur alles verpennt? Das Gras quietscht unter meinen Schritten. Auf der großen Wiese turnt eine Gestalt. Soweit ich den Schattenriss deuten kann, ist das der Fidl, mein Schwiegervater. Er versucht, die Sonne mit seinen morgendlichen Verrenkungen aus der Wolkenwand zu locken. An den Büschen entlang hangle ich mich über den Trampelpfad zum Schneiderberg vor bis zum fahrbaren Hühnerstall, einem einachsigen Bauwagen. Das sieht nicht gut aus, gar nicht gut, direkt schlecht sogar, oje! Der Schreck fährt mir in die Glieder. Die kleine Seitenklappe, der Ausstieg für die Hühner in der Bauwagentür, steht sperrangelweit offen. Ich luge hinein. Das war's dann wohl mit den Augsburgern. Hab ich gestern Abend tatsächlich vergessen, den Stall zuzumachen? Wo hab ich nur mein Hirn abgestellt? Aus ist's mit dem Fuggerjakl, dem schwarzen Gockel mit dem herrlichen Becherkamm. Die vielen Federn verraten, dass er noch versucht hat, seine Hennen zu verteidigen. Aber sein Heldentum hat ihn das Leben gekostet. Nur seine Haxen liegen noch im Stall, die Krallen verkrampft. Zum Heulen wäre es, wenn so ein bisschen Salzwasser was nützen täte. Die Hühnerstangen sind aus den Haltern gehoben, die Eier zerschlagen. Ein Ei liegt in der Ecke, halb verdeckt unterm Heu. Ein zweites scheint auch noch unbeschädigt zwischen zerlaufenen Dottern in einem herausgeworfenen Nest. Und auf ein drittes trete ich fast drauf. Es befindet sich unter einem Hühnerstallrad im Gras. Ich schaue zum Waldrand. Irgendwo dort hockt der Übeltäter und stopft sich mit meinen Lieblingen voll.

Wie rohe Eier trage ich die rohen Eier in meinen Pulli gehüllt zurück zum Haus.

Von seinen Morgenübungen erholt, passt mich mein Schwiegervater ab, mit dem Neunundzwanzigsten, dem abgerissenen

Kalenderblatt in der Hand. «Horch. Kehrt ein Ge..., nein, also geht ein Gerippe in eine Bar...» Jeden Tag das Gleiche. Haspelnd, sich mehrmals verlesend, trägt Fidl den neuesten Witz von der Kalenderblattrückseite vor, auf nüchternen Magen noch, über hundertfünfzig Witze heuer schon, die Jahreshalbzeit naht. «... und sagt: Einen Obstler und einen Wischlappen, bitte.»

Ich kann mich aber gerade nicht zum Lachen zwingen und werfe stattdessen einen Blick auf die drei Leinwände, die zum Trocknen an einem Reifen von seinem alten Daimler-Bus lehnen. Starnberger See mit Roseninsel, dahinter die ganze Bergkette, von der Zugspitze angefangen bis zur Benediktenwand, exakt jeder Baumwipfel und Felsen hingetupft, Fidls Meisterstücke und sein beliebtestes Motiv. Am Dampfersteg, in einem kleinen Kupferdachhäuschen an der Sisi-Schlossmauer, da hat er sein Atelier. Er macht auch Porträtskizzen und bietet seine Gemälde zum Verkauf an. In einem ehemaligen Kiosk, wo es früher Dauerbrezen und Steckerleis gab, verteilt er die Dampfschifffahrtspläne. Außerdem verkauft er gemalte Postkarten vom Sisi-Schloss und den Starnberger See in Öl auf Leinwand und Hartfaserplatten, in allen Größen für zu Hause.

«Drei Bilder in einer Nacht, Respekt! Warst du heute schon in Possenhofen?»

Er schüttelt den Kopf, greift sich tief in den Pulloverkragen, fingert eine Zigarette aus der Packung, die in der Hemdtasche direkt über dem Herzen steckt, und zündet sie an. «Den See und die Berge male ich auswendig, sogar bei Kerzenschein, wenn wieder der Strom weg ist. Nur den Himmel nicht, den muss ich mir abschauen.» Jetzt fällt es mir auf, auf den Bildern spiegeln sich die Wolken im Wasser, mal leicht rosa, mal graubläulich, mal gar nicht, als sei der See zugefroren.

«Gibt's gleich Eier mit Speck?» Fidl deutet mit ölfarbverschmierten Fingern auf mein Pullovernest mit den Überlebenden und leckt sich die Lippen.

«Nichts da. Die brauch ich noch. Die Augsburger sind tot. Ich muss wieder bei null anfangen, weil ich Hornochse gestern vergessen hab, den Stall zuzumachen.» Als ich es ausspreche, fang ich an zu zweifeln. Ich sehe mich doch noch abends, kaum dass es dunkel war, eigenhändig den Hühnerschlupf an der Stallseite zuhaken. Komisch. Oder war das am Montag, also vorgestern? Blöd, dass kein Datum im Gedächtnis dabeisteht. Aber wie ich die Menschheit kenne, so was erfinden die auch noch.

Fidl bläst den Rauch in Richtung Wiese. «Echt? Mir ist nichts aufgefallen, sonst wäre ich schon ausgerückt. Na, bei dem Unwetter hat der Dieb es leicht gehabt.»

«Unwetter? Ich hab nichts gehört.» Prompt muss ich gähnen.

«Deinen Schlaf möcht ich haben. Kurz nach Mitternacht hat's gescheppert, dass ich geglaubt hab, der Russe holt uns doch noch alle.» Fidls Kindheitstrauma: Als Neunjähriger musste er mit seiner Familie aus einem Dorf bei Breslau fliehen.

«Hat es heute Nacht auch geregnet?», frage ich und lenke vom Krieg aufs Wetter über.

«Nicht viel, das war ja das Gruselige. Aber warum lässt du dir das gefallen?»

«Was? Den Regen?»

«Nein, dass dir wer die Hühner klaut. Stell eine Falle auf, und wenn er reintappt, zieh ihm das Fell über die Ohren und mach dir einen Pelzkragen oder einen Schlüsselanhänger draus. Oder sag's besser gleich deinem Spezi.»

«Der Jäger Wolfi ist nicht mein Spezi.»

«Na, dann lass es die Sophie machen, die muss doch sowieso schießen üben. Meinst du wirklich, dass das beim FBI jetzt das Richtige für sie ist?»

«FFB, Fidl.» Ich weiß nicht, ob er die Abkürzung für Fürstenfeldbruck absichtlich falsch sagt oder wieder mal nur mir gegenüber betonen will, was er von Sophies Wechsel zur Mordkommission hält. Darüber mit seiner Tochter selbst zu sprechen traut er sich nicht, aus Angst, dass sie ihm über den Mund fährt. Mit einem Meter einundfünfzig Kriminalkommissarin? Warum nicht. So ein Mörder fühlt sich unbeobachtet, und schwupp, schnappt Sophie ihn bei den Weichteilen.

«Die Versetzung weg von der Drogenfahndung war allein Sophies Entscheidung, und ich respektier sie», erkläre ich ihm zum wiederholten Mal. Wenn's sein muss, baue ich meiner Frau auch in die Mordkommission einen passenden Stuhl mit Fußablage hinein, damit ihr die baumelnden Beine nicht einschlafen.

Mir fällt was ein. «Leihst du mir deinen Tombolagewinn?»

«Welchen? Den Tischkicker oder die Trockenhaube?»

«Nein, diese Heizfußmatte, wenn du die noch hast?»

«Klar, die ist sogar noch originalverpackt. Ich schenk sie dir, ich vertrag so Grusch mit meinen Schweißfüßen sowieso nicht.» Fidl steigt in den Bus, zieht unter seiner Schlafcouch ein Paket hervor und steckt es mir in die Armbeuge. «Also dann, ich muss heute früher los.»

«Was? Gerade wolltest du doch noch Eier mit Speck, und jetzt frühstückst du nicht mal?»

«Später. Die Alten warten auf mich.» Er tritt die Zigarette aus, streicht sich eine der letzten Haarsträhnen über die Kopfhaut, verschmiert Farbe in die Stirnfurchen und schiebt sich das Franzosenkappi zurecht. «Ich hab beim Malen schon eine Kanne Tee getrunken und den Rest Weihnachtsplätzchen darin eingebrockt.» Seinem Atem nach war nicht nur Tee im Tee. Mit seinem Daimler kutschiert mein Schwiegervater regelmäßig die Senioren durch das Fünfseenland und darüber hinaus, als kleines Zubrot neben seiner Kunst. «Und wo geht's heute hin?»

«Topsecret.» Er zwirbelt seinen Schnurrbart und zwinkert mir zu. «Ich erfahr es immer erst unterwegs.»

In der Küche stecke ich den Toaster aus, drapiere mit der Heizmatte einen Brutapparat auf der Fensterbank und bette vorsichtig den Rest meiner Hühnerzuchthoffnung darauf. Das Stromkabel reicht nur mit äußerster Spannung von der Steckdose bis zum Fenster. Aber wenn keiner drankommt und der Strom mitmacht, wird's gehen. Zur Not muss ich eine Wärmflasche unterlegen. Danach gehe ich zum Ziegenmelken und füttere alle Tiere. Ich werde sie heute erst nachmittags nach dem Schafescheren auf die Weide lassen. Wieder im Haus, mache ich dem Chiller eine Dose auf, bevor er mir noch Löcher in die Socken beißt. Ich setze mich auf die Kellertreppe, wo ich ihm im Knick einen Fressplatz gebaut habe, und schaue ihm ein paar Minuten zu. Keiner frisst gern allein. Da er mir die Mausausbeute der Nacht vorhin gebracht hat, haut er jetzt gierig rein. Ich streichle ihm den Rücken, bis er sich etwas beruhigt hat und nicht mehr so schlingen muss. Zusammen gehen wir in die Küche zurück. Der Chiller knetet sich sein Kissen auf der Eckbank zurecht, und ich richte mit der frischen Ziegenmilch für die restliche Familie das Frühstück her.

Bis der Kaffee durch die Maschine läuft, der Tisch gedeckt und mein Müsli eingeweicht ist, hat sich die Sophie dreimal umgezogen. «Was meinst du, soll ich das Blaue oder das Graue anziehen?»

Jacke wie Hose, denke ich, gefallen tut mir meine Frau in allem und am besten mit nichts am Leib, aber das hilft ihr jetzt auch nicht weiter. Mit ‹ohne› kann sie ja nicht am ersten Tag bei der Mordkommission aufkreuzen. «Und wenn du gleich in einen weißen Schutzanzug schlüpfst?», schlage ich vor.

«Dich wenn ich was frag.» Sophie reißt sich einen Schal vom Hals, der sie eher gewürgt als gekleidet hat, und stapft ins Schlafzimmer zurück. Ich schmiere die Pausenbrote, bevor ich dann die Kinder aufwecken will. Aber Emil drückt sich schon zur Haustür hinaus. Schleichen kann er. In den Monaten ohne R läuft er, auch bei Regen und Kälte, barfuß und in der kniekurzen Lederhose herum. Von mir hat er das nicht, ich trage auch im Sommer lange Hosen zu meinen Socken, und nur wenn's ganz heiß daherkommt, ziehe ich die lange Unterhose drunter aus.

«Irgendwann stellst du fest, dass man Geld nicht essen kann, außer Schokotaler» steht auf seinem selbstbedruckten T-Shirt.

«Warte.» Ein Blick auf die Uhr, dann hechte ich ihm, samt Brotzeit, hinterher und erwische ihn gerade noch. «Der Schulbus fährt doch erst in einer halben Stunde, was willst du denn so früh dort?» Ich schiebe ihm ein Brot und einen Apfel in seinen Rucksack.

«Da ist hoffentlich keine Leberwurst drauf?»

«Sojamortadella und Gurkenstücke, Emil, ehrlich. Hast du dein Asthmaspray?»

«Ja, Papa.» Er verdreht die Augen. «Ich muss noch schnell wo was machen. Wenn's klappt, dann zeig ich's dir.» Schon rennt er los und lässt mich grübelnd zurück.

Geburtstag hab ich heuer keinen mehr, Vatertag war auch schon, und bis Weihnachten ist es noch ein paar Monate hin.

«Ist aber nicht für dich», ruft er noch, als hätte er in mein Hirn hineingesehen.

Sophie verlässt auch das Haus. Sie trägt das eierschalenfarbene, eng anliegende Kleid mit dem weiten Ausschnitt, das sie sich für Emmas Taufe selbst genäht hat, und wenn ich könnte, würde ich sie sofort noch mal heiraten, wegen der Kurven und so. Ich frage mich allerdings auch, wie sie mit dem engen Rock einem Mörder hinterherjagen will, und nebenbei sorge ich mich, dass sie sich gleich am ersten Tag verkühlt, obenherum.

«Welcher Schafbeutelwascher hat eine Ketchupflasche ins Altpapier geschmissen?» Sie wirft auf dem Weg zu ihrem Auto den Papiermüll in die Tonne und kommt auf mich zu. An ihrem rechten Busen klebt etwas Rotes, aber ich hüte mich, den Mund aufzutun. Außerdem passt der Fleck doch farblich zu ihrer neuen Arbeit. Er wird vielleicht nicht der einzige bleiben. Sollte ich ihr trotzdem etwas Salz zum Rauswaschen mitgeben?

Ich verkneif's mir und frage sie stattdessen: «Hat dir der Emil verraten, was er die ganze Zeit so treibt?»

Sie bleibt kurz stehen und reicht mir einen zerknüllten Zettel. «*Émile? Mais oui,* so allerhand. Hier, ich hab den Rest eines Elternbriefs gefunden. Kümmerst du dich bitte darum? Ich muss los.»

O, là, là, wenn sie den Namen unseres Sohnes französisch ausspricht und damit ihre Herkunft mütterlicherseits raushängen lässt, wird's kritisch.

Sie packt mich an den Ärmeln, zieht mich zu sich runter und küsst mich. Ich küsse zurück und darf sie leider mit meinem Stallgewand nicht umarmen und zerknittern. Danach klettert sie in ihre Isetta. Die hab ich ihr zum Achtunddreißigsten geschenkt, ein Spezi von mir hat sie auf Vordermann gebracht, quasi aus einem Sechzigerjahre-Wrack. Ein paar Startschwierigkeiten hie und da, aber sonst läuft der fahrbare Kühlschrank wie eine Eins.

Ich wünsche meiner Frau einen totenfreien Einstand. «Lass

dich nicht schikanieren von den Großen. Nackert schauen wir alle gleich aus.»

Sophie verzieht den Mund und haut die Fronttür zu.

Wie ich ihr nachschaue, bis sie in der Kurve der Starnberger Straße verschwindet, fällt mir ein, dass ich ihr gar nichts von den Augsburgern gesagt hab. Aber wegen denen wird sie sowieso nicht gleich eine Ermittlung einleiten und nach Feierabend gleich gar nicht. Das muss ich selbst tun, wenn alles andere erledigt ist. Zurück in der Küche, lege ich das Zettelknäuel neben meine Müslischüssel.

Emma kniet auf der Eckbank, immer noch im Nachthemd, und schmiert sich Honig auf eine Brezen. Sie schleckt sich die Finger ab und kratzt sich am Hals.

«Ist der Chiller wieder bei dir im Bett gelegen?», frage ich. «Der gehört doch entfloht.» Sie reibt sich auch an den Armen und Waden. Ich schau mir die Wimmerl an. Nicht im Doppelpack, dicht nebeneinander wie bei Katzenflohbissen üblich, sondern einzelne rote Punkte sind es. Am Hals, an Armen und Beinen und zwei auf der Nase, wie ich sie beim Emil vor ein paar Jahren schon mal gesehen hab. Klarer Fall. «Du hast Windpocken, damit kannst du nicht in die Schule.»

«Ui. Toll. Wie lange nicht?»

«Eine Woche bestimmt.»

Emma stopft sich ein Brezenstück in den Mund und springt auf. «Ich geh raus zu den Hühnern.»

«Äh, bleib lieber da.»

«Wieso, kriegen die Hühner auch Windpocken? Auf oder unter den Federn?»

«Zeig mal her, ob du Fieber hast.» Ich schnappe sie mir, fühle ihr die Stirn und den Nacken und seufze.

«So schlimm?» Sie langt sich selbst an den Kopf.

«Temperatur hast du nicht. Es ist, weil, also du musst es auch deinen Freundinnen sagen, dass es ansteckend ist.»

Nachmittags sind bei uns immer ein Haufen Kinder, da werde ich mir was von den Eltern anhören dürfen, wenn die jetzt alle Windpocken kriegen.

«Ist gut. Wenn wer kommt, schick ich ihn weg.»

«Nein, wenn sie schon da sind, kriegen sie es auch, die Krankheit überträgt sich über den Atem. Ich ruf gleich in der Schule an, dann wissen's alle. Aber was ich dir eigentlich erklären wollt ...» Ich hole Luft. «Also, die Hühner sind fort, äh, also tot. Ich hab vergessen, den Stall zuzumachen, und dann ...»

Emma reißt die Augen auf. «Alle?»

Tränen rollen an ihrer getupften Nase vorbei.

Ich drücke meine Tochter an mich. «Nicht alle. Schau her, diesen drei Eiern hier ist nichts passiert.» Ich zeige aufs Fensterbrett. «Da schlüpfen, wenn wir aufpassen und sie warm halten, spätestens in einundzwanzig Tagen neue Fugger raus.»

«Mir doch egal.» Sie entwindet sich meinem Griff, rennt in ihr Zimmer und knallt die Tür zu.

Ich stochere im Müsli herum. Irgendwie hab ich keinen Hunger mehr. Als ich den ketchupdurchweichten Zettel entfalte, kann ich einige Worte entziffern:

Se...ltern...ruf.de...el.nd...folgt...ussc..uss...einstimmig.... urf.von.Emi.Halbr..Kl..9C...entschieden..Stein....Hammer...immer..ge..alt...Schw.erigk...setzung...1650 EUR...üg...s..uss...8...13.15...zie...fnung.ein...reuen...zahlreich...eiter

Die Worte «Stein», «Hammer» und «zahlreich» stechen mir ins Auge. Ich kratze auf den Flecken herum, reiße so aber nur Löcher ins Papier und kann es danach noch weniger lesen. Mit einem Bleistift versuche ich, die fehlenden Buchstaben zu ergänzen. Was auch immer Emil mit irgendwelchen Steinen oder sonstigem Gerät gemacht hat, nach einer Weile gebe ich auf. Lückentext hab ich schon in der Schule nie leiden können. Wer weiß, ob es dabei überhaupt um unseren Sohn geht, vielleicht haben die im Starnberger Gymnasium noch eine Emilia Halbreich oder so ähnlich?

Das Telefon klingelt, ich springe auf und suche es. Ein Wettlauf mit der Zeit. Beim fünften Klingeln schaltet sich der Anrufbeantworter ein. Der Apparat steckt in einer Klorolle im Bad, als wäre das die Ladestation. Hechelnd gehe ich ran. «Ja ... Halb ... ritter hier.»

«Du musst gleich herkommen.»

Ich atme durch. «Ach, Willi, du bist es. Was gibt's?» Der Pflaum Willi von der Gemeinde, manchmal braucht es ein paar Worte, bis ich raushöre, wer spricht.

«Hör mal, dein Vater, äh, Schwiegervater führt sich auf hier, wenn der so weitermacht, bricht der mir noch zusammen. Er blockiert die Tür, lässt mich nicht mehr aus meinem Büro raus und auch keinen zu mir rein. Dabei erwart ich in Kürze eine neue Bleistiftlieferung.»

Im Hintergrund höre ich den Fidl fluchen. Was sucht der denn im Rathaus, der hat's doch vorhin so eilig gehabt? Ich schaue aus dem Fenster, und mir fällt auf, dass sein Bus noch bei uns im Hof steht. Ist er etwa zu Fuß ins Dorf gestapft?

«Ich bin sofort da. Bis gleich.» Schnell lege ich auf und drücke die Neun, die eingespeicherte Nummer von der Grundschule. Bei denen ist kein Automat dran, wie man erwarten würde, sondern schon die Schulsekretärin, dabei ist es (oder war es, bevor ich hier raufgerannt bin) erst zwanzig nach sieben. Ich kann mir nicht verkneifen, die Frau Mörwald zu fragen, wie's ihr geht. Als ich sie das letzte Mal gesehen hab, war sie hochschwanger. Eigentlich müsste sie längst im Mutterschutz sein. Aber sie erzählt mir, dass sie es zu Hause nicht mehr aushält, die Warterei, drei Wochen über dem Termin, bestimmt hat sich da irgendwer verrechnet, und ich höre mir alles, aber auch absolut alles über die letzten neun Monate an. Dabei gehe ich wieder ins Erdgeschoss, sehe den großen Zeiger unserer Küchenuhr von einer Minute zur nächsten hüpfen. Hoffentlich hält der Pflaum Willi die Schimpferei vom Fidl aus. Das Telefon zwischen Schulter und Ohr geklemmt, spüle ich das Melkgeschirr und stelle es für den Abend bereit.

«Ich weiß einfach nicht mehr, was ich noch anfangen soll», klagt die Frau Mörwald. «Kein Butzerl, das jemals auf die Welt gekommen ist, hat mehr Ausstattung und Behaglichkeit zu erwarten. Einen mit zweifarbiger Seide behängten Stubenwagen, Spielzeug für Mädchen und Junge, Sparbuch, alles. Was hab ich nicht gestrickt, genäht, gestrichen, gebastelt, eingetuppert und Fotoalben vorbereitet. Wenn ich wenigstens schon mal Milch abpumpen könnt.» Sie seufzt. «Zum Lesen hab ich auch keine Lust mehr, der Bücherei fällt kein Roman ein, den ich nicht kenne und der mich in meinem Zustand nicht noch mehr aufregen würd. Jetzt hab ich in meiner Not, Aufregung hin oder her, mit Krimis angefangen, aber nun kann ich überhaupt nicht mehr schlafen, weil ich mich frag, in was für eine Welt mein Kind da hineingeboren wird. Mord und Drogen? Ich hoff, das ist nur Schriftstellerphantasie. Mein Mann ist auch schon ganz narrisch und steht sprungbereit im Halbschlaf in der Arbeit, er will unbedingt bei der Geburt dabei sein. Naja, als Chirurg geht das ja, wenn die Patienten betäubt sind. Seine vier Wochen Urlaub sind lange vorbei, die er extra genommen hat. Jeden Moment könnt's losgehen, aber das Warten, das Warten ist nicht schön. Deshalb bin ich auch hier, im Schulbüro, als ich gehört hab, dass meine Vertretung krank geworden ist. Nun hab ich das Telefon neben mir, mein Handy hat die Kurzwahl von meinem Mann und die vom Krankenhaus, falls die erste Wehe kommt, wenn sie denn jemals kommen sollt. Vielleicht bin ich die Erste, die ihr Kind drinbehält. Haben Sie so was schon mal gehört, Herr Halbritter, also ich mein, dass eine Mutter ihr Kind nicht rausgibt?» Aber bevor ich noch was Gescheites dazu äußern kann, stöhnt sie in den Hörer: «O, au, ich glaub, ui, jetzt aber, das tut, oje, ja Herrschaft, ist das ein Schmerz.» Ich quetsche noch schnell heraus, dass meine Tochter, Emma Halbritter, Klasse 2b, Windpocken hat, da höre ich, wie sie schon mit jemand anderem spricht, und dann tutet es in der Leitung. Aufgelegt. Hoffentlich notiert sie mein Anliegen noch irgendwo, bevor sie entbindet. Oder sollte ich in die Grundschule fahren und ihr helfen? Nein, in so einer großen Einrichtung wird sich doch einer finden, der ihr beisteht. Ich kann nicht überall sein, also schnappe ich mir einen Apfel und klopfe an Emmas Zimmertür. «Ich muss schnell auf die Gemeinde zum Opa Fidl, magst du mit, Traktor fahren?»

Keine Reaktion. Ich rüttle an der Klinke, versperrt.

«Du bist schuld, dass sie tot sind», tönt es aus dem Zimmer.

Schuld. In meinem Hirn blinkt es auf, als hätte jemand auf ein Feuerzeug gedrückt. «Es tut mir leid, Emma. Ich wollte, ich könnte sie wieder lebendig machen.» Mir ist ja selbst schwer ums Herz, wenn ich dran denke.

«Dann mach's doch, versuch es. Du kannst doch alles. Los!»

Ein bisschen hat Emma recht. Ohne dass ich jetzt angeben

will, es gibt kaum was, was ich nicht wenigstens zu reparieren versuche. Einen schiefhängenden Balkon stützen, einen Riss im Haus kitten, einen kaputten Klositz leimen. Nur wenn was halb aufgefressen ist oder ganz fort, kann ich nichts mehr tun. «Es geht leider nicht mehr, Emma, was tot ist, ist nicht mehr zu retten.»

Jedes Schaf hat sein Mäh

2.

Den prominentesten Mord bei uns hat es 1886 gegeben, drei Komma fünf Kilometer Luftlinie am anderen Seeufer drüben. Vom Enzianberg gleich hinter unserem Hof sieht man die Votivkapelle, wo sich unser König selbst den Garaus gemacht hat – falls ihm keiner geholfen hat. Von damals kommt der Begriff *vom anderen Ufer sein*, mit dem sie uns als Kinder für dumm verkauft haben. Er war halt nicht so an Frauen interessiert, der Ludwig. Ständig müssen sie dort drüben an der seichten Stelle, an der er ertrunken ist, ein neues Kreuz ins Wasser reinsetzen, weil das alte wieder als Souvenir abgesäbelt worden ist.

Mord, mich schaudert es direkt bei dem Wort. Davon liest man in der Zeitung oder hört's in den Nachrichten, aber so was passiert nicht in Pöcking, hab ich bisher gedacht. Hier wohnen doch die braven Leute hinter Spitzengardinen oder Lamellensichtschutz. Die alten Bauernhäuser mit ihren zur Straße hin frisch gestrichenen Fassaden tragen noch die alten Hofnamen. Beim Niedermoar, Daunderl oder Topfenweber. Falls es in den letzten Jahren mal einen Pöckinger zerbröselt hat, dann war das eines natürlichen Todes, oder der Mörder kam zumindest von auswärts. Das wird jetzt hier beim Hendlmann nicht anders sein. Bei uns gehen wir uns nicht gegenseitig an die Gurgel, oder doch? Wie ich nach dem Anruf aus der Gemeinde die Dorfstraße hinaufrase, fällt mir das mit den Gerüchen nicht auf. Ich bin hier aufgewachsen, sogar hier geboren, genau wie meine Brüder, auf dem alten Kanapee in unserer Stuben, wo dann auch wiederum unsere Mama ihren letzten Schnaufer getan hat. In der Berufsschule haben sie mich ausgelacht, wenn ich bei Geburtsort und Wohnort zweimal Pöcking reingeschrieben habe, als wüsste ich den Unterschied nicht.

Ich kann eigentlich blind durch Pöcking wandeln und weiß genau, an welcher Einfahrt ich gerade bin. Die drei, vier Großfamilien in unserem Dorf besitzen alle ihren eigenen Mief, der sich nur schwer mit der Neuzeit vermischt. Beim Weck, der alle zwei Jahre sogar unterm Pflaster sauber macht, riecht es anders als in der Dorfschmiede. Bei der Klunker Christl, die das *Geschenkechakra* in der ehemaligen Metzgerei nahe der Dorfmitte betreibt, müffelt es immer noch nach Schlachtabfällen, nur ganz leicht zwar und nur, wenn man eine Nase dafür hat. Obwohl sie den ausgeräumten Laden, als sie ihn übernommen hat, mit einem großen Gong und ein paar Räucherstäbchen neutralisieren wollte. Aber das bekommst du mit keinem Schwengschui oder sonst was weg. In jedem ihrer Duftwasser hängt ein feiner Mettwurst- oder Knöcherlsülzgeschmack. So was kriegst du heute nirgends mehr, außer du kaufst was von der Christl ihrem Charivari und lutschst dran. Mein Eicher Königstiger überdröhnt das Sirren der Bohrer, wie ich beim Schmitter vorbeikomme. Der hat sein Erdgeschoss an einen Zahnarzt vermietet, da weht immer etwas Chemie aus den Fenstern, so ähnlich wie neuerdings beim Seniorentreff am Alten Rathaus. Angeblich experimentieren die Rentner für die nächste Dorffeier mit Rezepten aus diesen ganzen Kochshows vom Fernsehen, hat der Fidl erzählt. Molekularküche. Hoffentlich fliegt so eine Torte samt Backgeschirr nicht mal in die Luft! Aber zum Glück kann man zur Langen Tafel am Sonntag auch sein eigenes Essen mitbringen.

Der Wickerl macht am Mittwoch aus Pöcking normalerweise einen Einheitsgeruchsbrei. Von der Konrad-Krabler-Kurve bis zum Lindenberg riecht es – oder jetzt muss ich besser sagen: roch es –, wie gesagt, nach seinen Hendln. Aber vor lauter Mörwald-Entbindung, Augsburger-Trauer und Fidl-Sorgen hab ich das überrochen.

Liegt der Wickerl wie ein Fakir auf seinen Spießen, als gebe es keinen bequemeren Ort! Mir brennt's im Magen bei dem Gedanken, so ohne Frühstück. Tote bin ich eben nicht gewohnt. Wenn die Sophie von ihren Drogensüchtigen erzählt, irgendwelchen armen Schweinen von der Münchner Schickeria, die Drogenkristalle wie Kandiszucker schlucken, einschnaufen oder rauchen, ist das was anderes. Sie weiß einfach, was dann zu tun ist, aber ich? Auf dem Weg zum Rathaus werde ich von den Senioren aufgehalten und finde den Wickerl in seiner Marinade. Eigentlich soll ich den Fidl beruhigen, damit die Senioren endlich abdampfen können. Also nicht wörtlich, mit dem Dampfer fahren sie nicht, aber vielleicht schlage ich ihnen das vor, wenn es hier so weitergeht. Wenigstens stehe ich mit dem Mordopferfund nicht ganz allein da. Zusammen werden wir schon eine Lösung finden. Die Alten durchbohren mich mit Blicken und dann mit Fragen, dass ich mich schon fast so durchlöchert fühle wie der Wickerl in seiner Bude.

«Was ist jetzt da drin, Muck, warum lässt du uns nicht reinschauen?», quengelt die Pflaum Burgl.

«Kriegen wir noch die Hendl?», fragt die Kirchbach Gretl. «Die werden nie fertig, wenn der noch nicht mal angefangen hat.»

«Was meinst du mit, dem geht's nicht gut, warum hilfst du ihm dann nicht?», bohrt der Rossi weiter.

Eigentlich fällt mir immer irgendwas ein, und wenn's ein Schmarrn ist. Ein bisschen was verstehe ich sogar von der Heilkunst, das hat nichts mit Doktor zu tun. Über die Jahre hab ich mir so ein Wissen angeeignet, für jeden ein Kraut oder ein paar Kugerl, aus meinem Apothekerschrank, der im Schafstall hängt. Ich weiß den Unterschied zwischen Mensch und Tier, aber Tiere sind wie Menschen. Wenn's so ein Schaf zwickt, das nicht sagen kann, wo der Krankheitsherd steckt, und so ein Mensch kann es, dann brauche ich die Worte des Menschen trotzdem nicht für seine Diagnose, sondern nur das Geräusch, und das klingt nicht anders als das individuelle Mäh von einem Schaf. Ein jedes Schaf hat sein Mäh, das fängt mit der Geburt an. In der Herde kennt die Mutter ihr Lamm am Klang heraus, und sie antwortet auch so, dass es das Kind versteht. Und ich höre eben die Wehwehchen der Pöckinger heraus und renke sie wieder ein. Wenn's halt noch geht. Beim Hendlwickerl ist es eindeutig zu spät, da muss der Bestatter nur noch schauen, wie er die Spieße wieder aus ihm herausbringt, damit der Sarg schließt.

«Ja, lebt er überhaupt noch?», fragt der Apotheker, den sie alle Panscher nennen. Als ich den Kopf schüttle, herrscht einige Sekunden Stille, bis die Müller Ayşe und die Kirchbach Gretl ihre Kopftuchknoten fester ziehen und in ein Wehklagen ausbrechen. Das ist in Bayern nicht anders wie am Bosporus.

«Soll ich wen anrufen?» Der Bene schreit gegen die Schluchzer an, zückt sein Handy, ein nigelnagelneues Teil, wie mir scheint. Ich frage mich, wie er, der als letzter Bayer aus Stalingrad entkommen ist und jetzt auf einem Aussiedler- oder besser Einsiedlerhof am Ortsrand ohne Strom und fließendes Wasser lebt, sich so ein Ei-Phone leisten kann. Ich hab kein Handy, auch wenn die Sophie meint, ich sollte eins besitzen, aber meine Schafe hören noch auf einen echten Pfiff ohne Akku und Internetverbindung.

Eine App haben sie noch nicht am Ohr, nur hin und wieder eine Zecke, wenn ich nicht aufpasse. Mails schreiben sie mir auch keine, weil es noch keine Paarhufer-Tastatur gibt. Es reicht, wenn mich die Leute mit ihren Anliegen auf der Straße bremsen, da brauche ich nicht noch ein Vibrieren in der Hosentasche.

«Ruf gleich ...» Meine Frau, wollte ich schon sagen, aber das muss ich ihnen noch nicht auf die Nase binden, sonst schimpft mich die Sophie wieder, dass ich es rumerzähle, bevor sie ihren ersten Kripo-Arbeitstag hinter sich gebracht hat. «...den Notruf», ergänze ich stattdessen.

Ich weiß zwar, dass Notruf Polizei bedeutet und Polizei Jäger Wolfi heißen könnte, und der wäre der Letzte, den ich hier brauche. Hoffentlich hat er keinen Dienst oder ist woanders im Einsatz. Nicht in jeder Gemeinde sind die Leute so sittsam und vereint wie in Pöcking, fast schildbürgermäßig. Nicht zu vergessen die vielen Schifferlfahrer auf dem Starnberger See, wo gelegentlich einer über Bord geht, ob weinselig oder glückselig oder keines von beiden, das sei dahingestellt. Jedenfalls haben die auch andere dort drunten auf der Starnberger Wache, die kommen könnten, mit einer Chance von eins zu zwanzig oder dreißig oder hundert, wenn ich die Hundertschaft einberechne. «Besser die Polizei entscheidet, was zu tun ist. Von selbst wird der Wickerl nicht auf die Spieße gefallen sein, da hat wer nachgeholfen.»

Mit den Klageweibern im Gleichklang stöhnen sie auf, als ich das ausspreche. Dann dauert es eine Weile, bis der Bene weiß, wie er sein Handy streicheln muss, damit es funkt. Ich hab alle Hände voll zu tun, die anderen abzuhalten, nicht noch einmal selbst nach dem Wickerl zu sehen.

«Wirklich durch und durch sind ihm die Spieße?», fragt die Melcher Manuela, unsere Dorfchronistin, und ich sehe schon, wie es hinter ihren Stirnfalten scheppert. Wahrscheinlich überlegt sie, wie sie das im nächsten Gemeindeboten ausschmücken kann.

«Ihr knotet mir ein paar Schnüre zusammen», fordere ich sie auf. Wer was tut, der kommt nicht ins Grübeln und dem wird's auch nicht schlecht. Ich schalte den Tiger aus, den ich in der Eile angelassen hab, und hole die blauen, mäusefesten Schnüre aus meiner Werkzeugkiste neben meinem Sitz. Diese Schnüre schneide ich immer von den Heuballen ab und hebe sie auf. Ein Auto abschleppen, einen bissigen Köter zähmen, einen Bienenschwarm einfangen, ein Radio reparieren, einen Schnellkochtopf beruhigen, ein zerrissenes Schuhband ersetzen. Es gibt ständig was zusammenzuknüpfen, deshalb hab ich stets ein, zwei Schnüre in der hinteren Hosentasche stecken, aber jetzt brauchen wir mehr als nur ein paar. Ich bitte die Textilstubenzwillinge als Handarbeitsfachverkäuferinnen und alle anderen, die ihre Finger noch krümmen können, die langen Dinger wieder zu einer einzigen langen Schnur zu verbinden, damit ich den Tatort absperren kann und mir keiner weiter herumstöbert. Das hab ich von der Sophie gelernt. Aber bis die aus Fürstenfeldbruck über die Buckel und Kreisverkehre nach Pöcking findet, sonnt sich der Mörder in seiner neuen Identität vielleicht schon auf der Roseninsel oder wie die Inseln woanders heißen. Deshalb sichere ich mal besser die Spuren.

«Und wenn's doch ein Unfall war?» Der Rossi als ehemaliger Koordinator der Münchner S-Bahn, der wegen seiner Multiplen Sklerose im Rollstuhl sitzt, meldet sich zu Wort, und sogar die zwei ökumenischen Klageweiber verstummen vor Neugier. «Ich meine, da gibt's die merkwürdigsten Sachen.»

Der Melcher Sepp, der die Werbe-T-Shirts der Brauerei aufträgt, in der er sich bis zu seiner Pensionierung aus beruflichen Gründen um Hopfen und Malz gekümmert hat (jetzt tut er's nur noch privat), weiß auch was dazu. «Ein Bekannter von mir hat beim Angeln gegähnt und einen Hecht verschluckt, der ihm direkt in den Schlund gehüpft ist. Exitus.» Er breitet die Arme aus und zeigt die Größe des Fisches.

Ich fühle mich ein bisschen wie in Fidls Kalenderblättern, denn jetzt erzählen sie sich alle gegenseitig solche Gruselgeschichten.

Eine Weile höre ich zu. «Hat einer von euch irgendwas gesehen?», unterbreche ich schließlich, als sich die Geschehnisse auf die Bekannten der Bekannten, also praktisch Unbekannten, verlagern.

Sie drucksen herum, wollen nicht recht raus mit der Sprache. Ich kenne mich gar nicht mehr aus. Was ist denn nur los mit denen? Als hätten die alle plötzlich ihre Zunge verschluckt.

«Na gut, wie ihr wollt. Gleich könnt ihr alles der *Polizei* erzählen.» Ich betone Polizei, weil ich mir nicht in meine Familie reinreden lassen will. «Vier Spieße im Leib sind kein Unfall.»

«Vier? Ja, hast du die gezählt?» Die Pflaum Burgl ergreift das Wort. Ihr Sohn im Fundamt hat vermutlich weiterhin Schwierigkeiten mit dem Fidl, wenn hier nicht endlich was vorwärtsgeht.

Ich wäge ab. «Fünf könnten es auch sein.» In der Eile und in dem schlechten Licht hab ich nicht so schnell registriert, wo welcher von den Hendlspießen rein- und wo er wieder rausgefahren ist. Trotzdem hat sich das Kreuz-und-quer-Bild in mein Hirn gebrannt.

«Kommt drauf an, wo und wie die drinstecken», mischt sich der Panscher als Möchtegerndoktor ein. Der mit seinen paar Semestern Medizin seinerzeit! «Unter Umständen lebt der Wickerl noch.» Seit Anfang des Jahres hat er die Apotheke seinem Sohn überschrieben, er hilft nur noch manchmal beim Nachtdienst aus.

«Der ist mausetot», widerspreche ich. «Kein Glanz mehr auf

dem Augapfel, das angetrocknete, hellrote Spuckegerinnsel am Mund, wie bei einem toten Schaf, ich hab's doch gesehen.» Der Wickerl hat schon in sich selbst nicht mehr dringesteckt, wirkte so zusammengefallen, ein bisschen wie Dörrobst, so aufgefädelte Zwetschgen. Aber das behalte ich für mich.

«Schade ist es schon.» Die Melcherin fuchtelt herum.

«Natürlich ist es schade», pflichte ich ihr bei. «Der Wickerl war ein feiner Kerl.»

«Ich find's aber auch schade, dass er die Tausendjahrfeier nicht mehr mitkriegt – da hätt er ein Geschäft gemacht!»

«Sind es jetzt schon tausend? Letzte Woche waren es noch neunhundert.» Kommenden Sonntag trägt Pöcking seine Esstische auf die Straße und stellt sie zu einer endlos langen Tafel zusammen. Das Dorf lädt jeden ein, der sich dazusetzen mag. Sofort haben die Starnberger das nachgemacht, denn die Kreisstadt schaut gern von ihren Gemeinden ab, so spart sie ihr Hirnschmalz, das sie dann als *Cerveau Égouttement* wieder auf ihrer französischen Woche verkaufen kann. Unter uns, unsere Dorfchronistin hat eine Zahlenschwäche, vor kurzem war Pöcking noch achthundertfünfzig Jahre alt, heute sind es also bereits tausend. Wiener an der Wursttheke abzählen, wo die Melcherin bis zu ihrer Pensionierung noch gearbeitet hat, ist halt doch was anderes als Jahrhunderte überschlagen. Falls sie so weiterrechnet, wird Pöcking oder Peccingen, wie es ursprünglich hieß, das älteste Dorf, womöglich das erste Dorf der Welt überhaupt.

Vielleicht haben Adam und Eva sich hier kennengelernt. Wenn ich mich so umschaue, gibt es bei uns tatsächlich ein paar Neandertalervisagen, das könnte also durchaus sein.

«Der Hendlwickerl war doch eh nicht von hier», tröstet der Melcher seine Frau. «Stammt der nicht ursprünglich aus dem Bayerischen Wald?»

Sie nickt. «Das kann sein, so schlecht wie man den verstanden hat. Aber auch ein Waldler hat eine Chance verdient, bei uns hier im schönen Oberbayern leben zu dürfen.»

«Die Jugendlichen wird das ebenfalls hart treffen, dass der Wickerl tot ist», ergänzt eine von den Textilstubenzwillingen, die Schwipps Berta, nein, die Erna, die sind sich wie aus dem Gesicht kopiert ähnlich.

«Psst, sei still», fährt ihr ihre Schwester über den Mund.

«Du verbietest mir nichts mehr.» Die Erna verschränkt die Arme über der dürren Brust. Auch im hohen Alter betreiben sie noch ihren Laden, einen Flachbau in der Hindenburgstraße, der hat zwar einen überdachten Haupteingang, aber dann gehen rechts und links zwei Türen weg. Die Berta ist für die Stoffe in der linken Ladenhälfte zuständig und die Erna für die Wolle rechts oder umgekehrt, wer weiß das so genau, wenn du sie nicht auseinanderhalten kannst. In ihren tausend Schubfächern bis unter den Plafond findest du alles Mögliche, sogar noch einen RiRi. RiRi für Rippen und Rillen, so hieß der Reißverschluss, als er in den zwanziger Jahren des vorigen Jahrhunderts erfunden wurde, wie die beiden mir narrisch stolz erklärt haben. Ab und zu repariere ich ihnen was, seife eine schwergängige Schublade ein oder leime die Tür neu, bei der es immer wieder die Bänder rausreißt, wenn sie mal wieder zu heftig gestritten haben. Dafür kriege ich handgestrickte Socken auf Vorrat, für später, wenn die von meiner Mama endgültig durchgelatscht sind. Obwohl eineiig, stricken und häkeln die Zwillinge nicht nur wie die Weltmeister, sie *hackeln* sich auch ständig. Mir soll's recht sein, denn dann gibt es für einen Schreiner wie mich immer was zu tun!

«Von was für Jugendlichen redet ihr?», frage ich. «Pommes frites und Hendl gibt's doch überall.»

«Pommes, ja genau.» Die Berta lacht auf und beißt sich sofort auf die Zunge, als die Erna sie so böse anfunkelt, dass ein jeder klein beigeben würde.

«Jetzt sagt schon. Was ist los? Oder soll es die Polizei aus euch rausquetschen?» Sie verbergen mir was, das spüre ich, und so was kann ich gar nicht leiden. Das hab ich von meiner Mama geerbt. Die hat sogar ihren Schlaf geopfert, wenn rauszufinden war, wer sich von wem hat scheiden lassen oder wie dem Metzger sein Hofhund heißt. Als sie in Gedanken das Alphabet durchgegangen ist, ist sie draufgekommen. Diesen Trick hab ich ihr verraten. Gero, so hieß der Metzgershund, aber das nur nebenbei. Nun ist der Gero noch viel länger unter der Erde als sie.

«Dein Sohn war auch dabei.» Die Erna jault auf, weil ihr ihre Schwester in die Seite stößt.

«Der Emil? Wobei? Wann?»

«Weiß nicht mehr. Bevor der Wickerl den Hendlwagen wieder ankuppelt und weiterfährt, strawanzt allerhand Bagasch herum. Ein paar Burschen sind auch dabei. Obwohl's dunkel war, hab ich deinen Emil erkannt, mit seiner Lederhose, ohne Strümpfe und Schuhe.»

Der Emil ist doch Vegetarier! Jedenfalls, wenn ich was koche. Hält er den Fleischverzicht daheim deshalb so locker durch, weil er mittwochs zur Hendlbude geht? Ist jetzt ja auch egal, das hat nichts damit zu tun, dass der Wickerl tot ist. Von der Sophie hab ich sowieso den Auftrag, mit dem Emil zu reden, das wollte ich überhaupt auch selber von mir aus tun, und das mache ich auch. Bei nächster Gelegenheit, wenn nichts dazwischenkommt. «Ist euch nichts aufgefallen, als ihr heute früh hierhergekommen seid?», versuche ich es noch einmal.

«Sag du uns besser, wo der Fidl bleibt», murmelt statt einer Antwort der Panscher.

«Er hat noch was auf der Gemeinde erledigen müssen.»

«Ohne Bus?»

«Der steht noch bei uns.» Ich frage mich selbst, wieso der Fidl zu Fuß gegangen ist. Vielleicht weil er noch nicht oder nicht mehr ganz nüchtern war? Aber der Daimler springt doch erst ab ein paar Promille an. «Ich hab zuerst gefragt», kontere ich. «Also?» Reihum senken sie den Blick, als wäre ich ein Mathelehrer und würde gleich einen von ihnen an die Tafel zwingen.

«Der Kraulfuß war's.» Ein Häkel-Hackel-Zwilling reibt sich immer noch die Seite.

«Genau, der Gesundheitsapostel war's», sagt der Bene und fuchtelt mit seinem Ei-Phone zum Fischladen nebenan. Lautstark stimmen alle zu.

«Was war der? Du beschuldigst den Kraulfuß, ein Mörder zu sein?»

«Ach, der Bene hasst Fisch, bloß weil er mal fast an einer Gräte erstickt wäre», mischt sich die Kirchbach Gretl ein.

«Das hat nichts damit zu tun», verteidigt sich der Bene. «Ich hab gehört, wie sich der Fischtandler beschwert hat, dass der Wickerl neuerdings seine Bude gleich zweimal in der Woche aufmachen will. Dann kauft überhaupt keiner mehr sein Zeug.» Ich schau zum *Fischers Fritzl*-Laden und erkenne hinter der beschlagenen Fensterscheibe das Antlitz von meinem Klassenkameraden Friedrich Kraulfuß. Seit vier Jahren geschieden, drückt er seine einsame Nase platt und zuckt zurück, als ich ihn bemerke.

Nach fünf Minuten haben die Senioren also schon einen Verdächtigen. Kommt das, weil du ab einem gewissen Alter keine Zeit mehr zu verlieren hast und dir zurechtbiegst, was nicht passt?

«Seien wir ehrlich», räuspert sich der Pflaum Herbert. Er scheint nicht ganz wach, zwickt noch ein Auge zu. «Einen Fisch, und auch, wenn es eine Starnberger-See-Renke ist, isst du doch nur freiwillig, wenn der Zeiger der Waage ausschlägt oder der Doktor dich zwingt.» Dem stimmen alle zu. Dann kommt auf einmal Bewegung in die Gruppe. Der Rossi treibt die Räder seines Stuhls an, die Mesnerin löst die Handbremse ihres Rollators, und auch die anderen dackeln und wackeln davon, als hätte wer «Deckung» gerufen.

Schiefmund mit Familienshow
3.

Auf einmal stehe ich allein vor meiner blauen Schnur und frage mich, wie die Alten in ihrer Gebrechlichkeit und ihrem Gejammer so schnell abzischen konnten. Und warum nur? Freiwillig das Remmidemmi verpassen, wenn die Polizei gleich anrauscht? Da reißen sie sich doch sonst um jeden Stehplatz.

«Was fällt dir ein, hier einfach abzusperren?», tönt es plötzlich barsch hinter mir. «Achtung, Baustelle, oder was soll das werden?»

Der Jäger Wolfi. Ausgerechnet der, Chancen und Statistik null. Vor dem rennt jeder weg, als sei er in eine Odelgrube gefallen. Am Geruch liegt es nicht, dass den keiner im Ort recht leiden kann, da kann der noch so oft das Deo wechseln. Ohne Blaulicht hat er hinter meinem Tiger geparkt, ist aus dem Auto gesprungen und kommt nun breitbeinig auf mich zu, die Hand an der Dienstwaffe. Der Jäger Wolfi heißt nicht nur Jäger, er ist auch noch einer, neben dem Polizistenjob. Grüne Uniform, rund um die Uhr, wahrscheinlich ist auch sein Schlafanzug getarnt und seine Unterhose, aber das mag ich mir gar nicht ausmalen.

«Hier soll es einen Toten geben. Weißt du was davon?»

So schnell kriegt der von mir keine Antwort geschenkt.

«Sag mal, wer bügelt dir denn die Uniform so scharfkantig jeden Tag, machst du das selber?»

Mit einem Schnalzer seines Zeigefingers öffnet er den Knopf

von der Dienstwaffentasche, die er am Gürtel trägt. «Ich stell hier die Fragen, oder willst du mit auf die Wache?»

Hoho, da lässt einer den Gendarm raushängen. Soll er ruhig. Über Privates können wir ein andermal reden, ich müsste längst woanders sein, also sag ich's ihm gschwind: «Der Bene hat bei euch angerufen, weil ...» Ich drehe mich um und denke wieder «Sperrgebiet», so leer gefegt ist mit einem Mal die ganze Ortsverschönerung. Und der Kraulfuß Fritzl tut recht geschäftig hinterm Tresen, als wäre der Laden voller Leute, dabei leben die Fische bestimmt schon ein zweites Mal. Ich bin also mit dem Jägerlateiner, wie er hinter vorgehaltener Hand im Dorf genannt wird, allein. Der versteht keinen Spaß. Dabei ist er überall Mitglied: im Trachtenverein, im Gartenbauverein, bei der Blasmusik. Sein Trompetensolo am zweiten Weihnachtsfeiertag aus dem ersten Stock vom Pfarrhaus raus ist legendär! Das muss man ihm lassen. Sogar Vorstand im Faschingsclub ist er. Nützt aber alles nichts. Null Humor hat der Bursche. Das war nicht immer so. Beim Ministrieren damals, da hat er noch lachen können, ab und zu immerhin, am meisten über andere. Freunde fürs Leben waren wir mal, als Buben, bis zu dem Augenblick, der alles veränderte. Seither blinkt es bei mir im Hirn, was hoffentlich nur ich mitkriege. Sein Malheur dagegen sieht jeder, auch er selbst, wenn er beim Rasieren in den Spiegel schaut.

Er hasst mich, hat mich schon lange gehasst und hasst mich seit Anfang der Woche noch mehr, falls das überhaupt möglich ist. Letzten Sonntag hat sich ein Reh im Schafzaun erhängt, ist wohl im Dunkeln vor einem Auto geflohen und wollte über den festen Schafdrahtzaun springen, den ich auf unserer Wiese vorm Hof aufgespannt habe. Dabei ist es mit dem Kopf aber so dermaßen unglücklich in so ein Maschenquadrat geschlupft, und als es rauswollte, hat sich der Draht um seinen Hals gewickelt, dass das

Tier erstickt ist. Am Morgen dachte ich, mir hat einer ein Plastikbambi hingesetzt, wie sie es im Wolfratshausener Märchenwald haben. So steif hockte es da. Lustig ist das nicht, das Reh hat mir auch leidgetan, aber der Jäger Wolfi ist Amok gelaufen. Der Wald hinter unserem Hof ist sein Revier. Er bestimmt, wer hier lebt und wer nicht. Für die Rehe, die es jeden Tag auf der Umgehungsstraße zerbröselt, oder die Wildsäue, die zwischen den S-Bahn-Gleisen Tango tanzen ist er ebenfalls zuständig. Ein Tierquäler bin ich mit meinem Verhau, so ein Zaun gehört verboten und meine ganze Domestizierung dazu, außerdem (und darauf wollte er vermutlich eigentlich hinaus), außerdem kostet so ein Reh hundert Euro, die er jetzt in den Wind schießen kann. Und das alles mit seiner schlechten Aussprache, Spuckebatzen flogen herum, als hätten sie den Stachusbrunnen aus München nach Pöcking verlegt. Aber ich lass mich freiwillig von ihm befeuchten, als Buße, auch wenn's schwerfällt. Ich bin nämlich schuld an seinem Schiefmund, seiner schiefen Narbe zwischen Nase und Oberlippe, die ihn beim Reden behindert, trotz neuer Hollywoodbeißerchen. Warum musste er sich auch damals über meinen Vater lustig machen? Ich weiß noch genau, welche Gemeinheiten er losgelassen hat. Dass der Simon Halbritter vom anderen Ufer und deshalb abgehauen sei. Ich hab es zuerst wörtlich genommen, zur anderen Seeseite, nach Berg, Leoni, Aufkirchen, könnte ich locker hinradeln und ihn besuchen, hab ich mir gedacht. Aber dann dämmerte es mir, wie beim König Ludwig, so ein Ufer hat der Wolfi gemeint, also, dass mein Vater gar nicht auf Frauen steht und mit einem Mann zusammenlebt. Unsere ganze Familie sei nur Show gewesen, und er habe nur so lange noch Bauer gespielt, bis meine Brüder alt genug waren, den Hof zu übernehmen. Und ich hab gesagt, der Wolfi soll sein verdammtes Maul halten, sonst würde ich es ihm stopfen. Aber er hat nur gelacht. So richtig herzhaft, vielleicht zum allerletzten Mal in seinem Leben.

Ein paar Stunden vor den Sommerferien, in der sechsten Klasse, hat die Lehrerin noch den Sexualkundeunterricht aus dem Lehrplan reingequetscht. Einen Stuhlkreis mussten wir machen, wie im Kindergarten. Dann hat sie ein Buch hochgehalten und Seite für Seite umgeblättert. In Schwarz-Weiß hat sie uns auf vergrößerten, körnig-unscharfen Fotos den Geschlechtsakt erklärt, und der Wolfi hat sich gemeldet und wollte wissen, wie das denn bei zwei Männern geht, wer da was wo reinstecken täte. Vorher wurde nur gekichert, aber jetzt, das war natürlich der Brüller.

Er würde nicht für sich selbst fragen, sondern für mich und meinen Vater, hat er grinsend hinzugefügt.

Die Lehrerin hat nicht weitergewusst, mich angeglotzt, als säße ich nackert da, dann auf die Uhr geschaut und gesagt, für Fragen wäre heute keine Zeit mehr, weil wir jetzt zum Abschlussgottesdienst müssten, und wir sollten alle vorher noch zum Händewaschen gehen; im nächsten Schuljahr würden wir genauer darüber sprechen.

In der Pause hab ich dem Wolfi mit meinem Taschenmesser die Speichen von seinem BMX-Rad angesägt, bloß ein bisschen, also nicht so, dass man es sieht. Und als er dann, mit dem Zeugnis im Schulranzen, wie üblich die Hindenburgstraße zum Bahnhof runtergebrettert ist, mit seinem Angeberradl, an das er anstelle eines normalen Lenkers einen Autolenker montiert hat, da hat er sich die beiden Schneidezähne an dem roten Traktor-Lenkknopf ausgeschlagen, den er noch aufs Lenkrad draufgeschraubt hat, damit er einhändig fahren kann. Den Lenkknopf hat er von mir zum zwölften Geburtstag gekriegt.

Die Lippe ist ihm auch noch bis zur Nase rauf aufgerissen, geblutet hat er wie eine Sau. Ich hab ihn zum Doktor Schaffrath geschleppt, in die Praxis neben der Schule, der hat ihn grob zusammengeflickt und gleich einen Termin in der Zahnchirurgie ausgemacht. Seither ist der Jäger Wolfi ein Gezeichneter. Wegen mir. Aber das weiß nur ich.

Jetzt, wo wir hier beisammenstehen, will ich ihm so kurz wie möglich erklären, was ich im Hendlwagen gesehen hab, doch er lässt mich gar nicht ausreden.

«Bist du nun auch noch Detektiv und machst der Sophie beim Effeffbi Konkurrenz?» Er spricht die Abkürzung für Fürstenfeldbruck englisch aus, steigt über die Schnur und dirigiert mich zur Bude. Ich soll die Tür öffnen, er wirft einen Blick hinein, aber einen sehr kurzen. Seiner Miene ist nicht zu entnehmen, was er von dem Ganzen hält. Der Herr Polizist gibt sich als unergründlicher Ermittler, nicht mal seine Gedanken höre ich knistern, falls da überhaupt welche sind. Dann nestelt er an seinem Gürtel, löst die Handschellen und will mich packen. Ich weiche ihm aus, wie früher hundert Mal beim Fangermanndl-Spielen, und flüchte auf den Tiger.

«Ja spinnst du jetzt total?», rufe ich vom Traktorsitz zu ihm runter und klappe sicherheitshalber noch die Frontscheibe zu. Die ist zwar nicht aus Panzerglas, aber besser als nichts, falls er doch noch herumballert.

Der Kraulfuß wagt sich aus seinem Laden heraus und schürt das Ganze noch. «Genau, der Muck war's! Ich hab's gesehen, wie der, vorhin, wie der in die Bude rein ist.» Wieso arbeitet der jetzt gegen mich? Hin und wieder kaufe ich doch einen Fisch bei ihm.

«Aha, jetzt kommt also einiges zusammen.» Der Jäger Wolfi nickt. «Beamtenbeleidigung, Behinderung einer Ermittlung,

Mordverdacht, deine Fingerabdrücke auf der Tür und bestimmt auch im Wagen selbst. Du kannst dich gleich für ein paar Jahre von deinen Haustieren verabschieden.»

Mir langt's. Ich drehe den Zündschlüssel, soll der Jäger Wolfi ruhig versuchen, mich aufzuhalten, oder mir in den Rücken schießen, dann ist es halt so. Als ich in die Feldafinger Straße abdrehe, sehe ich aus dem Augenwinkel, wie er die Handschellen sich selbst umhängt, armbandmäßig, und dann in sein Handy sabbert.

Nullachtfünfzehn

Vorm Eingang zum Rathaus parkt der Krankenwagen, und gerade tragen sie einen raus. Wird doch nicht einem von den Beamten beim Goldfischglasbeobachten schwindlig geworden sein? Aber nein, auf der Trage sehe ich die Riesenlatschen vom Fidl. Kaum zu glauben, dass er der Vater von meiner Frau ist. Er Schuhgröße sechsundvierzig, sie fünfunddreißig. Ich springe vom Tiger und frage, was los ist.

«Verdacht auf AMI.» Der Notarzt schiebt mich weg und ordnet die Schläuche, die da umeinanderhängen.

«Wieso Ami?» Ich verstehe gar nichts mehr. «Der Fidl war mal mit einer Französin zusammen, aber sonst ist er ein Bayer, na ja, eigentlich gebürtiger Schlesier, aber seit vierzig Jahren in Münch ...» Ich stoppe mich selbst, für Familiengeschichte ist jetzt keine Zeit. Auch wenn man am Fidl perfekt sehen kann, dass aus jedem früher oder später noch ein Bayer werden kann, wenn du den Willen dazu hast und dir Mühe gibst. Aber ich sag nur noch: «Ich bin jedenfalls sein Schwiegersohn.»

«Acutemyocardialinfarction, Herzinfarkt. Wir müssen uns sputen.»

Kalkweiß im Gesicht, hat der Fidl die Augen halb geschlossen und keucht wie mein Tiger bei dreißig Grad minus. Langsam streckt er die Hand aus, ich denke schon, er will sie mir reichen, aber er deutet an mir vorbei zum Pflaum Willi, der hinter mir steht und den ich jetzt erst bemerke. «Der war's», stammelt er.

«Was war der?», frage ich und bitte die Sanitäter, kurz stehen zu bleiben.

«Schlüs-sel gestoh-len.»

«Welchen Schlüssel?» Aber der Fidl kriegt kein weiteres Wort raus. Ich wende mich an den Willi, der senkt den Kopf und schiebt ein paar Kieselsteine mit den Schuhspitzen hin und her.

«Also, wir müssen jetzt.» Der Notarzt gibt das Zeichen zum Verladen, und ich tätschle dem Fidl noch schnell die Hand. «Wart, ich hol dir noch deine Kopfbedeckung.» Er ist nämlich ganz nackert obenrum, sein Kappi trägt er doch sonst immer, bestimmt sogar im Bett. Ich haste in die Gemeinde, an der Wand mit den Bürgermeisterfotos vorbei. Fundamt, Fundamt, wo war das doch gleich? Da, um die Ecke, am Boden liegt der schwarze Filzteller, ein paar staubige Fußabdrücke sind schon drauf. Ich schau auf das Türschild: Zentrale Dienste 08. Also hier ist das Fundamt. Haben die da die 15 vergessen? Nullachtfünfzehn würde besser passen. Ich klopfe die Baskenmütze ab und stürme wieder raus. Zu spät. Der Krankenwagen hat die Hecktüren geschlossen und rollt an. Kopfschüttelnd signalisiert mir der Sanitäter, dass ich zur Seite gehen soll, sonst würde er mich über den Haufen fahren. Ich klopfe auf die Scheibe, aber er schaltet das Martinshorn ein, fast sprengt es mir die Ohren weg. Der Pflaum Willi zieht mich nach hinten.

«Ich hab alles versucht, aber der Fidl hat sich so aufgeregt, dass er zusammengebrochen ist.» Er strickt sich die Hemdsärmel auf, das sieht nach echtem Stress aus. «Ich hab schon geglaubt, der stirbt mir im Büro, und als du dann ewig nicht gekommen bist, hab ich die Einseinszwei gewählt.»

«Wieso, was war denn los? Was hast du ihm denn angetan?»

«Nichts. Ehrlich. Der ist um acht reingestürmt und hat sich in die Tür geklemmt, weder vorwärts noch rückwärts war der rauszubringen. Auch die anderen haben's nicht geschafft. Er hat gesagt, er macht einen Sitzstreik. Von mir aus, soll er sich in den Wartebereich setzen, da steht er keinem im Weg, den ganzen Vormittag oder solange er will, aber nicht in meinem Büro. Ich bin nicht nur für Fundsachen zuständig, ich betreue auch noch die Müllsackvergabe und alles andere. Einen Türhocker kann ich dabei wirklich nicht gebrauchen.» Er wischt sich den Schweiß von der Stirn.

«Und warum er streiken wollte, hat er dir das nicht gesagt?» Manchmal brauchst du schon eine Geduld, aber die hab ich vorrätig, obwohl ich eigentlich die Sophie verständigen und ihr das mit dem Fidl sagen muss und das mit dem toten Wickerl und überhaupt.

«Wieso, hab ich das nicht gesagt?» Der Willi hat sich das Hemd fast in ein Achselshirt umgewandelt, als er mit dem Aufstricken fertig ist.

«Nein, ich weiß von nichts.»

«Na, den Zündschlüssel von seinem Bus sucht er.»

Jetzt begreife ich. Die Bustüren kriegt der Fidl ohne auf, die sperren nicht mehr, aber Zündschlüssel hat er wirklich nur einen, den zweiten hat angeblich noch irgendeine Geliebte von ihm, die ihn nicht mehr rausrückt. Deswegen zögert er auch, den Schlüssel nachmachen zu lassen, sonst beschlagnahmt die nächste Muse ihn gleich. «Kann doch sein, dass ihn wer abgegeben hat, bei dir am Fundamt, da würde ich auch fragen.»

«Ja, aber nicht fünf Minuten, nachdem er ihn verloren hat. Ein bisschen Zeit muss er dem ehrlichen Finder schon geben, dass der sich die Mühe macht und auf die Gemeinde latscht. Außerdem ist bei mir seit Monaten kein Schlüssel abgegeben worden. Gebisse finden die Leute haufenweise, und hin und wieder kommt jemand zum Anprobieren, aber der letzte Schlüssel war, soviel ich weiß, der, den der Claudius verloren hat.»

«Welcher Claudius? Ich kenn keinen, nur den Hempfenberger, den Bademeister von unserem Ozonhallenbad, aber der heißt Claudio. Meinst du den?»

«Nein, ich red von diesem römischen Feldherrn, als der das ganze Voralpenland ausgeräumt hat, ist er mit seinen Leuten zurück nach Italien. Fünfzehn nach Christus war das. Dem seinen Schlüssel haben sie doch hier ausgebuddelt, als sie die Umgehungsstraße gebaut haben.»

«Und was hat der damit aufgesperrt? Sein Sprudelbecken?»

«Keine Ahnung.»

Ich wusste gar nicht, dass der Pflaum junior so schlau ist. Er ist etwas jünger als ich, noch unter vierzig, wohnt aber noch bei seinen Eltern daheim. Das sagt nichts über die Klugheit aus, sondern nur, dass einer von der Muttermilch nicht lassen kann, auch wenn die schon am Stocken ist. «Wenn du so viel weißt, warum arbeitest du dann nicht im Archiv oder in der Bücherei?»

Er zuckt mit den Schultern und stülpt die Unterlippe über die Oberlippe.

«Oder soll ich mal mit der Melcherin reden, ob sie noch wen braucht, vielleicht zum Nachrechnen, wie alt Pöcking wirklich ist?»

«Bloß nicht.» Er schiebt die Hände in die Hosentaschen. «Der Fidl behauptet, ich selbst hätte den Schlüssel eingesteckt, also nicht ich als Fundbüroverwaltungsfachangestellter, sondern als Willi Privat, aber das stimmt nicht. Warum sollte ich so was tun? Gestern waren wir doch noch alle im Würmstüberl so lustig beieinandergesessen.»

«Echt, wer war denn alles dabei?»

«Ach, viele, du weißt schon. Der Ding, der Kraulfuß musste einen neuen Liebeskummer wegsaufen und der Wolfi natürlich.»

«Was? Der auch?» Deshalb ist der so übermüdet und lässt seinen Grant an mir aus.

Der Willi nickt. «Karten haben wir gespielt, und spät ist es geworden. Ich hab deinen Schwiegerpapi dann mit seinem Bus heimgefahren, weil er beim Bahnhofsrondell mit der Sisi-Statue nicht mehr aus dem Kreisel rausgekommen ist. Fährt sich eigentlich gar nicht so schlecht, die alte Chaisen.» Er wischt sich die Stirn. «Das ist jetzt der Dank.»

«Dann fahr halt mal bei so einem Seniorenausflug mit, wenn du so gern im Bus hockst.» Auch dem Willi seine Eltern kutschiert der Fidl umeinander.

«Bestimmt nicht. Ich vertrag keinen Kaffee, und noch dazu reicht es mir, dass die Mama dauernd fort ist und ich mir in der Mittagspause selbst was aufwärmen muss.» Er schlurft ins Rathaus zurück.

«Weißt du wenigstens, wohin sie den Fidl bringen? Starnberg oder Tutzing?», ruf ich ihm hinterher.

«Starnberg, hat es geheißen.»

Nichts wie heim, mit meiner Liebsten telefonieren, meinem Schwiegervater ein paar Sachen zusammensuchen, nach der Emma schauen und ab ins Krankenhaus. Ich blinke nach links und entdecke die Trauerhilfe Denz und den Landkreistotengräber Bierbach, die parallel zur Hendlbude parken. Warum braucht es für eine Leiche gleich zwei Bestatter? Als ich den Wickerl zuletzt gesehen habe, war er trotz der Spieße noch durch und durch ganz. Ich atme auf, als ich nun Sophies Isetta zwischen den Mehrtürern stehen sehe. Endlich kümmert sich jemand Gescheites um den Hendlbrater. Dann kann ich meiner Frau ja gleich das mit der Emma und das mit ihrem Vater sagen. Auch wenn ich noch nichts Genaues nicht weiß. Ich will schon absteigen und zu ihr hochrennen, da merke ich, wie ihr der Jäger Wolfi die Ohren zuschwallt. Da brauche ich nicht noch dabeizustehen. Außerdem spielt er sich bestimmt gleich wieder mit den Handschellen auf. Trotzdem zuckt es mir schon in den Beinen, und ein bisschen zwickt es mich auch im Herzen, wenn ich die beiden so sehe. Die Sophie hat zwar mich geheiratet, und nicht ihn. Obwohl er sie damals mit Geschenken und Komplimenten nur so überhäuft hat und das Charivari am Ende größer war als sie selbst. Aber wenn er ihr doch noch zu nahe rückt? Aber die Sophie hält ihn sich schon vom Leib. Schwarzer Gürtel in Karate. Ihr Handkantenschlag sprengt Granit. Ich glaube, sie kann ihn so wenig leiden wie alle anderen. Hoffe ich zumindest. Und dann ruf ich sie gleich von zu Hause an.

Also biege ich rechts ab und fahre durch den Schulweg zurück zu uns, auch wenn das eigentlich nur für Anwohner erlaubt ist. Die sitzen vor ihren Gucklöchern und schreiben jeden Fremddurchfahrer auf. Mein altes Nummernschild war durchgerostet und so abgeblättert, dass ich mir ein neues gemalt habe: grüne Schrift auf einer weißen Holztafel. Ob eine Drei oder eine Acht oder eine weiche Fünf, das hab ich vor lauter Braun nicht mehr lesen können, also hab ich so eine Allroundzahl hingepinselt, wie sie im Schnelldurchlauf an der Diesel-Zapfsäule erscheint. Ich schalte den Scheibenwischer ein, überall klebt noch die Spucke vom Jäger Wolfi, winke so den Plattnasennotierern, und genieße für ein paar Meter die Aussicht über die blühende Obstbaumwiese zum Starnberger See hinunter. Die ganze Alpenkette kriegst du von hier aus zu sehen. Herrlich! Dann verschluckt mich die enge Schulwegkurve, und im Schatten von St. Pius und den hohen Bäumen komm ich ins Sinnieren. Den Schlüssel kann der Fidl im Rausch doch überall verloren haben. Wahrscheinlich war das Rumoren auch nur in seinem Kopf heute Nacht. Aber andererseits hat's die Emma auch gehört. Nur ich nicht, das wurmt mich. Und warum ist der Fidl nur so auf den Pflaum junior fixiert? Da, als ich den Blinker setzen will und bei der Habsburgvilla in die Hindenburgstraße einbiegen möchte, merk ich, dass ich ihn noch gar nicht ausgeschaltet habe. Nicht nur im Hirn blinkt es ständig, auch der Tiger signalisiert eine Richtung. Und plötzlich fällt mir ein, wo der Schlüssel liegt.

Herzbuchstaben
5.

Unser Hof scheint ausgestorben. Kein Fuggerjakl empfängt mich mit seinem Kikeriki, auch die gefiederten Hofdamen sind für immer von uns gegangen. Nur Sophies Rosen klettern still mit dicken Knospen an der Hauswand und am Pavillon hoch. Bald hüllen sie alles ein. In ein paar Wochen duftet unser Hof wie die Roseninsel. So sparen wir uns sogar die Überfahrt zum König Ludwig und der Sisi ihrer Sommerresidenz. Bei uns sieht es wie in diesem Märchen aus, worin alle schlafen, hundert Jahre oder so. Das wäre mir jetzt auch recht, mir haut's gerade die Jalousien vor Müdigkeit runter. Aber nichts da, ich hab keine Zeit für ein Nickerchen. Die Herde döst im Stall, ich brauche gleich ihre Hilfe, damit es dem Fidl besser geht, aber erst muss ich die Sophie anrufen. Also stell ich den Tiger in die Einfahrt, geh ins Haus und wähle ihre Handynummer. Ihre Nummer wird mir angesagt, ich warte. Mit dem Telefon in der Hand schau ich nach der Emma, horche an der Zimmertür, nichts. Als ich die Klinke drücke, ist noch immer abgesperrt. Bestimmt schläft sie. Schlaf ist die beste Medizin. Bei Sophie ist die Mailbox dran, was sag ich nur auf die Schnelle? Meine Liebste hat mit ihrer ersten Mordermittlung gerade genug um die Ohren, ich probiere es später noch mal. Also gehe ich wieder raus, treibe die zwanzig Mutterschafe, den Schafbock und die drei Ziegen auf die

Weide. Bis die Schafe ihren Job getan haben, will ich die Messer schärfen, damit ich gleich nach der Krankenhausfahrt scheren kann. Also runter in den Keller, wo die Schleifmaschine steht. Ich drehe am Schalter, er knirscht und federt nach rechts und links, aber kein Licht flammt auf. Der Fidl hat zwar gesagt, dass er in der Nacht wieder keinen Strom hatte, denn das Verlängerungskabel für den Bus läuft über unseren Keller nach draußen. Aber komisch, vorhin, als ich den Chiller gefüttert habe, ging das Licht doch wieder. Wahrscheinlich ein Wackelkontakt. Ich probiere es in der Küche, dort funktioniert es. Beim Verteiler im ersten Stock sehe ich, dass die Sicherung schuld ist. Ich tausche also eine neue gegen die kaputte aus. Langsam hab ich keine Porzellanteile mehr. Als ich eine der letzten reindrehe, fliegen die Funken. Es wird Zeit für den Elektriker, hier kann ich nicht mehr selbst herumbasteln. Strom liegt mir nicht besonders. Ehrlich gesagt hab ich sogar einen Heidenrespekt davor. Lieber schnappe ich mir das Telefon aus der Küche, suche das Telefonbuch, das ich schließlich in Emils Zimmer finde, und rufe beim Windhammer an. Der Moritz geht dran, der ältere Bruder vom Elektriker-Xand. Er arbeitet im Laden und verspricht, dem Xand auszurichten, dass der mal vorbeischaut.

«Schauen ist mir zu wenig», versuche ich ihn festzunageln. «Ich brauch ihn schon konkret, möglichst demnächst, nicht später, sondern früher. Wann also genau?»

«Versteh schon, bis gestern also, da bist du aber nicht der Einzige.» Der Moritz schnalzt mit der Zunge oder mit einem Kaugummi, so klingt es jedenfalls. «Beim Postwirt ist die Solaranlage ausgefallen, da stiefelt der Xand gerade auf dem Dach herum, danach ist bis drei bei uns geschlossen und dann ...» Ich höre ihn tippen, vielleicht ist es auch nur die Fernbedienung, im Hintergrund kommentiert jemand ein Fußballspiel. Ich warte.

Durch Emils Fenster hast du einen Rundblick übers ganze Dorf. Die bemalte Defreggervilla ist der höchste Punkt, dann kommt die neue katholische Kirche, St. Pius, und ein paar Bäume weiter die alte St. Ulrich mit dem Zwiebelturm. Darin hab ich zur Sophie vor fünfzehn Jahren und ein paar zerquetschten ja gesagt. Na ja, nicht direkt Ja, es war mehr ein Röcheln, ich hab's kaum rausgebracht, weil ich so nervös war und es innerlich so oft geübt hatte. Aber lass dir mal den halben Ort zuschauen, wenn du zwei Buchstaben deines Herzens rausbringen sollst. Nicht leicht. Beim Hühnerstall bewegt sich was. Ich schaue genauer hin.

«Also, nachmittags muss er sich noch um die Beleuchtung für die Lange Tafel kümmern, heute geht nichts.» Ich zucke zusammen, wie mir der Moritz plötzlich ins Ohr fährt, ihn am Telefon hab ich schon fast vergessen. «Doch, hier hab ich noch was.»

«Und was?» Ich hör ihn wieder Schnalzen, Kaugummi oder Unterlippe, das ist hier die Frage.

«Versprechen kann ich nichts, aber morgen tut sich eine Lücke auf, gegen Mittag oder früher Nachmittag, passt das?» Morgen sagt er immer. Da muss ich wohl oder übel einverstanden sein und lege auf.

Ich laufe Richtung Hühnerstall. Davor steht eine Schlange, als gäbe es etwas umsonst. Die Gretl mit ihrem Rollator und dem gepunkteten Plastikkopftuch, das Pflaum-Ehepaar, das bei uns draußen am Feldweg wohnt, und die Textilstubenzwillinge, wie üblich mit einem Wollknäuel in der Jackentasche und dem Strickzeug in der Hand. Wer weiß, ob bei der Warterei, worauf auch immer, nicht ein Paar Socken fertig werden. Sie arbeiten sich Masche für Masche, Nadel für Nadel, in Trippelschritten bis zu dem großen Fenster vor, das ich aus Fidls früherem Atelier vorne im Bauwagen-Hühnerstall eingebaut habe. Was wollen die hier?

Ein Fensterflügel öffnet sich, und ein kleiner Arm im roten Steppanorak winkt den Nächsten heran. Emma! Sie hat mich ausgetrickst mit ihrer abgesperrten Zimmertür. Die Gretl bückt sich und spricht seitlich durch den Schlupf wie in einen Beichtstuhl. Was machen die da bloß? Wollen die sich alle im hohen Alter noch Windpocken abholen? Oder interessieren sie sich für die Krallen vom armen Fuggerjakl? Hängt an Hühnerfüßen nicht irgendein Aberglauben dran? Die hätte ich doch besser gleich wegräumen sollen. Wo unsere Tochter ist, ist immer was los. Nicht immer was Gutes. Emma zieht die Leute an wie das Kleisterpapier die Fliegen. Das war schon so, als sie gerade erst sprechen konnte und in der Sandkiste gespielt hat. Über den Gartenzaun haben die Spaziergänger mit ihr geratscht und dabei auch Fragen gestellt, und sie hat, ohne vom Sandkuchenbacken aufzuschauen, geantwortet, in den Worten, die sie schon kannte: Traktor, Desda, Mama, Papa, Stinki, Emil, Hühner, Magichnicht, Chiller, Oma, Opa, Singen, Bettigehen. Mehr war das, glaub ich, damals noch nicht. Orakel-Emma hat sie einer der Zaungäste damals genannt. Der ist mir in Erinnerung geblieben. Ein Mann, der Handschuhe im Sommer trug und wie einer von der Spurensicherung aussah. Kein Pöckinger, irgendein Fremder von jenseits des Landkreises, der sich durch einen Wanderführer hierher verirrt hatte. Er wollte sich gar nicht ganz an unseren Zaun anlehnen, obwohl ich die Latten frisch erneuert hatte. Fasziniert schaute er unserer Tochter zu, wie sie im Sand matschte. Dann fragte er sie, warum er das nie könnte, warum er sich sofort die Hände waschen müsste, wenn er irgendetwas angelangt hätte.

«Mama», sagte Emma, und irgendwie ging ihm da ein Licht

auf, wieso auch immer. Ein anderer war zufrieden mit «Bettigehen». Und so standen in den nächsten Tagen noch mehr Leute am Zaun, ein richtiges Frage-und-Antwort-Spiel. Es wäre noch zu einem Auflauf gekommen, wenn ich diese ganzen Bittsteller nach ein paar Tagen nicht verscheucht hätte. Aber auch wenn niemand bei Emma ist, spricht sie mit Wesen, die für uns unsichtbar sind. Die Sophie hat mal gesagt, ich würde mich um die Wehwehchen der Leute kümmern und die Emma um ihre Wünsche. Aber dass sogar Gehbehinderte hier heraushatschen, als wäre es ein Wallfahrtsort, das ist mir neu.

«Lasst mir das Kind in Ruh», rufe ich von weitem.

«Geh, Muck, beruhig dich», sagt die Gretl. «Sie erzählt uns nur, wie tragisch das mit deinen Hühnern ist.»

«Das glaubst du doch selber nicht.» Fast werde ich narrisch. «Hast nicht du immer gesagt, dass man nicht um einen haarigen Fuß weinen soll? Gilt das nicht auch für gefiederte?»

«Jetzt sei nicht so streng», mischt sich die Pflaum Burgl ein. «Wir haben nur ein bisschen was gefragt.» Sie tut ganz unschuldig.

Ihr Mann zwickt immer noch das linke Auge zu, ich glaub schon, der will mir zuzwinkern, aber dann sagt er: «Ich such seit in der Früh mein Auge, es ist mir in der Nacht, als es so gedonnert hat, vom Nachtkästchen gerollt und seither weg. Vielleicht hat deine Tochter eine Idee, wo ich noch schauen könnte.»

«Und ich wollte wissen, wie das Wetter wird und ob ich die Geranien über Nacht doch wieder vom Balkon tun soll wegen einem womöglichen Nachtfrost.» Die Pflaumin gibt ihren Senf dazu, völlig unberührt, dass ihr Mann halbblind oder halbsehend, je nachdem, durch die Gegend wandeln muss.

«Seit wann hast du eine Prothese?», frage ich.

«Das war ein Horn von meinem letzten Stier. Der Koloss wollte einfach nicht kaputtgehen.» Das Abschiedsgeschenk für einen Metzger, der in Rente geht.

Ich wende mich an die Melcherin. «Ja, habt ihr denn keinen Teletext daheim?» Da schau ich immer, wie das Wetter wird, im Bayerischen Fernsehen, bei der Sieben-Tage-Vorhersage. Nur wenn ich Heu mache und es wirklich pressiert, also im alleräußersten Notfall, ganz ausnahmsweise, wenn schon die Gewitterwolken heraufziehen, lasse ich mir von der Emma sagen, ob das Wetter hält oder ich doch wen fragen soll, der mir Silo macht. Der Emil ist viel rigoroser, der lernt nur, wenn seine Schwester eine Ex voraussagt. Dabei weiß sie bloß, was in den letzten Stunden passiert ist oder in den nächsten passieren wird, höchstens einen Tag vor oder zurück, so genau haben wir das noch nicht herausgefunden. Und mit Zahlen hat sie es auch nicht, also Lottozahlen oder Pferdewetten, keine Chance.

«Du kannst dich über viel Sonnenschein freuen, zieh die lange Unterhose aus. Es geht ein leichter Ostwind, keinen Süßstoff in den Tee tun, der bringt dichte Wolken, und nächsten Donnerstag regnet es erst wieder, die Badewanne hinter eurem Haus läuft über. Auge um Auge, Zahn um Zahn», plappert Emma, als ich sie aus dem Hühnerstall zerre und hastig die Überreste vom Fuggerjakl in meine Hosentasche stopfe.

Dem Pflaum Herbert sein eines Auge leuchtet auf. «Mersse, jetzt weiß ich, wo ich's hingelegt hab.»

Ich merke sofort, dass Emma kurz vorm Zusammenbrechen ist. Blass und müde sieht sie aus, ihre Wimmerl leuchten so rot wie ihr Anorak.

«Papa, ich habe mich doch ganz warm angezogen, mir geht's gut.»

Ich küsse ihr die Stirn, die sich zum Glück trocken und kalt anfühlt. «Du kommst jetzt mit ins Haus.» Sie hängt sich in meine Arme und lässt sich tragen.

«Und ihr.» Ich wende mich wieder an die Alten. «Ihr wollt doch in Wirklichkeit nur wissen, wer den Wickerl ermordet hat, stimmt's?» Sie schweigen, ich hab ins Schwarze getroffen. «Lasst die Polizei ihre Arbeit machen, auch wenn's euch nicht passt.»

«Schneller wär es schon mit der Emma», erwidert trotzig der Pflaum Herbert. «Wir wollen schließlich alle ruhig schlafen und nicht Angst haben müssen, weil hier ein Mörder herumstreut und vielleicht auf den Geschmack gekommen ist und noch jemanden abmurkst.»

Die Textilstubenzwillinge nicken zustimmend und wechseln die Stricknadel des Nadelspiels mit einer schnellen Armbewegung, wie zwei Synchronschwimmerinnen, und schon geht das Geklapper weiter. Irgendwie habe ich den Verdacht, dass die Mördersuche nicht der einzige Grund ist, warum es sie hierherdrückt, aber ich durchschaue es nicht.

«Nichts da. Die Emma braucht Ruhe, verstanden?» Ich stutze. «Woher wusstet ihr überhaupt, dass sie zu Hause ist, oder seid ihr erst in die Schule gegangen, vor lauter Neugier?»

Die Berta sieht von ihrem Strickzeug auf. «Wir wollten schon mal zum Bus laufen, und deine Tochter ist halt hier in der Wiese gesessen und hat gesagt, dass der Fidl im Krankenhaus ist.» Die Emma braucht eben kein Handy, um auf dem neuesten Stand zu sein.

«Sag mal, kannst *du* uns heute nicht fahren?», fragt der Pflaum und schaut mich an wie ein einäugiges neugeborenes Lamm.

Das auch noch.

«Der Rossi und wir alle, mit unseren Beschwerden. Wenn einer ein Ersatz für den Fidl ist, dann du. Du kennst dich aus, Muck, als Einziger.» Die anderen pflichten ihm lautstark bei, als ginge es um eine Wahl im Gemeinderat. Mir erweicht es das Herz, aber ich muss hart bleiben, auch wenn die Liste in meinem Hirn, was ich heute alles vorhatte, auf einmal verblasst, als hätte wer feucht drübergewischt. Kein einziges Wort kann ich mehr entziffern. Mit dem Emil sollte ich noch was machen, aber was? Mir wird es schon wieder einfallen. Nur die Ruhe. Mein Schwiegervater ist auf die Senioren-Fahrten angewiesen, so wahnsinnig viele Bilder verkauft er nicht. Ein paar an die Dampfertouristen und Dauersegler. Fast jeder im Dorf hat schon ein Roseninselmotiv im Wohnzimmer, und im Sitzungssaal der Gemeinde haben sie vier nebeneinanderhängen, den See zu jeder Jahreszeit. So ein Bild wird nicht schlecht oder verwelkt, das ist was für die Ewigkeit. Aber von der kann der Fidl auch nicht abbeißen. «Warum fahrt ihr nicht mit dem Baierl seinen vollklimatisierten Klobussen?», schlage ich vor.

«Der braucht doch alle als Schulbusse. Und bei einer anderen Reisegesellschaft kriegen wir nur unterwegs irgendein Glump oder eine Versicherung angedreht, das wollen wir nicht. Wir brauchen keinen Fremdenführer oder Unterhalter, für Stimmung sorgen wir schon selbst. Das Ziel ist der Weg.»

«Andersrum.»

«Wer ist andersrum?» Der Pflaum Herbert stiert mich an, und ich merk, wie ich rot werde, als würde mein inneres Warnblinklicht doch durch mich durchscheinen.

«Keiner. Ich mein, es heißt, der Weg ist das Ziel.»

«Ach so, bei uns nicht. Ich dachte schon, du weißt was Neues über deinen Vater. Ist der eigentlich mal wieder aufgetaucht?»

Aufgetaucht, das ist gut. Wie oft bin ich schon am Seeufer gestanden und hab mich gefragt, ob mein Vater dort unten liegt, eingekeilt im Andreasgraben, an der tiefsten Stelle bei der Roseninsel, dort geht's fast bis zu den Bountyinseln durch.

Darauf hab ich keine Antwort, und ich will auch nicht drüber reden.

Der Pflaum klopft mir auf die Schulter. «Unter jedem Dach ein Fach.»

«*Ach* heißt es, Herbert, unter jedem Dach ein Ach.» Seine Frau hat die Ohren gespitzt, als ihr Mann das mit meinem Vater angesprochen hat. Anscheinend geht es immer noch herum im Dorf, auch nach so vielen Jahren noch.

«Versteh mich nicht falsch. Was dein Vater mit wem wo und wie treibt, geht uns nichts an. Ein feiner Kerl war das, der Simon. Und du hast es von ihm geerbt, Muck. Wir brauchen eine Vertrauensperson, keinen Hilfschauffeur, der morgen ausgetauscht wird.»

«Dann verzichtet und wartet, bis der Fidl gesund ist.»

«Das geht nicht. Wir müssen was erledigen, haben Termine, das könnt ihr Jungen euch gar nicht vorstellen.»

«Genau.» Der Rest der Meute stimmt mit ein.

Ich überlege. Wenn ich nicht fahre, finden die vielleicht jemand anderen, und der Fidl ist seinen Job los.

«Der Schlüssel», sagt Emma auf meinem Arm. Woher weiß sie davon? Aber warum frage ich mich das immer wieder bei ihr? Sie weiß es halt.

«Stimmt, wir können gar nicht fahren. Der Busschlüssel ist weg.»

«Dann suchen wir ihn alle zusammen», sagt der einäugige Pflaum, und schon stapfen sie los.

«Stopp, keinen Schritt weiter.» Das fehlt mir noch, dass sie mir das hohe Gras zusammentrampeln. Es reicht, wenn die Hundebesitzer überall durchlatschen, ihre Apportierstecken liegen lassen und mir dann vom Heuwender wieder ein Zinken abbricht.

Woher nehmen sie bloß die Energie? Das soll ihnen mal eine Gruppe Zwanzigjähriger nachmachen. Die *Gemeinsam Dabeiseier* könnten noch glatt als Animateure in einem Jugendclub anheuern. Hartnäckigkeit und Tatendrang hoch zwei. Ich spähe zur Herde hinüber, ein Viertel vom hohen Gras haben sie bereits abgefressen.

«Wer schaut mir nach den Schafen, wenn ich in der Weltgeschichte umeinanderkurve? Die Zwiebi ist trächtig und könnte heute ihre Lämmer kriegen.» Sie ist vorhin bereits schwer auf die Weide gegangen, aber ich hab sie trotzdem zu den anderen getan, sonst schreit sie mir den ganzen Tag im Stall und ist dann zu heiser, um ihre Lämmer zu begrüßen.

«Wird schon nichts sein bis um fünf, halb sechs, dann sind wir spätestens zurück», beschwichtigt mich der Pflaum.

Was versteht ein Metzger von Lebenden? Andererseits läuft bei den Geburten meiner Tiere meist alles glatt. Und Ruhe ist immer besser als ständige Kontrolle. Ich überlege. «Es geht nicht, erst muss ich dem Fidl seine Sachen, Schlafanzug, Zahnbürste, frische Socken und so, ins Krankenhaus bringen», fällt mir noch ein.

«Das erledigen wir gemeinsam. Du fährst bei ihm vorbei, und wir passen dann solange im Bus auf die Emma auf. Die kannst du doch nicht mit hineinnehmen, wegen der Ansteckungsgefahr.» Die kann ich eigentlich überhaupt nirgends mitnehmen! Wenn die Sophie davon erfährt, schlafe ich heute Nacht im Schafstall, aber das sage ich nicht laut.

«Wir haben die Windpocken alle hinter uns, da kannst du beruhigt sein», erklärt die Pflaum Burgl. Bei der Gretl ihrer fleckigen Haut wäre ich mir nicht so sicher.

Sie scheint meinen Blick zu bemerken, fährt sich über die rostroten Wangen und sagt: «Ich hab das mit der Einstellung meiner neuen Höhensonne noch nicht raus, weil ich immer einnicke, wenn die zu surren anfängt.» In Pöcking ist gemordet worden, und noch dazu hat mir irgendwer meine schönen Augsburger abgemurkst, und ich gehe einfach so auf große Fahrt? Auf einmal dämmert es mir, auf was das Ganze hinauslaufen soll. Sie glauben vielleicht, dass ich auf ihre Tricks reinfalle. «Ihr wollt doch nur die Emma weiter ausquetschen.»

«Wir fragen nichts mehr, versprochen.» Alle heben die knotigen Finger, mit oder ohne Strickzeug, zum Indianerehrenwort.

Stasi und Blasi in Sicht
6.

Am Ende lasse ich mich überreden und fahre sie doch. Hier kann ich vorerst nichts ausrichten, außer dass ich mir das Hirn zermartere, wer das mit meinen Fuggern gewesen sein könnte. Wie vermutet liegt der Autoschlüssel im Gras und ist dem Fidl bei seinen Morgenübungen aus der Tasche gefallen. Auf dem großen grünen Samtkissen, voll frischer Kräuter, präsentiert er sich, die Schafe haben die Stelle freigefressen. Ehe wir abfahren können und bis der Pflaum endlich sein Auge geholt hat, mache ich mich noch ausgehfein. Bevor ich die Stallhose gegen eine frische Jeans tausche, hole ich die Krallen vom Fuggerjakl aus der Tasche und öffne das Badofentürl. Da fällt mir was auf. Ich betrachte die Gockelfüße genauer. Die Wundränder sehen nicht wie abgebissen oder abgerissen, sondern wie abgeschnitten aus. Ich seufze. Was geschehen ist, ist geschehen. Mit einem letzten andächtigen Gruß werfe ich sie in den Ofen, übergebe sie dem Feuer, und tausche meine Gummistiefel gegen die Haferlschuhe. Dann lüfte ich noch ein bisschen den Bus, räume dem Fidl seinen Verhau zur Seite und leere den Aschenbecher. Ein Buch liegt auf dem Beifahrersitz. *Cooking for Everybody*. Seit wann liest mein Schwiegervater englische Kochbücher? Kann er überhaupt Englisch?

«Ach, das hab ich ihm geliehen», sagt der wieder zweiäugige Pflaum, der gschwind wie der Wind hinter mir auftaucht, mit einer Tafel Schokolade für die Emma in der Hand. Auge um Auge, Zahn um Zahn. Sein Glasauge lag im Gebissglas, meine Tochter hat recht gehabt. Er nimmt mir das Buch aus der Hand und schiebt es in seinen Rucksack. Große Beutel haben sie übrigens alle dabei. Berta und Erna brauchen die für ihren Wollvorrat und dann fürs Fertiggestrickte, wenn wir wieder zurück sind. Die anderen Beutel sehen relativ leer aus, deshalb glaub ich, es geht auf eine Einkaufstour. Emma hab ich mit einer juckreizlindernden Tannenmilch eingerieben, was sie noch blasser, ja fast durchsichtig scheinen lässt. Wie ein gläserner Fliegenpilz sieht sie aus. Kann ich ihr so eine Fahrt wirklich zumuten? Sie kuschelt sich samt Stoffschaf Kohl auf Fidls Schlafkanapee. Die Pflaum Burgl nimmt mir meine Bedenken, als sie sich bereit erklärt, sich um Emma zu kümmern. Schon lange wünscht sie sich sehnlichst ein Enkelkind, aber wenn sie den Willi nicht endlich abstillt, wird das wohl nichts. Überhaupt sieht Fidls Behausung mit dem angeschraubten Stuhlsammelsurium um den kleinen Tisch, auf dem der Pflaum und der Melcher ihr Backgammon aufklappen, wie ein plüschiges Wohnzimmer aus. Es gibt Kaffee und Tee aus mitgebrachten Thermoskannen, dazu die neuesten Experimentierkekse, und die schmecken gar nicht schlecht. Die Gretl legt mir ein paar aufs Armaturenbrett. Kein Wunder, dass die *Gemeinsam Dabeiseier* dieses Gefährt bevorzugen. Ist ja nur das eine Mal und heute und wegen dem Fidl und überhaupt, sag ich mir vor, um das Blinken in meinem Hirn abzustellen. Am alten Rathaus beim Seniorentreff sammeln wir die restlichen Ausflügler ein. Ich steige aus und geh hinein, da ich draußen noch keinen sehe. Der Panscher und die Ayşe schrubben die Küchenzeile, als müssten sie ein Labor sterilisieren. Der Apotheker trägt zwar kein Kopftuch, aber beide stecken in einem Gummianzug mit Kapuze.

«Gestern sind ein paar Rezepte verunglückt», nuschelt er, bis er den verhakten Reißverschluss aufkriegt, den er bis zur Nase raufgezogen hat. «Es ist alles nicht so leicht, wie's in den Kochshows aussieht. Fernsehen und Wirklichkeit, das gibt Krusten in den Töpfen. Wenn so ein Promi mal was verpatzt, stellen die ihm eine neue Bratpfanne hin, oder bei was Gröberem gleich ein neues Studio. Die Kamera schwenkt kurz weg und schwupp, der Zuschauer hat nichts gemerkt. Aber unsereins muss putzen.»

«Was sind das bloß für Monstertorten gewesen, dass ihr gleich die ganzen Räume desinfizieren müsst?», frage ich. Gelber Rauch hat sich in den Gardinen festgehängt. Trotz scharfer Reinigungsmittel riecht es, als hätte es wer nicht mehr rechtzeitig aufs Klo geschafft.

«Abwarten.» Der Panscher grinst nur.

Endlich legt auch Ayşe den Wischlappen zur Seite. Beide steigen aus ihren Schutzanzügen und in den Bus. Über eine Rampe schiebe ich den Rossi, der gleich neben dem Seniorentreff wohnt, mit seinem Rollstuhl ins Innere, und als sie es sich alle bequem gemacht haben, geht es los. Erst mal nur aus dem Dorf hinaus, ich schwenke gleich links Richtung Maising, unterquere die Umgehungsstraße, dann fahren wir querfeldein zum Bene seinem Einsiedlerhof. Dort öffnet mir der Emil. Mir fallen fast die Augen raus. «Bist du nicht in der Schule?»

«Doch, aber wir hatten früher aus.» Er kramt einen Zettel aus der Hosentasche. Da steht, die Eltern sollen zur Kenntnis nehmen, dass die Schüler wegen einer Lehrerkonferenz heute bereits um 10.30 Uhr aushaben. Das Ganze hätte er mir laut Datum vor einer Woche zeigen sollen. Obendrein ist der untere Teil, wo die Unterschrift hingehört, abgeschnitten.

«Und wer hat unterschrieben?», frage ich, aber ich kann mir die Antwort denken.

«Deine Unterschrift ist fei nicht schwer. Ich mach das auch nur in Ausnahmefällen, ehrlich.»

«Das hat Folgen, sag ich dir.» Welche, weiß ich noch nicht, aber ich lasse mir was einfallen.

Emil verzieht das Gesicht, ganz nach Sophie-Art. «Ach, Papa.»

Ich versuche, einen strengen Blick aufzusetzen, und runzle die Brauen. Der Bene huscht geschniegelt und herausgeputzt hinter meinem Sohn vor. Eine Tolle kriegt er mit seinem Flaumhaar zwar nicht mehr zusammen, aber einen in gleichmäßige Wellen gekämmten Kranz, der seinen Schädel einfasst wie eine Waffel eine Kugel Eis. Ein bisschen Rasierschaum klebt unter seiner Nase. Er hat sich eine Fliege umgebunden und trägt einen karierten, etwas zu kurzen Anzug, sodass seine verschieden farbigen Socken zwischen Hosensaum und Schuhen hervorlugen, fesch!

«Dein Sohn ist ein ganz Lieber. Hilft mir, räumt auf, kocht mir was und so.»

Der Emil und Putzen, das kann er doch wegen seiner Hausstauballergie gar nicht, jedenfalls, wenn ich ihn zu Hause frage. Und kochen tut er auch noch. Dabei hat der Bene doch nur einen Holzherd. Das kennt er zwar von uns daheim, wenn wieder mal der Strom ausfällt oder er einheizen muss, damit wir warmes Wasser haben. Aber freiwillig? Pöcking wird noch das Dorf der Köche! Fragt sich nur, wer das alles essen soll.

«In Ordnung.» Wenn ich höre, dass mein Sohn jemandem hilft und damit in meine Fußstapfen tritt, kann ich nicht nein sagen. «Aber später gehst du gleich auf der Stelle heim, machst Hausaufgaben und lernst.»

«Wieso, ist die Emma krank?»

Ich seufze. «Du kannst doch nicht immer deine kleine Schwester fragen! Du musst doch auch mal von selber lernen.»

«Also wirklich, Papa. Das meiste, was die Lehrer verzapfen, ist sowieso überflüssig, und durch die Emma sortiere ich aus, was ich überhaupt für später brauche.»

Argumentieren kann mein Sohn. «Die Emma hat Windpocken und fährt mit uns mit», sage ich. «Dann schau bitte mal nach der Zwiebi, die könnte heute lammen. Sie macht das zwar nicht zum ersten Mal, aber gib trotzdem Obacht, ja?» Mir ist immer noch unwohl, dass ich alles so liegen und stehen lasse, oder stehen und liegen, aber nun kann ich nicht mehr zurück. «Auf dem Fensterbrett ist ein Nest aus Fidls Heizdecke mit den Bruteiern, die Augsburger sind tot, die Seitenklappe vom Hühnerstall war heute Nacht offen.»

«Oje, armer Papa.» Emil umarmt mich. Ich muss mich beherrschen, nicht loszuheulen, presse meine Lippen aufeinander und reib mir über die Augen.

«Er hat meine Handynummer für alle Fälle.» Der Bene tätschelt mir die Schultern und tippt auf seine Brusttasche, wo anstatt eines Taschentuchs das in eine karierte Schutzhülle gepresste Ei-Phone rausspitzt. Ich gebe mich geschlagen.

Erster Halt ist das Starnberger Kreiskrankenhaus. Als ich mich durchfrage, sagen sie, Fidelius Sattler liege nicht in der Intensiv-, sondern auf der Privatstation. Bisher habe ich geglaubt, der Fidl ist nicht mal krankenversichert, aber vielleicht wirft die neue Wolkenstimmungs-Kollektion doch mehr ab, als ich gedacht habe, oder in den Ortskrankenkassenkabinen war alles überfüllt. Verblüfft betrete ich dem Fidl sein Einzelzimmer. Ledersessel, Balkon, Borte an der Wand, HD-Fernseher mit Receiver. Kein Kabelsalat zu hässlichen Krankenhausapparaturen. Wahrscheinlich geht das alles auch schon per Funk und ist hinter den chromglänzenden Schränken verborgen. Fehlt nur noch Stuck an den Wänden, Weinbrand und die Zigarre, dann wäre das hier ein Clubraum vom Feinsten. Aus dem Fidl ist nichts rauszukriegen, der schläft, von Medikamenten eingelullt, erklärt mir die Schwester. Am Herzinfarkt sei er nur knapp vorbeigeschrammt, sie müssten ihn für weitere Tests noch ein paar Tage hierbehalten.

Fragen, ob sie sich mit dem Zimmer geirrt haben, will ich nicht, sonst bemerkt sie es noch und bettet den Fidl um. Für einen Moment glaube ich, er lurt unter den Wimpern raus und tut nur so, als ob er schläft.

«Hello Mister», flüstere ich dem englischen Koch zu, als die Schwester gegangen ist. Wie man es bei Komapatienten macht, mit denen soll man auch reden. «Werd schnell wieder gesund, ja?» Ich stelle ihm die Geschenkschachtel, die mir die *Gemeinsam Dabeiseier* für ihn mitgegeben haben, aufs Nachtkästchen. «Der Busschlüssel ist auf der Wiese gelegen. Ich übernehm deine Fahrt, aber das nächste Mal bist du wieder dran, ausgemacht?» Ich setze ihm sein Franzosenkappi auf und lege die Maltasche auf die Tablettenablage. Ganz schwach, fast unmerklich, nickt er mir zu.

Die geplante Route wird schnell geändert, da es für den ursprünglichen Ausflug, wo auch immer der hingehen sollte, das sagen sie mir nicht, an diesem Tag nicht mehr reicht. Grenze und Österreich, hab ich herausgehört, vielleicht täusche ich mich auch. Aber es soll noch einer sagen, alte Leute seien nicht flexibel. Blitzschnell stecken sie die Köpfe zusammen, tuscheln und schwupp, wissen sie, wo es stattdessen hingehen soll. Nach München wollen sie also. Ich bin direkt erleichtert. Den Weg kennt der Daimler fast allein, weil der Fidl da mindestens eine weibliche Bekanntschaft drin hat. Das schaffen wir locker. Da können sich die Altpöckinger ihre Taschen auf dem Viktualienmarkt füllen, ein Salzgürkchen verdrücken und eine Ausgezogene mampfen oder meinetwegen ein Haferl Kaffee beim Dallmayr schlürfen und schwupp, geht's wieder zurück. Nur der Rossi meckert, aber der Melcher schlägt vor, ich soll den Rossi einfach vorher absetzen. Das ist auch kein Problem. Überhaupt wirken sie viel umtriebiger als sonst, geradezu lebensfroh. Das war nicht immer so. Anfang des Jahres, als die Ingrid, die Gründerin von *Gemeinsam Dabeisein*, starb, da glaubten die restlichen Pöckinger, es käme zu einem kollektiven Selbstmord, so schlecht waren ihre Väter und Mütter drauf. Wie schlecht, das weiß ich vom Fidl, der hat's mir eines Abends erzählt. Ich saß mit meiner Apfelschorle auf dem Bussofa, da wo die Emma jetzt schläft, und er mit seinem Rotwein auf einem Hocker. Dass die Ingrid sich vor die S-Bahn geschmissen hat, das hat alle depressiv gemacht, als hätte sich was von ihrer Todessehnsucht auf alle anderen übertragen. In Pöcking hieß es schon, der ganze Verein würde aufgelöst werden – ohne Ingrid keine Zukunft. Die Ingrid hat eben nicht nur den ganzen Bürokram verwaltet, sondern auch die Pflege übernommen. Nicht alle Senioren sind noch so fit wie die Koch- und Strickriege, die im alten Rathaus fuhrwerkt. Der eine oder andere wird schon mal von einer Krankheit niedergestreckt oder steht nach einer Verletzung nicht mehr auf. Dazu die Finger- und Fußpflege, auch das Gröbere in der Mitte, Windelwechseln und so. Mit den Medikamenten kannte sich die Ingrid aus, wann wer zu viel und wann zu wenig schluckte. Außerdem hatte sie immer ein Ohr für Sorgen aller Art, hat sich die Kindheitserinnerungen und Geschichten aus der guten und weniger guten Zeit angehört, sich auch mal Familienmitglieder vorgeknöpft und so manche Versöhnung angeschubst. Verwalterin, Pflegerin, Seelsorgerin, Partnervermittlerin, Familientherapeutin, alles in einer Person. Wahrscheinlich hat sie sich in ihrem «ständig nur für andere da sein» selbst verloren, das vermutete der Fidl zumindest. Jung und hübsch war sie auch noch, jedenfalls aus Sicht der Achtzigjährigen, für die war die Ingrid mit ihren dreiundfünfzig ein Backfisch. Das verbindende Glied, sozusagen der Wollfaden bei den Strick- und Mensch-ärgere-dich-Nachmittagen. Der Fidl hätte mir das nicht erzählt, wenn es ihn nicht selbst so belastet hätte, der muss so Worte über Gefühle erst in einer Rotweinflasche drin finden. Drei, vier Flaschen dauert das dann meist, jede Menge Rebenblut, bis er sich was Inneres abpresst. Nach der Ingrid ihrer Beerdigung war also erst mal ein Stimmungstief. Doch dann öffneten sich die Vorhänge im Alten Rathaus plötzlich wieder, frisch gewaschen und gestärkt, und die Senioren fingen an, um ihren Verein zu kämpfen. Kaum war der letzte Schnee endgültig geschmolzen und der Pöckinger Faschingsprinz beerdigt, machten sie alleine weiter, als hätten sie auf einmal begriffen, dass sie, nur weil sie aus der Arbeitswelt weitgehend ausgeschieden waren, noch lange nicht zum alten Eisen gehörten. Sie verteilten einfach die Aufgaben. Jetzt kümmert sich der Rossi um die Finanzen, und der Panscher schaut, dass es allen gesundheitlich gut geht. Blutdruck, Kreislauftabletten, Klosterfrau Melissengeist, so Zeug. Jeder passt nun auf den anderen auf. Sie sind gesünder als vorher, hab ich den Eindruck. Sogar den Pflegedienst für die Bettlägerigen organisieren sie selbst.

Auf dem Weg in die Hauptstadt machen wir zwei Klopausen, die erste nach sechs Kilometern an einer Tankstelle in Starnberg, die zweite am einzigen Rastplatz der Autobahn. Bei dreißig Kilometern bis München ist das eine Leistung.

«Wart's ab, bis du selbst tröpfelst», sagt die Burgl und klettert gekrümmt aus dem Bus. Doch dann sehen wir endlich Blasi und Stasi, die zwei Turmspitzen der Frauenkirche, quasi das Pendant zu unserem Dorf. Auch unsere sind unterschiedlich hoch. Nur dass sie in Pöcking weiter auseinanderstehen. Aber mit etwas Phantasie ... Ich merke, wie es mir schon ein bisschen flau ums Herz wird. Heimweh.

Nach so kurzer Zeit schon. Die Alten lenken mich von meiner Wehmut ab, sie applaudieren so kurz vor dem Ziel, als wäre ich dabei, die Olympiade zu gewinnen. An der Hutschachtel in der Nähe der Donnersberger Brücke lade ich den Rossi mit seinem Rollstuhl aus. So heißt das auffällige Gebäude der S-Bahn-Betriebszentrale wegen seiner runden Form. Ich will ihn noch durch die Schranke mit Pförtnerhäuschen zum Eingang begleiten, aber er winkt ab. Er käme nun allein zurecht, will einfach nur seine ehemaligen Arbeitskollegen besuchen, versichert er mir und gibt mit den Handflächen Gummi. Ich soll ihn später wieder genau an dieser Stelle abholen.

Weiter geht's geradeaus, direkt in die Innenstadt. Dort dirigieren sie mich zum Parkhaus am Sendlinger Tor. Obwohl es ein warmer Frühlingstag ist, als wir nun aus dem dunklen Betongebäude ins Sonnenlicht treten, drapieren die Textilstubenzwillinge ihre selbstgemachten Tücher um Schultern und Hals. Aber nicht nur sie: Alle, außer der Ayşe, die ihr Kopftuch nie ablegt, binden auf Anweisung vom Panscher einen Schal oder ein Halstuch um, bevor sie losgehen.

«Der Sonne fehlt noch die Kraft, haltet euch lieber warm. Nicht, dass sich noch einer von uns verkühlt.» Der Panscher hat seine Truppe im Griff. Im 518 Meter über dem Meeresspiegel liegenden München kommt es mir zwar wärmer vor als bei uns droben auf 672 Meter, aber sie räuspern sich und hüsteln nach dem Apotheker seiner Anweisung schlagartig umeinander, als hätte ich sie zu einer Antarktisspritztour gekarrt.

«Äh, du hast frei bis zur Heimfahrt.» Der Panscher bremst

mich, wie ich die Ärmel meines Pullis hochschiebe und ihnen mit der Emma an der Hand hinterherdackeln will.

«Sollen wir euch nicht besser begleiten?», frage ich.

«Nein, nein. Macht euch einen schönen Tag. Kauf deiner Tochter was Nettes zum Spielen und dir eine Leberkässemmel oder was du halt magst.» Er drückt mir hundertfünfzig Euro in die Hand und grinst mich an. «Quittung brauch ich keine.»

«Treffpunkt spätestens um sechs beim Parkhaus. Servus.» Wer von denen hat denn da im Lotto gewonnen? Oder hat die Emma das jetzt doch noch mit dem Zahlenvorhersagen heraus? Verblüfft sehe ich den Alten nach, wie sie auf die nächstbeste Apotheke zusteuern.

«Komm, Papa, ich will einen Zauberkasten.» Meine Tochter zerrt mich Richtung Marienplatz.

7. Ein Ochs für eine Kuh

Vom Zauberkasten ist meine Tochter enttäuscht. Gleich nach dem Bezahlen hocken wir uns in der Kaufhaustür an die Wand, dorthin, wo es die Leute mit einem Föhn hineinbläst in den Konsum.

Emma reißt die Schachtel auf. «Der kann ja gar nichts richtig, Papa», stellt sie nach einer kurzen Überprüfung fest. Und wirklich, obwohl der Kasten eingeschweißt war, sind schon ein paar Sachen beschädigt. Eine Karte des Kartenspiels ist markiert, der schwarze Beutel, in dem ein Gegenstand verschwinden soll, hat eine Innentasche. Das eiähnliche Ei ist schlecht gemacht, mit Nähten an den Hälften, wo es zusammengepappt wurde. Von was für einer Vogelart soll das überhaupt sein? Für ein Hühnerei ist es zu klein und für ein Wachtelei zu weiß. Und einer von den Ringen, die man ineinanderzaubern soll, hat einen Riss. Fad, das Ganze, ich muss Emma recht geben, welch ein Glump. Fürs Umtauschen ist es zu spät, jetzt wo die Folie ab ist, das glaubt uns die Verkäuferin bestimmt nicht, dass uns der Kasten im Föhnwind runtergefallen ist. Wie ich die Stadtmenschen kenne, wissen die nicht mal, wie ein richtiges Ei aussieht. Bei denen kommt doch die Milch aus dem Zapfhahn, gleich neben dem Bier, und die Kühe sind schokoladenpapierfarben. Ich werde versuchen, die Teile zu reparieren, wenn die Emma überhaupt noch damit spielen will. Auf einen Stadtbummel verzichten wir. Erstens ist meine Tochter krank, und wir wollen nicht die ganze Fußgängerzone anstecken. Das geht in so einer Stadt ratzfatz, wo kaum Luft ist zwischen einem Fremden zum nächsten, die beatmen sich quasi selbst, wenn sie so aneinander vorbeischlendern. Zweitens stresst es mich, zu so vielen Menschen «Grüß Gott» sagen zu müssen. Nach der einen Rolltreppenfahrt im Kaufhaus ist mein Kiefer schon ausgeleiert, auch wenn ich mit der Zeit auf «S'Go» abgekürzt habe. Und glaubt man das, nur selten grüßt einer zurück! Zugegeben, es waren auch ein Haufen Japaner dabei, die mehr genickt haben als gesprochen. Lieber kaufen wir uns auf dem Rückweg Brotzeit und schlendern langsam in Richtung Parkhaus zurück. Halt, auf den Alten Peter könnten wir steigen und uns die Stadtleute als Ameisen anschauen. Wir kraxeln also die 306 Stufen hinauf. Erst merke ich, dass ich Knie habe, dann, dass ich über vierzig bin, und zuletzt keuche ich nur noch an der Glockenstube vorbei und zieh mich am Geländer hoch. Emma springt wie ein Zicklein um mich herum, treppauf, treppab, von Krankheit keine Spur. Dafür werden wir oben auf sechsundfünfzig Metern belohnt. Sobald ich wieder zu Atem gelange, rapple ich mich auf und schaue ins Land. Der Föhn, also nicht der von der Kaufhaustür, sondern der windige Naturföhn aus den Alpen, schenkt uns ein weiten Blick. Ganz hinten am Horizont, wo die Weltkugel einen Buckel macht, erkenne ich die Seepferdchenform vom Starnberger See. In meiner Brust zieht es köstlich, wie ich meine wunderschöne Heimat so fern und scheinbar zum Greifen nah erblicke. Alle Berge lugen zu uns herauf. Die Zugspitze, die Alpspitze, und seitlich links erahne ich die Benediktenwand, meinen Lieblingsgipfel. Dort, bei der Tutzinger Hütte, hab ich die Sophie kennengelernt. Kurz vorm Kreislaufzusammenbruch ist sie an einem Fels gelehnt, und ich hab ihr einen Traubenzucker angeboten. Einfach so, und schon hat's gefunkt.

Den restlichen Aufstieg haben wir beide kaum noch gemerkt, weil wir uns so viel zu erzählen hatten.

«Und schau, Emma.» Ich deute in die Ferne. «Der winzige Fliegenschiss am Westufer, also rechts von uns aus gesehen, zwischen den Bäumen, ist der Sankt-Pius-Kirchturm von Pöcking.»

«Wo? Ich seh nichts.» Meine Tochter reckt sich am Gitter hoch.

«Da drüben, direkt unter der Zugspitze.»

«Ich seh keinen Zug.»

«Nein, ich mein doch nicht den Zug, ich meine den höchsten Berg Deutschlands, der heißt Zugspitze, das hat sich ein Landvermesser ausgedacht, warum auch immer.»

«Vielleicht weil er wie von einer Lokomotive dann von ganz vorne ins Land schauen konnte?», schlägt Emma vor.

Sie ist gescheit, meine Tochter, ich hebe sie hoch, damit sie alles betrachten kann. Ja, ich gebe zu, dass ich mir mein Pöcking eher hindenke, als dass du es wirklich erkennen kannst. Aber dort ist es, unverrückbar, egal wie weit ich von meinem Geburtsort getrennt werde.

Auf dem Rückweg ins Parkhaus kaufen wir uns Proviant bei einem Imbiss auf der Sendlinger Straße. Dann brotzeiteln wir gemütlich unter der heimeligen Innenbeleuchtung im Bus. Der Fidl behauptet, den grünen Lüster mit den Glasperlenschnüren bei einer seiner Liebestouren aus einer Pariser Mühle abgestaubt zu haben. Wir schlecken Eis, mampfen Pizza und spielen Backgammon. Ich habe allerdings das Gefühl, Emma sieht meine Spielzüge voraus und lässt mich trotzdem gewinnen. Wie ich mir gerade auf dem Kanapee ein Nickerchen gönnen will, um ein bisschen von dem ganzen Denksport und den vielen neuen Eindrücken zu entspannen, wird die Bustür aufgerissen. Nicht schon wieder der Parkwächter, der war vorhin da und dachte, wir sind Penner, die mal von einer Brücke in ein Autohausdach wechseln wollen. Aber nein, die Gretl ist es, ihren Rollatorkorb vollbepackt, und nach und nach trudelt der restliche Trupp ebenfalls mit vollen Taschen ein. Verschwitzt, die Hemdkragen und Blusen aufgeknöpft, die Jacken um die Hüften gebunden, fröhlich und gesund kehren alle zurück. Gigantische Tüten mit neuen Kopfkissen zerren sie in den Bus, als seien die mit Blei gefüllt. Ich biete mich beim Verladen an, aber die Melcher Manuela und die Ayşe geben ihre Beute nicht aus der Hand. Schachtelweise Spielzeug für die Enkelkinder haben sie auch eingekauft. Dazu die Wunschlisten der Daheimgebliebenen abgearbeitet. Der Pflaum hat seiner Pflaume ein Bernsteinkollier zwischen das Doppelkinn gehakt. Der Bene und der Melcher schleppen einen mechanischen Heimtrainer herbei, den sie mit siebzig Prozent Rabatt beim *Sport Speck* erstanden haben, wie sie mir stark schnaufend erzählen. Das Ding zeigt schon seine Wirkung.

Großeinkauf also, wie ich vermutet habe. Die Gretl hat sich eine neue Dauerwelle von so einem Promifriseur am Odeonsplatz machen lassen, mit einem leichten Violettstich, das kann aber auch an der Beleuchtung liegen. Ihre Pickel hat er sehr gut abgedeckt, die sieht man so gut wie gar nicht mehr, da ist nur die kleine Staubwolke von dem Make-up, wenn sie spricht. In der Apotheke haben sie auch zugeschlagen. Medikamentenpackungen spitzen aus den Handtaschen und Umhängebeuteln. Hustensaft auf Vorrat. Die Textilstubenzwillinge streiten sich über ein neues Strickmuster, das sie in einem Wollgeschäft hinter dem alten Rathausturm gesehen haben. Aha, Konkurrenzanalyse. Es geht um Socken ohne Fersen.

«Ja, hat man da dann an der Ferse ein Loch zum Lüften oder

wie?» Ich verstehe auch was von Fersenlöchern, sogar dreifach, da muss ich mich einmischen. Nicht dass es mich bald friert, weil die Zwillinge ihr Sortiment umstellen.

«Nein, Muck. Die werden in einem Stück gestrickt», erklärt mir die Berta. «Durch das raffinierte Muster drehen sie sich, und es braucht keine extra eingestrickte Ferse.»

«Von wegen raffiniert», erwidert die Erna. «Die sitzen bestimmt nicht richtig, und überdies müsstest du dann ja nicht mehr auf die Fußgröße achten. Na, wir werden sehen.» Kaum dass sie Platz genommen hat, wirft sie ein neues Nadelspiel an und schlägt die ersten Maschen auf.

«Mir ist es gleich, ob mit oder ohne, Hauptsache, warm.» Ich klinke mich aus der Fachdiskussion, werfe den Daimler an und konzentriere mich aufs Rausrangieren in Richtung Süden.

Der Rossi wartet nicht wie verabredet beim Haupteingang der Hutschachtel, also parke ich vor der Schranke, für ein paar Minuten wird das wohl gehen, und beschließe, ihm entgegenzugehen. Für einen Rollstuhlfahrer gibt es überall Hindernisse. Wer weiß, wo er feststeckt. Ich frage den Wachmann nach dem Rudolf Rossbach, so heißt der Rossi in der Langfassung, und beschreibe sein Aussehen. Ich muss meinen Ausweis zeigen, damit ich in den Hochsicherheitstrakt, worin sämtliche Münchner S-Bahnen überwacht werden, überhaupt reindarf.

«Ja, den hab ich gesehen, bei Dienstantritt, vor ein paar Stunden, aber noch ist er nicht wieder rausgekommen. Wahrscheinlich hockt er mit ein paar Sekretärinnen auf dem Schoß in der Kantine.» Ich folge seinem Wegweiserfinger, finde aber keine Kantine und auch kein Kantinenschild an den vielen Türen. Es hilft auch kein Schnuppern, nach Essen riecht es nirgends, eher typisch münchnerisch, nach Teppichboden und Reinigungsmitteln. Nachdem ich eine Weile in den Gängen herumgeirrt bin und keinen getroffen habe, den ich noch mal fragen könnte, hoffe ich, wenigstens ein Klo zu entdecken, bis nach Hause schaffe ich es sonst nicht mehr. Hinter einer halboffenen Tür liegt die Kommandozentrale. Die Glühbirnen verdienen den Namen nicht, das sind eher Funzeln, so wie im Kino, wenn nach der Eiswerbung das Licht gedimmt wird. Wie sich meine Augen an das Dämmerlicht gewöhnt haben, erkenne ich die feinen Linien und Pfeile auf den Bildschirmen, die in alle Richtungen zeigen. Überall blinkt und piepst es. Das Schienennetz ähnelt einer komplizierten chemischen Formel. Also, ich wüsste nicht, wo draufdrücken, wenn ein Baum auf die Oberleitung fällt. Die Drehsessel vor den Computern könnten auch Rollstühle sein, wie soll ich unter den vielen Hinterköpfen den Rossi rauskennen?

«Kann ich Ihnen helfen?»

Den Spruch habe ich doch gepachtet! Ich drehe mich um und stoße an ein vollbeladenes Tablett, das ein Mann an mir vorbei durch die Tür balancieren will. Kaffeetassen und Löffel scheppern, ich fang die gläserne Zuckerdose auf, in der sich mein Strickpulliärmel verfangen hat. Koffein. Verstehe. Wach bleiben ist das A und O in diesem Betrieb, sie können schlecht durchsagen, weil ein Herr Schuster eingenickt ist, kommt es im gesamten Streckennetz zu Verspätungen. Ich frage nach meinem vermissten Fahrgast und kriege zu hören, dass er vor ein paar Minuten gegangen ist. Na ja, gegangen, denke ich, aber lasse es gut sein. Er würde draußen auf seinen Chauffeur warten, hätte der Rossi gesagt. Mit einem «Mersse» bedanke ich mich bei seinem Eisenbahnerkollegen und tue so, als würde ich zurückgehen. Aber als er die Tür zum Hauptraum schließt, laufe ich den Gang weiter in der Hoffnung, endlich ein Klo zu finden. Inzwischen herrscht Alarmstufe dunkelgelb. Ein Behindertenklo ist ausgeschildert. Wenn wer fragt, wird mir schon ein Wehwehchen einfallen, hinterher. Ich rüttle an der Klinke. Besetzt.

«Moment noch.» Die Stimme kenne ich doch, na also.

«Schick dich, mir pressiert's.» Ich beiße die Zähne zusammen und alles andere auch. Endlich höre ich die Spülung, was bei mir fast die Schleusen öffnet. Der Rossi rollt raus, sein Laptop auf dem Schoß. Mei, manche lesen ein Buch, um den Darm anzuregen, manche rauchen, er surfbrettelt halt durch die virtuelle Welt. Scheiß drauf, ich hab's eilig und dräng mich an ihm vorbei.

Auf der Rückfahrt öffnet die Gretl ihren Eierlikör, und wir stoßen auf den erfüllten Tag an. Sechsundneunzig Prozent reinen Alkohol tut sie da rein, den kriegt man eigentlich nur in Österreich, deutsche Apotheken verkaufen den nicht rezeptfrei, behauptet sie.

«Also deshalb sollte es ursprünglich dort hingehen?», frage ich.

«Nicht nur, auch wegen der Salzburger Nockerl, die wollte der Rossi schon immer mal probieren, stimmt's?» Ich sehe in den Rückspiegel. Der Rossi nickt, oder vielleicht lag's auch an der Bodenwelle, über die ich gerade geholpert bin.

«Ach, deshalb wart ihr in der Apotheke?», frag ich. «Dann hat der Panscher seine Beziehungen spielen lassen, und ihr habt Nachschub gekriegt?»

«Nachschub?» Die Gretl wirkt, als hätte ich sie bei etwas ertappt.

«Na, den Alkohol, für deinen Eierlikör.» Mal schauen, wie sie reagiert auf meinen kleinen Test.

«Ja, genau, für den Eierlikör», sagt sie schnell, zu schnell. Ich mustere sie und auch die anderen in Fidls fahrbarem Wohnzimmer. Die einen fangen gschwind eine neue Backgammonpartie an, die anderen eine Handarbeit, als wäre nichts gewesen. Einen halben Schlauchsocken hat die Erna bereits fertig. Die Berta erklärt meiner Tochter das Häkeln. «Faden holen, einstechen, Faden holen und durchziehen», sagt sie übertrieben laut, als sie meinen Blick bemerkt. Aber so viel Eierlikör kann ganz Pöcking auf keinem Straßenfest saufen, nicht einmal auf einer Jahrhundert- oder Tausendjahrfeier. Ich hab die Kanister gesehen, die sie mit ihren Halstüchern in den Kopfkissentüten verbergen wollten. Einen Ochs für eine Kuh wollen sie mir vormachen, doch ich komme ihnen schon noch drauf, so wahr ich ein Halbritter bin.

Wie ich mich auf der Garmischer Autobahn einfädle, beginnen sie Volkslieder und deutsche Schlager zu schmettern, die ich seit meiner Kindheit nicht mehr gehört habe. Nach ein paar Kilometern bin ich fei froh, dass die beiden Kirchturmspitzen von Pöcking in Sicht kommen.

übers Gewissen stolpern
8.

Kurz vor halb neun setze ich jeden aus der Rentnerbande bei sich zu Hause ab und kurve zu uns ans Ende der Starnberger Straße. Ich freu mich, als ich die Isetta im Hof stehen sehe. Meine Frau ist daheim! Doch dann kriege ich die Haustür kaum auf. Ich stemme mich dagegen und schiebe sie mit aller Kraft auf. Sophies Jacke hat sich unter das Türblatt geklemmt. Merkwürdig still ist es. Vielleicht arbeitet meine Frau im Garten und düngt ihre Rosen? Zwischen dem wuchernden Unkraut vom letzten Jahr sehe ich sie oft nicht gleich. Oder hat sie sich hingelegt?

«Nepomuk?» Auweia, wenn Sophie meinen vollständigen Namen ruft, verheißt das meist nichts Gutes. Ich glaube, ich lasse besser die Schuhe an und hole lieber erst mal die Schafe. Melken und alles. Nach der Zwiebi muss ich sowieso schauen, nicht, dass sie gerade lammt und es zu Komplikationen ...

«Hierher, Nepomuk!»

Emma rennt voraus. Ich lausche einen Moment an der Tür, um herauszuhören, wie die Stimmung ist. Mutter und Tochter höre ich reden, aber ich verstehe nichts.

Vorsichtig schleiche ich in die Küche. Die Milch steht in Flaschen abgefüllt, für die Laufkundschaft bereit. Melkkübel, Sieb und Filter sind ausgewaschen. Geschirr stapelt sich auch keines mehr, die Spüle ist poliert, und sogar der Lappen ist gefaltet. Alles ist aufgeräumt, sogar die Zehn-Zentimeter-Kante der Eckbank, die ich als Büro benutze, ist sortiert. Hat Sophie so perfekt aufgeräumt? Sie muss doch total müde von den Ermittlungen sein? In einem Becher horte ich abgebrochene Bleistifte, ausgetrocknete Filzstifte, selten ist ein funktionierender Kugelschreiber darunter. Mein Adressbuch und das Wichtigste, mein Schafbuch, sind ordentlich, Kante auf Kante, abgelegt. Geburt und Tod und das Ganze dazwischen halte ich in Kürzeln darin fest. Ich weiß nicht, wie viele Schreibtische ich in meinem Leben schon gebaut habe, maßeingepasst für Kind und Kegel, aber für mich selbst einen zu schreinern, dazu bin ich bisher noch nicht gekommen. Auf dem Stapel des zusammengeschnittenen Altpapiers, dessen unbeschriebene Rückseiten wir für Notizen benutzen, liegt ein beschriebener Zettel in Emils Handschrift. Der Emil und die Zettel, wenn das so weitergeht, machen wir noch ein Buch aus der ganzen Geschichte.

> Schafe sind gefüttert, Ziegen gemolken, Zaun ist umgestellt. Bin spätestens gegen elf wieder da.
> Emil

Der Bub bringt mich zum Staunen. Dabei hab ich geglaubt, er will Webdesigner werden und kein Bauer. Sogar den Zaun hat er umgestellt, ich kann mich gar nicht erinnern, dass er mal aufgepasst hat, wie das geht. Dann dringt ein Schluchzen aus dem Wohnzimmer. Ein Häufchen Elend kauert im Sofaeck. Von Sophie Halbritter, geborene Richelieu, schaut nur die verrotzte Nasenspitze aus dem Deckenberg. Eigentlich dachte ich, sie ist wütend auf mich. Ich erschrecke, ist etwa was mit Fidl passiert? Der Emil hat ihr doch hoffentlich alles rechtzeitig gesagt?

Emma kriecht aus dem Knäuel heraus und legt ihre Mutter frei. Sie hat ihr alle Plastikringe aus dem Zauberkasten aufs Handgelenk geschoben. Sie wirkt nicht beunruhigt, also muss der Fidl in Ordnung sein.

«Ich denk mir schon mal Namen aus», ruft sie und springt auf.

«Für wen?»

«Na, die Drillinge von der Zwiebi! Das letzte flutscht gerade raus.»

«Ich gehe mit», sage ich, doch eine kleine Hand umkrallt meinen Arm und hält mich zurück. Mit Augenbrauen und Stirnrunzeln signalisiere ich meiner Tochter, mir zu verraten, wie die Sache hier ausgehen wird.

Emma macht nur meine Grimassen nach, zuckt mit den Schultern und geht.

Vielleicht wird es doch Zeit für ein Handy, damit ich meiner Frau sofort vortragen kann, was so passiert, sie nicht nachtragend zu sein braucht und sich nicht so viel Ärger aufstaut. Ich weiß, ein krankes Kind, noch dazu ansteckend, gehört hinter vier Wände *ohne* Räder und nicht zusammen mit einem Seniorenclub in der Gegend herumgegondelt. Ich bin mir meiner Fehler bewusst, mir fällt zwar gerade nur der eine ein, aber geschimpft kriege ich so oder so, also bleibe ich am besten gleich da und bringe ich es hinter mich.

«Wie war dein erster Tag?», frage ich mit meinem allerbesten Kümmerton in der Stimme. «Brauchst du eine Wärmflasche? Oder einen Tee?»

Sophie zeigt anklagend mit dem Finger auf mich, aber heult dann nur laut auf. Der ganze Weltschmerz fließt aus meiner kleinen Frau und weicht ein Steppkaro der Wolldecke nach dem anderen auf. Ich lege den Arm um sie, ziehe sie ganz sanft zu mir und zähle die Karos wie ein Schachbrett ab.

Als sie es unter Wasser gesetzt hat, fängt sie an zu reden. «Oemiwäallebessa.»

Französisch war das nicht, glaube ich jedenfalls. Ich höre noch mal genauer hin.

«Nimanimadu.»

Aha. «Sophie, Liebes, was hast du gesagt?» Sie scheint ihre letzte Kraft zusammenzunehmen, schluchzt von innen heraus auf, erhebt sich aus der Decke und sackt gleich wieder in sich zusammen. Ich harre geduldig aus. Irgendwann fängt sie einfach von selbst an, ich brauche gar nichts zu sagen, muss nur abwarten. Aber dass sie so weint, weil sie so wütend auf mich ist, ist merkwürdig. Lieber wäre es mir, sie würde mich gleich anschreien, dann kann ich es hinter mich bringen.

«Ohne mich ...» – ein Schluchzen unterbricht den Satz – «... wäre alles besser. Niemand braucht mich, nicht mal du.»

«Doch», widerspreche ich.

«Nein.»

«Doch.»

«Nein.» Ihr Zittern verwandelt sich in Zorn. «Niemand braucht mich und du schon gar nicht, weil du nicht mal fähig bist, mich über die wichtigsten Dinge in unserer Familie zu informieren. Und dann ...» Sie holt noch mal Luft. Jetzt kommt's, Rauswurf, ein Bett in der Raufe bei Wasser und Heu.

«Bei den Drogen haben sie endlich einen Durchbruch. Jetzt! Genau einen Tag, nachdem ich weg bin. Schubert hat mich angerufen, ganz aufgeregt, eigentlich dürfte er das gar nicht, weil ich ja von der Fahndung abgezogen bin und lieber Mordopfer herumwälzen würde.» Sie reißt die Arme hoch und fuchtelt vor meiner Nase herum, wieder ganz in ihrem Element. «Stell dir vor, sie haben endlich einen Kontaktmann, der sie zu dem Crystal-Speed-Dealerring führen will. Wofür ich jahrelang gearbeitet habe! Und jetzt, kaum bin ich weg, gibt es eine heiße Spur.»

Das ist es also. Fast bin ich erleichtert, dass sie gar nicht nur auf mich sauer ist. Ich zieh sie zu mir auf den Schoß, mein kleines, nach Rosenwasser duftendes Kommissarinnenbündel. «Ohne deine großartige Vorarbeit wären die nie so weit gekommen. Das wissen die auch, sie können es nur nicht sagen», versuche ich sie zu trösten. Sie weint durch meinen Strickpulli, durch die Shirts, bis auf meine Haut, ich bade in ihren Tränen.

Als ich schon glaube, davongekommen zu sein, hakt sie doch noch mal ein. «Und warum bist du nicht einmal fähig, mir über unsere Familie Bescheid zu geben? Mein Vater liegt im Krankenhaus! Was, wenn er gestorben wäre?»

Fidl, mein Fehler Nummer zwei. Ich öffne den Mund.

«Ach, sag besser nichts.»

Ich schließe ihn wieder. Glück gehabt, mir wäre sowieso nichts eingefallen.

«Emil hat mich angerufen und mir alles erzählt. Er hat fei die Küche und alles gemacht.» Sie schnieft in meinen Ärmel. «Ich bin dann gleich ins Krankenhaus gefahren. Papa geht's den Umständen entsprechend gut. Er ist stabil, sie entscheiden noch, ob er operiert werden soll. Der Arzt hat was von Herzrhythmusstörungen gesagt. Ach, und Emil ...»

Nummer drei, der Emil und sein Schulverweis. Aber kann einer, der so hilfsbereit ist, ein Steinewerfer sein? Ich erzähle meiner Frau, wie selbstlos Emil dem Bene zur Hand geht und wie froh ich bin, dass er auch hier daheim an alles gedacht hat. Trotzdem werde ich mich um das mit der Schule kümmern, vielleicht, ganz bestimmt, wenn ich's nicht wieder vergesse. Ich schau auf die Uhr. Jetzt muss ich erst mal nach der Zwiebi schauen, und die Emma gehört ins Bett. Wie ich meine windpockige Tochter aus dem Schafstall hole, freu ich mich narrisch über die Drillinge: ein braunes Lamm, ein weißes und ein schwarz-weiß geflecktes. Schoko, Vanilla und Muh.

Nachdem wir in halbwegs wiederhergestelltem Familienfrieden Brotzeit gemacht haben und Emma schläft, fahre ich dem Herrn Klemm seinen Liter Ziege vor die Haustür. Und wie ich zurückradle, fängt mich die Frau Breitenwieser mit ihrem Porsche ab, um ihren halben Liter Milch abzuholen. Sie verträgt nur die von der Ziege, sagt sie, bei Kuhmilch kriegt sie so Wölbungen. Wo genau, hab ich nicht gefragt. Danach sitzen Sophie und ich wieder auf dem Kanapee, um weiterzureden. Mit einem Mal holt mich die Müdigkeit wieder ein, dass ich kaum den Mund aufkriege. Also sage ich meiner Frau, sie soll erzählen, und ich strenge mich an, wach zu bleiben. Das haben sie noch nicht erfunden, so Augenspanner, damit die Lider oben bleiben. Ich will doch wirklich alles wissen, was meine Liebste erlebt hat und was in ihr vorgeht, doch der lange Tag, das viele Hin und Her und die Großstadt bin ich auch nicht gewohnt. Versuchsweise probiere ich es mit einem Auge, der Pflaum kann das schließlich auch.

«Die zwei Bestattungsunternehmen, der Denz und der Bierbach, haben sich regelrecht um den Leichnam gestritten, also wer ihn in die Rechtsmedizin überführen darf», beginnt die Sophie. «Am liebsten hätten sie den Toten gleich vor Ort zweigeteilt. Aber der Jäger Wolfi hat das Hickhack beendet, und der Bierbach hat die Fahrt übernommen, weil der so einen aufgebockten Leichenwagen hat, wo man das Dach sogar aufmachen kann, nur da hat der Wickerl im offenen Sarg reingepasst mit seinen Spießen. Mei, und dann hab ich vielleicht eine Fahrerei gehabt, kreuz und quer im ganzen Oberland. Erst hab ich dem Wickerl seine Frau in Murnau abgeholt und sie zur Rechtsmedizin begleitet. Eigentlich muten wir das den Angehörigen nicht zu, noch dazu in dem Zustand, mit den Spießen und so. Aber sie hat darauf bestanden, wollte ihren Mann unbedingt vor der Obduktion noch mal sehen. Nicht erst beim Bestatter, wenn er pietätvoll hergerichtet ist. War gar nicht leicht, bis ich kapiert habe, was sie von mir will. Anfangs hab ich nicht gewusst, ob sie überhaupt versteht, was ich sage.»

«War sie so geschockt?»

«Ich weiß nicht, sie wirkte eigentlich sehr gefasst. Fast so, als hätte sie es früher oder später kommen sehen, dass er so endet. Hast du dem Aigner Ludwig seine Frau mal kennengelernt?»

Ich schüttle den Kopf. Ich wusste nicht mal, dass er überhaupt verheiratet war.

«Bian Aigner, Vietnamesin, sie spricht mit starkem Akzent. Als wir beide in der Rechtsmedizin ankamen, hatten Carina Kyreleis und ihr Team freundlicherweise die Spieße schon entfernt und den Wickerl so zugedeckt, dass nur sein Kopf zu sehen war. Bian Aigner hat ihm sofort ein Zweieurostück zwischen die Zähne geklemmt, weil sein Mund sonst schwer aufzukriegen ist, wegen der Totenstarre. Als es geschafft war, hat sie nach oben gedeutet. ‹Ist für Sprechen können in Himmel, wir machen so in Vietnam.› Danach hab ich sie zu einem Taxi begleitet und war noch bei der Obduktion dabei. Der Wucht und der Art der Einstiche nach muss der Täter groß und sehr kräftig sein. Es hat vorher einen Kampf gegeben, der Wickerl hat sich gewehrt, hat Wunden an den Händen, aber der erste Stich ist bereits tödlich gewesen. Trotzdem hat der Mörder noch vier weitere Spieße in ihn gestoßen. Übertöten nennen wir das.»

«Toter als tot?» Ich trotze der Schwerkraft und reiße die Augen auf, damit die Lider oben bleiben.

Sie nickt. «Der Mörder muss eine Riesenwut auf den Wickerl gehabt haben. Oder er wollte wem anders irgendetwas sagen mit seiner Tat. Die Rekonstruktion hat jedenfalls ergeben, dass der Wickerl vermutlich beim Reinigen der Spieße war und sie neben dem Eingang zum Trocknen aufgestellt hat. So hat der Täter sich einen nach dem anderen greifen und damit zustoßen können. Der Wickerl war also praktisch wehrlos.»

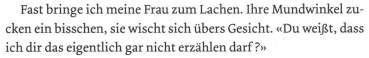

«Was lernen wir daraus?» Ich gähne, bis mein Kiefer knackt. «Tatwaffen niemals neben die Haustür stellen», erkläre ich, als ich den Mund wieder zugebracht habe.

Fast bringe ich meine Frau zum Lachen. Ihre Mundwinkel zucken ein bisschen, sie wischt sich übers Gesicht. «Du weißt, dass ich dir das eigentlich gar nicht erzählen darf?»

«Wieso, sonst reden wir doch auch über alles.»

«Ja, aber jetzt geht's um Mord, noch dazu in Pöcking, wo du jeden kennst.»

«Jeden auch nicht, das wäre übertrieben. Neulich ist mir eine Frau begegnet, die hab ich noch nie in meinem Leben gesehen, sie hat behauptet, schon seit einer Woche hier zu wohnen.» Ich geb's zu, ich fühle mich geschmeichelt, dass sie mich für einen Allwisser hält, gleich bin ich gar nicht mehr so müde. «Erzähl weiter. Dass ich die meisten von hier kenne, kann doch nur gut für deine Ermittlungen sein.»

«Eben nicht. Wenn mein Dienststellenleiter erfährt, dass du für das Opfer gearbeitet hast, dann zieht er mich von dem Fall ab, wegen Befangenheit.»

«Ich hab dem Wickerl doch nur geholfen, die alte Theke rauszureißen und eine neue einzupassen. Die alte war so morsch, dass die Leute schon gedacht haben, der Wickerl serviert geröstete Zwiebeln zu den Hendln dazu, wenn er auf den Senfspender gedrückt hat und mit dem Teller zu weit über die bröselige Kante gerutscht ist.» Da fällt mir ein, dass der Wickerl meine Arbeit noch gar nicht bezahlt hat. Zu spät, aber wie bringe ich das meiner Frau bei, wo wir gerade etwas knapp dran sind mit dem Geld? Also verschweige ich's und sage lieber: «Und der Mörder, also der stolpert doch früher oder später sowieso über sein Gewissen.»

«Da kann ich aber nicht drauf warten. Ich bin die Ermittlerin und muss mich in meinem ersten Fall beweisen, auch wenn keiner an mich glaubt.» Sie krabbelt mir mit den Händen unter den Pulli. Mir wird heiß.

«Einer.»

«Was?»

«Ich bin einer, und ich glaub an dich.» Ich küsse sie. Ihr Mund schmeckt salzig.

«Mersse.»

Ich küsse sie noch mal, inniger, in ihr drinniger.

Sie löst sich aus meinem Mund. «Der Wolfi hat Fingerabdrücke gesichert, aber die sind nicht registriert.»

«Von mir?»

«Von dir bestimmt auch, praktisch Fettflecken vom ganzen Landkreis Starnberg. Das wird eine langwierige Geschichte. Der Wolfi ist an der Sache dran, er unterstützt mich.»

Der Wolfi, der Wolfi, ja, ich weiß, wie der heißt. Alle Lust vergeht mir, wenn ich schon dem seinen Namen höre. Aber die Sophie schaut mich an und sagt:

«Die Emma schläft tief und fest, und der Fidl kann uns auch nicht stören, eigentlich haben wir sturmfreie Bude. Lass uns ins Bett gehen und was ausprobieren, ja?»

Nachtschwärmereien

9.

Ausprobieren ist unser Geheimwort, seit wir uns in den Flitterwochen eine Großpackung Kondome in verschiedenen Gefühlsrichtungen gekauft haben. Inzwischen sind die vermutlich schon längst abgelaufen, immerhin sind wir jetzt seit fünfzehn Jahren verheiratet, und die Emma kam zwischendurch, aber ist auch schade, die wegzuschmeißen, also brauchen wir sie noch auf. Danach kann ich trotzdem nicht einschlafen. Sonst schnarche ich sofort weg, aber heute bin ich hellwach und denke an den Wickerl. Nicht weil's mich graust bei der Vorstellung, aufgeschnitten oder aufgespießt zu werden. Wenn du richtig triffst, ist es bestimmt genauso schnell vorbei wie bei jeder anderen Todesart. Mir macht es zu schaffen, dass meine Frau glaubt, dass sie nicht weiterkommt, beziehungsweise, dass sie nur ohne sie weiterkommen. Da kann ich noch so erschöpft sein, ich kriege kein Auge zu. Und dass es einen Mörder gibt bei uns, der noch frei herumläuft, nein zwei, einen Hühnermörder und einen Menschenabmurkser. Sophie hab ich immer noch nichts von meinen toten Fuggern erzählt, es lag mir zwar auf der Zunge, aber dann hätte ich womöglich auch noch zu heulen angefangen, und wir waren schon durchweicht genug. Ich verdränge es lieber, prompt holt es mich jetzt wieder ein. Unschuldiges Federvieh, wer tut so was? Ein Fuchs hat kein Messer dabei und lässt die Gockelfüße wie Trophäen zurück. Nein, keine Trophäe, eher eine Botschaft?

Was soll mir das sagen, außer dass ich es brutal grausam herzerweichend gemein finde? Ob diese Meuchelmorde an Tier und Mensch nicht vielleicht sogar zusammenhängen? Besser, ich hätte es der Sophie erzählt. Ich schiele zu ihr. An mich gekuschelt, schläft sie selig. Sie hat genug erlebt heute. Dazu noch die Sorge mit dem Fidl, dass der sich immer noch so dermaßen aufregt, obwohl es für seine Gesundheit besser wäre, es nicht zu tun. Und der Emil, kommt trotz Zettelversprechen auch um elf noch nicht heim, mit ihm wollte ich zwar kein Hühnchen, aber mindestens ein paar Wörter rupfen. Meine Gedanken kreiseln umeinander, mir wird schwindlig, im Liegen, im Bett, im Dunkeln, das musst du erst mal schaffen. Wenigstens lässt mich mein Vater mal in Ruhe. Ich will's nicht verschreien, schon geht's los mit der Blinkerei im Kopf! Die Alten wissen was über ihn, doch sie sagen mir's nicht. Wahrscheinlich weiß ganz Pöcking, wo Simon Halbritter steckt, nur ich bin der Dumme. Ich müsste sie zwingen, damit sie mir die Wahrheit sagen. Von selber komme ich nicht drauf. Zurück zum Wickerl. So ein Sterben hat keiner verdient. Übertötet, einmal reicht doch. Wen kann er so geärgert haben, dass er fünf Mal zusticht?

Ich rufe mir noch mal seine Hendlbude in Erinnerung, was da alles herumgelegen ist, wie ich kurz rein- und gleich wieder rausgeschaut habe. So viel war es eigentlich nicht. Der Wickerl hat immer Ordnung gehalten, abgesehen vom Fettfilm, der sich über alles geschmiert hat. Schade, dass man von so einem Film keine Abzüge machen kann. Ein Fettfilmfotoalbum, wahrscheinlich pappen die Seiten darin auf Nimmeraufbring zusammen. Solch Schmarrn zuckt in mir auf, kurz vorm Schlafmangeldelirium. Doch da leuchtet auch was Klares, ja, es pikst direkt. Auf der Gefriertruhe lag ein Messer. Von wegen der Wickerl sei wehrlos gewesen! Ich versuche das Bild in meinem Hirn besser zu beleuchten. Ein kleines Messer mit einer schmalen, langen und gebogenen Klinge. In der Sekunde, wo ich es gesehen habe, im Halbdunkeln noch dazu, hab ich nicht darauf geachtet, aber nun glaube ich mich an den besonderen Griff zu erinnern. Aus Kirschbaum und Ahornholz, in Streifen verleimt. So eins besaß der Wickerl nicht, da bin ich mir ziemlich sicher. Er beklagte sich nämlich immer, wie stumpf seine glumperten Plastikmesser sind, und hat die Hendl lieber mit einer Schere geteilt. Aber was sagt das schon? Vielleicht hat er sich zu guter Letzt ein besseres Messer gekauft, um die Jammerei zu beenden? Doch was gibt's beim Hendlbraten zu filetieren? So ein Messer wie von der Gefriertruhe, so eins braucht man für Fische. Ich weiß, wer solche Messer hat, sieben Stück in allen Größen und Formen. Ich hatte jedes einzelne schon ein paar Mal zum Schärfen in der Hand. Aber seit kurzem braucht der Kraulfuß Fritzl meinen Service für seine in Olivenöl eingelassenen Schmuckstücke nicht mehr. Vielleicht ist was dran an der Behauptung der Senioren, dass er in dem Mord mit drinsteckt? Ist der deswegen gleich rausgestürmt und hat mich beim Wolfi angeschwärzt? Um von sich selber abzulenken? Die Sophie wird den Fischtandler nicht gleich verhaften können, da braucht es mehr als ein vermutetes Kirschgriffmesser zwischen lauter Spießen. Aber ein Anfang ist es womöglich schon.

Schluss mit dem Sinnieren. Nichts wie raus aus der warmen Falle, was essen und trinken. Das lenkt ab. Mein Rosenknäuel murmelt im Schlaf, als ich mich aus unserer Umschlingung löse, in meinen Schlafanzug schlüpfe und in die Küche tappe. Schnell ziehe ich den Vorhang in Richtung Schafstall zu, wenn meine Tiere Licht sehen, fangen sie zu blöken und meckern an. Zu spät, Herzchen hat mich erspäht und meckert fordernd, also öffne ich die Terrassentür und werfe ihr einen Apfel zu, den ich eigentlich essen wollte. Zufrieden gibt sie Ruhe. In der Küche zurück, mampfe ich eine Banane und einige Riegel Schokolade, im Stehen am Speiseschrank.

Den schmutzigen Fußspuren auf dem Holzboden nach zu urteilen ist Emil auch endlich zu Hause, und Emma schläft mit Kohl im Arm in ihrem eigenen Bett. Eigentlich könnte ich zufrieden sein, denke ich auf dem Weg nach oben. Irgendwie habe ich jedoch noch mehr Hunger. Ich will mir noch ein paar Honigbrote schmieren, vielleicht kommt der Schlaf mit vollem Magen, wenn es mich wie einen Stein in die Matratze drückt. Ich mache kehrt, hole ein Messer aus der Schublade und schaue es nachdenklich an. Sophie hat die Tat bereits rekonstruiert. Sie ist sicher, dass der Wickerl sich nicht gewehrt hat. Aber warum lag eine vom Kraulfuß seinen Edelklingen auf der Eistruhe? War die so stumpf wie unsere Brotmesser, oder warum hat die der Hendlbrater nicht benutzt, wenn er sie sich schon vom Fritzl ausgeliehen hat? Oder hat die sein Mörder dort vergessen?

Ich muss es herausfinden, sonst liege ich noch die ganze Nacht wach. Also ziehe ich mich leise im Schlafzimmer um und schleiche nach draußen. Im Stall, der an unsere Küche angrenzt, höre ich die Schafe wiederkäuen und leise rascheln. Ich sehe noch kurz nach den Drillingen. Schoko und Vanilla blinzeln verschlafen in die Helligkeit, wie ich das Licht andrehe, satt und zufrieden kuscheln sie am Bauch ihrer Mama. Muh, das dritte Lamm, muss ich eine Weile suchen, bis ich es unter der Raufe hinter einem Heuhaufen finde. Ich hebe es heraus und lege es zu den anderen beiden, damit es sich aufwärmen kann.

Der Nachthimmel scheint gewitterfrei. Meine Tochter hat's ja vorausgesagt. Welcher Gaul mich reitet, dass ich um Mitternacht noch mal zum Hendlwagen muss, weiß ich auch nicht. Ein Gaul ist auch nicht da, aber ein Drahtesel. Ich benutze das Radl, damit ich niemanden aufwecke. Dem Tiger klopf ich nur mal kurz auf die Motorhaube, als ich mich abstoße und Schwung hole, ins Dorf hinein.

«Ja, Muck, wohin denn des Wegs so spät?» An der Kreuzung torkeln zwei Gestalten aufeinander zu. Ich bremse, bevor sie auf mich drauffallen. Vom Postwirt auf der rechten Seite und der Kneipe *Schaumichan* gegenüber treffen der Merkel Michi und der Dr. Sauerbuch auf der Straßenmitte zusammen.

«Sag mal, hast du etwa heute noch ein Ranweto?», lallt der Merkel.

«Ein Ranjewu, so heißt das», korrigiert der Doktor. Eine Antwort erwarten sie nicht, sie haken sich unter und schwanken gemeinsam heim, mal das rechte, mal das linke Trottoir streifend wie ein Zweierbob auf der Rodelbahn. Seit unserer Ortsverschönerung vor ein paar Jahren fehlt die Bürgersteigkante, also herrscht keine Stolpergefahr, egal wie viele Biere gekippt werden. Dafür spritzt der Straßenmatsch jetzt bei Regen oder Schnee bis zum ersten Stock unserer Vorzeigehäuser hinauf. Ich trete wieder in die Pedale.

«Hast du Feuer, zefix?», ruft jemand. Ich drehe mich um, ob den beiden Nachtschwärmern der Glimmstängel ausgegangen ist. Aber es ist nur der Schorschi, der Dorfrabe, den ich im Schein meiner Fahrradlampe sehe. Er hockt auf der Balkonbrüstung über dem *Geschenkechakra* und hat anscheinend wieder was Neues aufgeschnappt. Bei ihm ist ein Flügel verkümmert, sein Schnabel dafür ist umso munterer. Die Klunkerchristl hat ihn aufgezogen, extra ihren Balkon mit einem Netz überspannt, damit er nicht auf die Straße hüpfen kann und überfahren wird. Ich wünsche Schorschi eine gute Nacht und radle an der St. Ulrich-Kirche vorbei bis zum Tatort.

Schon komisch, dass die Hendlbude samt Jeep noch da steht wie immer und nicht von der KTU, oder wie das heißt, zur technischen Untersuchung abgeschleppt worden ist. Immerhin ist ein richtiges Band, mit «Polizeiabsperrung» drauf, vom ersten Pfosten an der Dorfstraße bis zum Apothekenparkplatz darum herumgeknüpft, aber darum kümmere ich mich jetzt nicht und steige drüber, gehe nach hinten und hebe die kleine Luke an. So ein Hendlwagen ist praktisch, der Wickerl wusste ja nie, wie er sich auf einem Wochenmarkt wo hineinquetschen musste. Also gibt es auf jeder Seite Fenster oder Türen in verschiedenen Größen. Die kleine fürs kleine, die große fürs große Geschäft, die er in Pöcking benutzt hat. Ich streife meine batteriebetriebene Fahrradlampe von der Halterung und leuchte hinein. Überall klebt Blut. Oder ist das die verspritzte Marinade? Die sah farblich so ähnlich aus. Das ist von weitem schwer zu beurteilen, müsst ich probieren. Die Seitentür ist versiegelt. Mit dem Schraubenzieher von meinem Taschenmesser heble ich das kleine Fenster auf, zieh ich mich hoch, quetsche mich durch und krabble in den Innenraum. Bevor ich drin bin, sehe ich noch, wie über dem Fischladen Licht angeht. Der Kraulfuß Fritzl wird zum Pieseln müssen. Wonach ich genau suche, weiß ich gar nicht, einfach nur irgendwas, was die Sophie vorwärtsbringt und ihr morgen, an ihrem zweiten Tag, weiterhilft. Wenigstens das Messer vom Fischzerschnippler muss doch irgendwo sein. Dann hat sie einen Verdächtigen, was schon mal ein Anfang wäre. Einer ist besser als keiner.

Aber Fehlanzeige. Messer liegt keines mehr herum, logisch. Vielleicht hat's die Polizei mitgenommen. Doch dann hätte es die Sophie erwähnt, oder nicht? Je länger ich darüber nachdenke, desto bunter malt sich das Bild in meinem Hirn, fast wie die schwere Ölfarbe vom Fidl dringt es in meine Zellen vor und verewigt sich dort. Ich weiß, was ich gesehen hab. Jetzt steht die Gefriertruhe auf, die hat irgendwer abgeschaltet. Den Strom hat sich der Wickerl immer mit einem Verlängerungskabel aus der Apotheke geholt. Für einen Toten brauchst du keine Energie mehr zu verschwenden, also wird die Leitung gekappt. Ein paar aufgeweichte Hendln dümpeln noch am Grund der Truhe im Schein meiner Lampe dahin. Es schaut aus, als würden sie kopflos weinen. Auch eine Kunst.

Dem Wickerl seine Brathendl waren die billigsten weit und breit. Zwar konnte er mit keinem Tiefkühlsupermarktbroiler konkurrieren, aber mit verzehrfertigen Teilen anderer Hendlbuden schon. Jeder hat sich gefragt, wie er den Preis halten konnte. Die Butter wurde teurer, die Fernsehgebühren und die Krankenkasse, aber die Hendl beim Wickerl kosteten immer gleich viel. Vielleicht hat er abgelaufene Ware umverpackt, und irgendwer ist ihm draufgekommen? Deswegen spießt man keinen auf, oder doch? Das muss ich mir genauer anschauen. Ich hebe alle fünf Hendln heraus und lege sie nebeneinander auf die Theke. Zwei haben am rechten Stumpenhaxen eine Schnur, so eine ähnliche, wie ich sie am Morgen als Absperrung genommen habe, die mäuseresistente. Nur durchsichtig, nicht blau wie meine. Gehen die Mäuse jetzt auch schon an die Gefriertruhen? Man weiß ja nie. Oder hat er bei den gekennzeichneten Hendln eine neue Füllung ausprobiert? Ich ziehe die Petersilienfüllung heraus und noch ein Plastikpäckchen hinterher. So wie das, wo immer die Innereien drinstecken, nur kommt keine Leber zum Vorschein und auch kein Herz. Der Inhalt glitzert im Licht der Fahrradlampe. Diamanten? Das kann nicht sein. Ich untersuche das Päckchen genauer. Sieht wie Kandiszucker aus. Aber warum ist der verpackt? Also vielleicht doch ein neues Rezept, zusätzlich zu seiner Marinade? Merkwürdig. Mich erinnert es eher an so Drogendinger, von denen die Sophie erzählt hat. Gesehen habe ich so was noch nicht, aber von der Beschreibung her könnte es schon passen. Drogenhühner? Was es nicht alles gibt. Warum hat die der pfundsgescheite Jäger Wolfi nicht gefunden und meine liebste Sophie auch nicht?

Draußen fährt ein Auto vorbei, das heißt, es fährt gar nicht vorbei, sondern bleibt vor dem Hendlwagen stehen. Der Motor geht aus. Hastig will ich die Radlampe ausschalten, zu spät, sie fällt mir vom Eistruhenrand.

Die Budentür fliegt auf, ich blicke in die Mündung einer Pistole.

«Hände hoch oder ich schieße.» Davon hat er schon als Kind geträumt, wenn wir Winnetou und Old Shatterhand gespielt haben. Er natürlich Old Shatterhand mit Gewehr und ich nur stumpfe Pfeile. Nicht mal einer von den spitzigen vom Wickerl steht noch herum, mit dem ich mich wehren könnte.

«Nimm besser den Ballermann weg, bevor es noch kracht und wer aua schreit.» Ich gehe einen Schritt auf ihn zu und will ihm alles erklären. Für einen Augenblick fühle ich mich, wie der Wickerl sich in seiner Todessekunde gefühlt haben muss. Der war genau hier gestanden, und jemand, ein Mörder, ist durch die Budentür rein und hat ihn abgemurkst. Mein Exfreund fürs Leben schiebt seinen Colt tatsächlich wieder in sein schickes Gürteltäschchen zurück. Ich denk schon, er ist zur Vernunft gekommen, hat mich nur ein bisschen piesacken wollen, da packt er meine Arme und verdreht sie, dass ich die Sterne sehe, obwohl die durchs Budendach gar nicht scheinen. Diesmal klicken die Handschellen, autsch.

Der Vollmondwolf
10.

«Aua, Herrschaft, das ziept.» Der Jäger Wolfi will mir, glaube ich, die Schulter auskugeln. Es knirscht verdächtig in meinen Gelenken, als er mich an den verzurrten Händen packt und meine Arme nach oben reißt.

«Im Namen des Freistaates Bayern verhafte ich Sie. Sie können Ihre Aussage verweigern, aber ...»

«Sapralot, wir duzen uns doch.» Vielleicht sieht der im Dunkeln nichts und langt nur nach Gehör hin. «Ich bin's doch, dein ... dein ...» Ja, wie sage ich nun zu diesem Zustand zwischen uns? «Dein Exbanknachbar, dein Klassenkamerad.» Aber wir waren doch auch nach und vor der Schule unzertrennlich. «Dein Schulwegbegleiter, dein Nasenpopelweitwerfmitstreiter.» Ich verfall noch ins Reimen. «Dein Cowboyundindianerkump...»

«Nepomuk Simon Halbritter», unterbricht er mich.

«Wie schön, du hast sogar meinen zweiten Vornamen behalten.»

«Falls Sie etwas verschweigen, auf das Sie sich später vor Gericht berufen wollen, kann das Ihre, äh, Dings, Scheiße erschweren.»

«Was?» Es klingt nach einem amerikanischen Fernsehkrimi, auch mit der Scheiße, die die da ständig wegpiepen müssen, damit dem Zuschauer das Piep auch noch in den Ohren surrt. Aber wir sind doch am Starnberger See, im Voralpenland. Da, wo andere Urlaub machen und die Hundepiep erst in Plastikbeutel verpackt und danach auf den Gehweg geworfen wird, damit der Nichtsahnende drauf ausrutscht, wenn er um eine Bananenschale noch herumgekommen ist. Vielleicht schlafwandelt der Wolfi? Zu viele Elektroraddiebe im Landkreis und danach Amikrimis in der Glotze? Ich rüttle am neuen Armschmuck und jaule auf, als er seinen Polizeigriff verstärkt.

«Das kann, äh, Ihre Aussage erschweren, falls Sie sich auf die später vor Gericht berufen wollen.»

«Was faselst du da eigentlich?»

Er bläst mir seinen Kaugummiatem ins Gesicht. «Nicht, dass du dich hinterher beschwerst, ich hätte dich nicht über deine Rechte aufgeklärt.»

Aha, jetzt also wieder per Du. «Welche Aussage? Ich hab doch noch gar nichts von mir gegeben, jedenfalls noch nicht viel. Aber jetzt sag ich dir mal was, aufgepasst.» Und dann hole ich Luft. «Es ist alles nicht so, wie du denkst.» Ich merke sofort, wie blöd das klingt, weil ich eigentlich gar nicht weiß, was er denkt, geschweige denn, was ich denken soll, so brennt mir der Schmerz im Hirn. Ich würde die Zähne zusammenbeißen, wenn ich nicht sprechen müsste. «Schau, Wolfi. Ich fahr doch nicht extra hierher und steck Drogenkristalle in dem Hendlwickerl seine Hendl.»

«Drogen?» Der Wolfi beugt sich über die Gefriertruhe und pfeift durch die Zähne. «Das wird ja immer besser.»

Mist, hätte ich doch nur nichts gesagt! Ich versuche es noch mal. «Noch dazu um diese Uhrzeit, da gehe ich auch nicht hierher und will die Dinger rausholen, das glaubst du doch jetzt nicht von mir, oder?»

Anstelle einer Antwort zerrt er mich aus der Bude, als wäre ich ein Einkaufswagen, der sich verkantet hat. Fast knalle ich auf den Asphalt, aber er hat mich im Griff und fängt mich ab. Ich bin ihm beinahe dankbar für eine blaue Kniescheibe weniger. Dann öffnet er die Autotür seines Dienstwagens und drückt meinen Kopf runter, dass ich mich nicht am Autodach anhaue. Wenigstens das.

«Mersse, brauchst mich nicht heimfahren, ich bin mit dem Rad da», sage ich, als er die Handschellen aufsperrt. Nichts, ich hab mich getäuscht, er klinkt mich am Handgriff oberhalb der Autotür ein, und erneut schnappt das Metall zu. Jetzt wird's mir bald zu blöd.

«Freunde fürs Leben, geschissen drauf, für dich war es Spaß genug. Schluss jetzt, mach mich sofort los. Wenn das so weitergeht, sind wir noch Feinde, Erzfeinde.» Das Erz klingt wie mit dem Schwert geteilt, und genauso fühlt sich die Drohung auch an. Im Rückspiegel kann ich sein breites Grinsen bewundern, als er sich auf dem Fahrersitz niederlässt und die Beleuchtung einschaltet. Seine Backenzähne sind leider nicht so weiß poliert wie die Kunstzähne vorne. Er ist noch nicht fertig mit mir. Der Wolfi schaltet das Martinshorn ein, dreht den Zündschlüssel, lässt den Motor aufheulen, als hätten wir Vollmond. Dann tuckern wir die Dorfstraße hinunter, im ersten Gang, bei voller Innenbeleuchtung. Fast mein ich, er hat nur eine Tretanlage, aber dafür bewegen sich seine Beine zu wenig. Zentimeterweise rollen wir vorwärts. Haus für Haus gehen die Lichter an, als wäre Weihnachten oder die Lange Tafel vorverlegt. Adventskalender Ende Mai. Pling, pling, plong, pling. So gut wie jeden Pöckinger sprengt es aus dem Bett oder vom Talkshowsofa herunter. Horrorstunde pur, für mich. Heimfahren wird er mich wohl kaum, doch da wendet er am Ortsende in der Konrad-Krabler-Kurve, biegt aber nicht ab, sondern rollt die Dorfstraße wieder zurück. Beim zweiten Mal hängen die Oberkörper der Bürger schon aus den offenen Fenstern. Hier und da wird eine Haustür aufgerissen. Wieder geht's bis zur Apotheke und zur Hendlbude, wo mein Radl noch am Gartenzaun lehnt.

«Ist gut jetzt», brülle ich gegen die Sirene an. «Du kannst mich rauslassen.»

Er reagiert nicht, dreht erneut und fährt wieder runter. Ich hänge am BMW-Pranger und werde begafft. Hastig, sich die Bademäntel verknotend und in die Schlappen geschlüpft, zieht es die Leute nach draußen auf die Straße. Eilig schlurfen sie näher, als würde ein Außerirdischer, frisch aus einem Kornkreis gepflückt, seine erste Vorführrunde durchs Dorf absolvieren. Ihre Gesichter kann ich nicht erkennen, so vom Hellen nach draußen, aber von den Wohnsitzen her weiß ich, wer da lurt. Der Wolfi quält den Wagen weiter vorwärts. Dann schaltet er zu meiner Erleichterung die Sirene aus, zurrt die Scheibe runter und hängt den Ellbogen aus dem Fenster. Wenn's ein Cabrio gewesen wäre, hätte er bestimmt noch das Dach aufgefaltet. Alle rennen her. Ich zapple wie ein Fisch an der Angel. Meine Mitbürger klatschen begeistert an die Autoscheibe. Manche probieren sogar, die Tür zu öffnen, und da bin ich dann wiederum um die Verbrechersicherung froh. Wer weiß, was sie sonst mit mir anstellen würden? Ich sehe mich schon am nächsten Laternenpfahl hängen. Ich schließe die Augen und höre umso besser, was sie im Schutz der Dunkelheit loswerden wollen:

«Warte, das ist ja der Halbritter, ich glaub's nicht!»

«Hat es den jetzt endlich erwischt? An dem war immer schon was faul.»

«Sein freundliches Getue, das war doch nur vorgeschoben, damit er uns ausspionieren kann.»

«Ganz der Vater.»

«So ein Siebenundvierzigelfer.»

«Ein was?»

«Das erklär ich dir später unter vier Augen.»
«Ein scheinheiliger Schleimer.»
«Genau.»
«Stimmt.»
«Sag ich ja gerade.»
«Was hat er ausgefressen, Wolfi, red?»
«Hat er etwa den Hendlwickerl auf die Seite geräumt?»

Zaunvierecke

11.

Am liebsten würde der Wolfi mit mir noch zehnmal die Dorfstraße rauf- und runterkriechen, aber der Tank wird ihm langsam leer, und der Motor scheppert, vom vielen Im-ersten-Gang-Fahren. Also beschleunigt er dann doch mal hinterm Ortsschild in Pöcking Nord, und wir fahren auf die B2 nach Starnberg. Ich könnte ihn was fragen oder er mich. Wir könnten über früher reden oder übers Wetter oder ob er eine Vermutung hat, wer denn jetzt den Hendlwickerl wirklich umgebracht hat. Aber ich bin zum Umfallen müde und weiß auch nicht so recht, wie anfangen. Was denkt sich der Kerl? Bloß weil er eine bezahlte Nachtschicht hat, muss ich ihm den Verbrecher spielen. An der ersten Ampel, als wir in Starnberg reinfahren, probiert er das Gleiche wie in Pöcking, schaltet das Martinshorn wieder ein, gerade wie ich auf meinen eigenen hängenden Armen einnicken wollte. Doch die Kreisstadt ist nun mal kein Dorf. Kein Rollo geht hoch, kein Licht wird angeknipst. So Stadtmenschen hören die Sirene vermutlich den ganzen Tag, da wird ständig wo einer verhaftet, und sie müssen bei dem Geräusch eher schauen, dass sie ihre Sachen selber verräumen, damit sie nicht als Nächstes dran sind. Außerdem kennt mich keiner hier, wen juckt es, dass ich eine Fahrt zur Polizeistation spendiert bekomme. Am Tutzinger Hofplatz lässt die Sirene nach.

«Scheiß-Solar», schimpft der Wolfi. Ich wusste gar nicht, dass das Martinshorn mit Sonnenenergie läuft. Ist halt blöd bei einem Nachteinsatz. Mir surrt es trotzdem noch im Schädel, und ich frage mich, wie ein Polizist das nur aushält, die Wagen müssten eigentlich nach innen hin schalldicht sein, gegen sich selbst isoliert, gegen das Polizistische.

Solar sei Dank rollen wir aber nun fast geräuschlos in seine Wache, wo er sich bestimmt einen größeren Auftritt erhofft hat. Ich mucke nicht auf, als er mich auffordert auszusteigen, und meine Hände wieder hinterm Rücken zusammenkettet. Hauptsache, das Spektakel hat bald ein Ende und ich darf ins Bett.

Der Kollege an der Pforte schreckt von seinem Sudoku auf, durchtrennt einen Spuckefaden mit dem Kugelschreiber, der sich zwischen der Sieben in einem Kästchen und seinem Mundwinkel zieht, und zeigt auf mich. «Den kenn ich doch.» Er kratzt sich an der zeitschriftverknitterten Wange. «Ist das nicht der…»

«Verdacht auf Drogenschmuggel», fällt ihm der Jäger Wolfi ins Wort.

«Ein Dealer?»

Ich traue meinen Ohren nicht. «Also Moment einmal.» Ich beginne meine Verteidigung aufzubauen, aber der Wolfi zieht meine Arme nach oben, ich jaule auf. «Au.»

«Erst mal Fingerabdrücke, Fotos, auf den Strich gehen, Alkoholtest, das ganze Programm.»

«Jetzt?» Sudoku schaut auf die Uhr. «Weißt du, wie spät es ist? Überdies steht im Fotostudio bereits die Bestuhlung für den Vortrag über die Kaffeefahrtentrickbetrüger. Willst du das alles extra raus- und wieder reinräumen?»

«Morgen ist dieser Vortrag?» Der Wolfi seufzt. «Ach so, ja, dann sperre ich ihn in die Eins.»

«Da liegt der Hefner und schläft seinen Rausch aus.»

«Was, der schon wieder?»

Sudoku nickt. «Er hat beim Dönertreff am Bahnhof randaliert, mit Zwiebeln um sich geschmissen und wollte sich dann, mit Brotscheiben zugedeckt, auf die Gleise legen.»

«Dann eben in die Zwei.»

«Da ist das Klo kaputt, seit ..., seit ..., du weißt schon.»

«Klo braucht der hier keins.»

Woher will er das wissen? Jetzt wo der Wolfi es sagt, könnte ich schon müssen. Auf der Fahrt habe ich zwar alles rausgeschwitzt, was ich an Flüssigkeit in mir hatte. Mir kratzt es direkt im Hals. Eine Apfelschorle wäre recht oder eine Cola zur Not, ich schiele nach einer ungeöffneten Dose, die neben den Rätselheften steht, traue mich aber nicht zu fragen.

«Lieber nicht», sagt Sudoku. «Wenn das dem sein Anwalt spitzkriegt, bist du verratzt, Rängo.» Ich reiße die Augen auf und presse die Lippen aufeinander, um nicht laut loszuprusten. Rängo nennen ihn also seine Polizeikollegen? Das klingt, als hätten sie mir ein Schmerzbonbon zugesteckt, auf dem ich jetzt eine Weile herumlutschen kann. Ich hab da so ein Verwahrkistchen in meinem Inneren, da stecke ich den neuen Spitznamen rein, wer weiß, was sich damit anstellen lässt.

«Dann eben die Drei, die ist doch wieder trocken, oder?»

Oje, reingeregnet, Wasserschaden, oder erwarten mich die Überreste eines Vorinsassen? Ich will überhaupt in keine Zahl eingesperrt werden. Sudoko holt einen Schlüsselbund aus einer Schublade, erhebt sich geräuschvoll und geht voran, die Kellertreppe hinunter, damit Rängowolfi seinen Griff nicht lockern muss. So viel Körperkontakt hatte ich mit meinem Exblutsbruder seit dreißig Jahren nicht mehr. Auch wenn es sich nicht wirklich gut anfühlt.

«Kann ich die Sophie anrufen, damit sie mich abholt?», frage ich. Keine Antwort. Ein Schnarchen dringt aus der ersten Tür.

VW-1 lese ich auf einem Taferl an der Wand, daneben dann VW-2. Und ich dachte, die bayerische Polizei steht auf BMW? In VW-3 werde ich mit einem Schubs hineinbugsiert. Es riecht frisch gestrichen und sieht auch so aus, abgesehen von ein paar graugelben Schlieren in einer Ecke. Ein paar Möbel mehr, Topfpflanzen, Gardinen, ein Bild an die Wand, ein Fernseher, dann könnten sie es prima als Zimmer vermieten, wo doch der Wohnraum in Starnberg so knapp ist. Eine Abtrennung zum Sanitären würde ich halt noch anbringen und ein richtiges Fenster, nicht nur Gitter vor dem schmalen Schacht.

Endlich löst mir der Wolfi die Handschellen. «Schuhe her.» Für ganze Sätze ist er sich anscheinend zu schade.

«Wieso?»

«Her damit.»

«Meinst du etwa, ich knüpf mich mit dem kurzen Band von meinen Haferlschuhen auf? Das reicht ja nicht mal, um eine ordentliche Schleife zu machen.» Von den blauen Bändern in meiner Hosentasche sag ich lieber nichts, nicht dass ich noch nur in der langen Unterhose dastehe. «Außerdem würd ich mich wegen dir nie nicht aufhängen, das brauchst du dir gar nicht einbilden.»

«Ich kann dich auch in die Vier sperren, wenn du Widerstand leistest, die ist aus Gummi.»

Als wenn ich nicht gesehen hätte, dass vis-à-vis von meiner Drei das Beamtenklo liegt und danach der Gang zu Ende ist, nix Gummizelle! Aber ich tu ihm den Gefallen, ich könnte im Stehen schlafen und will einfach nur meine Ruhe. Deshalb schlüpfe ich aus den Schuhen und lasse mich auf die Pritsche fallen. Ich höre noch das durchdringende Sägegeräusch vom Gleiskuschler nebenan, oder bin ich das schon selber?

Den elektrischen Weidezaun umstellen muss ich noch, wie jeden Abend, damit meine Herde morgen ein saftiges Frühstück hat. Aber hat das nicht der Emil schon getan? Und wie komme ich jetzt auf einmal auf meine Wiese, gerade war ich doch noch eingesperrt? Egal, die Arbeit gehört erledigt. Das fußballrasenkurzgefressene Viereck von heute ist noch eingefasst. Ich ziehe die dünnen Zaunstangen nacheinander aus dem Boden, dabei muss ich aufpassen, dass mir das geknotete Maschennetz dazwischen nicht verwurschtelt. Also, schön langsam schreite ich, die Stangen waagrecht an der Seite haltend, Schritt für Schritt voran und bündle den Zaun sorgfältig in meinen Armen. Auf einem neuen Wiesenstück ramme ich die Eisenspitze des ersten Plastikpfahls wieder in den Boden, spanne das Netz und stecke den zweiten fest. Etwas haucht mich an.

«Wassasdugemacht.»

«Hä?»

«WASASSDUGEMACHT.»

Das Gemurmel kitzelt, als ob mir jemand am Ohrläppchen knabbert. Ist Herzchen etwa ausgebüxt? Ich drehe mich um, entdecke aber niemanden. Dabei bleibe ich im Zaun hängen, stolpere und verfange mich in den orangefarbenen Maschen. Je mehr ich nach dem Anfang suche, umso mehr verheddere ich mich.

«Was hast du gemacht?», ruft die Stimme nun deutlicher.

Die spitzen Stangen bohren sich wie von Geisterhand zwischen meinen Zehen in den Boden, rund um mich herum, und wickeln mich in ein immer dichter werdendes Netz ein.

«Bist du wieder auf der Friedhofsmauer spaziert?»

«Das würde ich mich nie mehr trauen», presse ich zwischen einem orangenen Schnurzaunknebel hervor, zu wem auch immer. Mit sieben oder acht Jahren habe ich das getan, und zu Hause erwartete mich dafür ein Donnerwetter, wie ich es als Jüngster selten erleiden musste. Trotzdem verstehe ich bis heute nicht, warum man dort nicht balancieren darf, außer natürlich, dass man stürzen könnte, zwei, drei Meter hinunter. Die Mauer verläuft um den alten Friedhof bei der Ulrichskirche und fällt dann in Richtung St. Pius steil bergab. Das ist gerade der Nervenkitzel. Fällst du auf den geteerten Fußweg, bist du vielleicht hin, landest du auf einem Grab, schrammst du dir lediglich die Knie auf. Ob das die Toten juckt, wenn ein Kind auf ihrer Mauer herumläuft? Apropos Tote. Mir geht ein Licht auf. Ich suche den Himmel ab, die Baumwipfel und den Waldrand. Ganz hinten auf der Bank sitzt jemand und winkt mir mit dem Strickzeug. Das kann nur meine Mama sein, bis hierher höre ich ihre Nadeln klappern. Ein leuchtender Faden läuft von ihr durchs Gras, über die Maulwurfshügel bis zu mir. Zaunviereck für Zaunviereck umstrickt sie mich. «Sag's mir, los!»

«Mama, ich bin brav, ehrlich, und das mit dem Wickerl war ich nicht. Ich wollte doch nur der Sophie helfen. Ich wusste nichts von Drogen oder was auch immer diese Kristalldinger sein sollen.» Wie eine Roulade fühle ich mich oder besser wie ein Krautwickerl. Der Zaun dreht sich, die Metallspitzen reißen den Boden auf, ich versinke langsam in der Erde. Je mehr ich zerre, desto fester dreht es mich ein.

«MAMAAAA», flehe ich.

Sie strickt erst die Nadel ab, bis sie mich wieder beachtet. «Du weißt, was ich hören will?»

Weiß ich nicht oder doch, aber wie soll ich es sagen? Und wenn das so weitergeht, bringe ich rein technisch auch nichts mehr raus. Je mehr sie strickt, desto enger wird das Geschnürsel um mich rum.

«Kann sie es inzwischen?»

Mit *sie* meint sie meine Frau. Das war die erste Frage von ihr an die Sophie, als sie sich bei ihr vorgestellt hat. Schonend wollten wir meiner Mama beibringen, dass die Sophie, eine Ungetaufte, nicht direkt groß, sogar noch zwei Zentimeter kleiner als die Mama selbst, und eine Künstlertochter, von mir schwanger war. Da waren wir noch nicht verheiratet.

«So.» Die Mama hat damals nur kurz von ihrem Strickzeug aufgeschaut. «Kann die da, deine Zukünftige – heiraten werdet ihr ja hoffentlich –, Socken stricken? Der Muck hat immer kalte Füße.»

«Hab ich nicht.»

«Ja, weil du meine Selbstgestrickten trägst.»

«Stimmt.» Nachdem dann an unserer Hochzeit Sophie in einem Aufwasch getauft, kommuniziert und gefirmt wurde, war der Dorftratsch gedämmt.

«Die Sophie strickt gelegentlich», versuchte ich die Mama zu besänftigen. Ich kann mich zwar nicht erinnern, wann das das letzte Mal gewesen ist. Doch, halt, als die Emma in der Schule Häkeln gelernt hat, hat auch die Sophie ein paar Reihen drangesträkelt. Aber Häkeln und Stricken ist nicht das Gleiche. Ob sie damit bei der Mama durchkommt? Aber das war damals, jetzt ist jetzt. Gefangen im Maschendrahtzaun. Die Mama hält inne. Ich halte die Luft an. Was kommt nun?

«Und denkst du auch noch dran, was du mir versprochen hast? Nepomuk, hörst du nicht?»

«Jjjaa, Maamaa.» Langsam schnaufe ich aus, die Nase von einer Schnur platt gedrückt.

«Was ja?»

«Ich such weiter nach dem Papa, versprochen. Auch wenn ich jeden Kieselstein und jeden Bierdeckel am Seeufer umdrehen muss.» Die Nadeln klappern erneut, enger und enger batzt es mich zusammen. «Auftrennen, Mama, bitte. Auf-treee-äääen!»

12. Es wird langsam dringend

«Tränen, mein Liebster? Hast du einen Albtraum? Wach auf!» Jemand streicht mir übers Gesicht. Schweißgebadet öffne ich langsam ein Auge, dann das andere. Ich begreife, dass ich gar nicht bei uns zu Hause liege. Zuerst glaube ich, ich bin im Krankenhaus, in einer Abstellkammer, nicht so einem Luxustempel, wo der Fidl logiert. Ich taste an mir runter, Strickpulli, meine Socken, ein, zwei, drei Paar übereinander, noch von der Mama auf fünf Nadeln zusammengeklappert. Extrastabilwolle, die ewig hält, wenn man mit der Hornhaut aufpasst und nicht strumpfsockig zum Briefkasten rennt. Ich atme auf. Kein Verband, nichts tut mir weh. Aufs Klo müsste ich mal, mein Inneres springt an, wie üblich, aber noch kann ich es verzwicken. Dann dämmert es mir. Kein Krankenhaus. Und die Mama ist fort für immer und mein Papa vermutlich auch. Das Versprechen, das ich meiner Mutter auf dem Sterbebett gegeben habe. Na ja, Versprechen ist vielleicht zu viel gesagt. Direkt «nein» wollte ich nicht sagen bei ihren letzten Schnauferern, deshalb hab ich halt genickt, ganz schwach nur. Und gehofft, dass einer meiner Brüder, die schon nicht mehr zu Hause wohnten, es doch noch über den Weißwurstäquator zur Tür herein schafft und mich unterstützt.

Nachdem mein Vater abgehauen ist und meine Brüder mit der Mama zusammen die Landwirtschaft allein betreiben mussten, hat der Florian aufs Geld umgeschult, weil da mehr zu holen ist als auf einem Biobauernhof. Und wenn die Aktien von alleine klettern, dann klettert er in der Weltgeschichte herum, im Himalaya zum Beispiel, ohne Strümpfe und Schuhe. Das Barfußlaufen hat der Emil von ihm geerbt. Ab und zu schreibt der Flori uns eine Postkarte, die aber meist erst ankommt, wenn er schon auf einem anderen Kontinent herumstakst. Und der Martin, der Älteste, wendet sein gelerntes Wissen, Vaterersatz zu sein, in seinem Beruf an: Er arbeitet als Familientherapeut in Dresden. Weit weg von Bayern musste er Hochdeutsch lernen, um sich ins Sächsische einzufühlen. Fremder Leute Probleme sind ja auch einfacher, als vor der eigenen Haustüre zu kehren.

Deshalb war nur ich in der Sterbestunde bei unserer Mama, und so konnte sie mich viel zu leicht überreden. Bei ihrer Beisetzung, wie ich die Erde auf ihren Sarg geworfen habe, hat es dann in meinem Hirn zu blinken angefangen.

Als hätte die Mama mir ein elektrisches Grablicht eingepflanzt: «Bub, vergiss dein Versprechen nicht!» Meinen Papa, den Simon, soll ich finden und zu ihr legen. Ich hab noch gehofft, dass sie mir zumindest sagt, wo ich zu suchen anfangen soll. Aber nix. Nur diese ewige Blinkerei.

Sonnenstrahlen haben es durch die Gitterstäbe bis in mein Verlies geschafft. «Wie lang bist du schon hier?», frage ich die Sophie, die mir mit ihrem Ärmel den Schweiß von der Stirn tupft.

«Lang genug. Ich hab gesehen, wie du mit jemandem im Schlaf gekämpft hast.» Sophie beugt sich über mich, ich hoffe auf einen Guten-Morgen oder Wie-viel-Uhr-auch-immer-Kuss, doch sie flüstert mir ins Ohr: «Was jetzt kommt, muss leider sein. Du hast mich echt in Schwierigkeiten gebracht, Muggerl.» Na ja, so schlimm kann's nicht werden, wenn sie mich so nett ruft. Plötzlich springt sie von der Pritsche, stampft mit den Pumps auf, wedelt mit den Armen, schimpft, schreit, staucht mich zusammen, dass ich liegend einen Kopf gekürzt werde. Rumpelstilzchen, der siebte Zwerg, die Trollkönigin und die Kriegsgöttin zugleich sind ein Dreck dagegen. Ich verstehe nur die Hälfte von ihrem Gezeter und reime mir in etwa zusammen, auf was sie hinauswill.

Was ich mir dabei gedacht hätte, nachts in einen versiegelten Tatort einzubrechen? Ob ich nicht kapiere, was das für sie als Ermittlerin bedeutet? Die würden sie wegen Befangenheit suspendieren, kaum dass sie ihren ersten Tag in Fürstenfeldbruck hinter sich gebracht hätte!

«Und spar dir deine Rechtfertigungen, ich will nichts hören.» Dabei hab ich noch nicht mal den Mund aufgetan.

«Du hast wichtigstes Beweismaterial zerstört.»

«Zerstört?» Das will ich nicht auf mir sitzen lassen. «Ihr habt doch den Stecker gezogen, sodass die Hendl aufgetaut...» Sophie funkelt mich an, ich schweig auf der Stelle.

«Wenn mich der Wolfgang, *unser lieber Freund*, nicht verständigt hätte, dann sähe es jetzt ganz schlecht für dich aus.» Mich wundert's, dass ihr bei der Betonung von *unser lieber Freund* nicht die Galle aufsteigt. Prompt kriegt sie einen Hustenanfall. Ich will ihr auf den Rücken klopfen, doch sie schlägt meine Hand weg, räuspert sich und wettert weiter. «Ohne *ihn* säßest du schon in Stadelheim, und da herrschen ganz andere Haftbedingungen, das kann ich dir sagen. Dort ist es nicht so bequem wie hier, frisch gestrichen und so. Steh sofort auf.» Sie packt mich am Ellbogen, zieht mich hinter sich her und reißt die Tür auf. Sudoku und der Jäger Wolfi kleben mit ihren Lauschern dran, ich sehe an der Hochglanzpolierung noch ihr Ohrenschmalz. Sie wanken mit einem breiten Grinsen zur Seite, so einen Eins-a-Anschiss hört man nicht alle Tage mit an. Massel für sie, dass die Tür nach innen aufgeht. Oder vielleicht genau deswegen? Gefängnisarchitekten haben sich bestimmt Gedanken gemacht, dass man einen Insassen bespitzeln kann und anschließend nicht die Tür in die Fresse kriegt, wenn er wider Erwarten rausspaziert.

«Ich nehm den Zeugen zu einer Gegenüberstellung mit.» Sophies Tonfall klingt nach Löwin mit ausgefahrenen Krallen und imponiert nicht nur mir.

«Äh, was?» Dem Jäger Wolfi fallen die Mundwinkel nach unten, quasi Hau-den-Lukas vom Amboss bis zum Lämpchen mit einem Schlag.

Meine Frau zieht ein kunstvoll klein gefaltetes Dokument aus der hinteren Jeanstasche und reicht es ihm. Bis der Wolfi mit seinen Stummelfingern das entblättert hat, sind wir über alle sieben Berge, mein Lieblingszwerg und ich.

Freiheit, wie hab ich dich vermisst! Auch wenn die Kreisstadtluft nicht wie bei mir daheim riecht. Kein Wunder, dass der Jägerlateiner, oder nein, wie war das doch gleich, der Rängo, einen Faschingsclub als Ausgleich braucht. Jetzt schnell heim, in die Gummistiefel und über die Wiese schlappen, Moränenhügel, grün, so weit das Auge reicht. Aber ich traue dem Frieden nicht, schaue mich um, ob der Rängowolf samt Kumpan uns nicht doch auf den Fersen sind. Was hat die Sophie ihm eigentlich für einen Wisch hingezaubert? Mich graust es ein bisschen vor dem restlichen Donnerwetter, das ich jetzt gleich privat, ganz exklusiv von Sophie in der Funktion als meiner Frau kriegen werde, weil ich mich in ihre Ermittlungen eingemischt habe. Fast sehne ich mich nach der Zelle zurück. Abgesehen von diesem Mama-Albtraum, habe ich eigentlich ganz gut geschlafen und fühle mich erfrischt. Aber es hilft nichts.

«Wem willst du mich gegenüberstellen?», frage ich. Zwischen den vielen Polizeiwagen halte ich Ausschau nach der Isetta. Das schwere Eisentor wird sich kaum von selbst öffnen, wenn wir rausfahren wollen.

«Niemandem, das hab ich doch nur so gesagt.» Sophie winkt mich durch den Fußgängereingang zum Fahrradständer, wo sie halb schräg zwischen einem Radlanhänger und einem Klapprad geparkt hat. Ich steige ein und lasse mich auf der schmalen Bank nieder. Ein beengtes Auto hat Vorteile, so haben wir Körperkontakt extra. Meist darf ich jedoch nicht viel grapschen, weil meine Frau sich aufs Fahren konzentrieren muss. Und heute traue ich mich nicht. «Ganz schön viel los für Donnerstagmorgen», sage ich, um überhaupt irgendwas von mir zu geben. «Die Starnberger stehen früh auf.»

Sophie klettert auf den Fahrersitz, ich quetsche mich zu ihr, damit sie die Fronttür zubringt. «Früh? Es ist kurz nach halb zwölf.»

«Was?» Ich glaub's nicht. «Warum hast du mich nicht früher geweckt? Ich muss heim, melken und alles. Und was ist mit der Emma, wie geht's ihr?»

«Hat der Emil bereits erledigt, gleich nachdem der Wolfi angerufen hat.» Sophie tätschelt mir den Arm und startet die Isetta. Ich kenne mich gar nicht mehr aus, ihr Tonfall ist wie ausgewechselt, war das in der Zelle vorhin nur Show?

«Und sein Asthma, das Heu staubt doch so?»

«Er hat sich deine Atemschutzmaske aus der Werkstatt umgeschnallt, ganz schön raffiniert. Und die Emma ist zur Lisa runtergegangen, darf dort mitessen, und dann machen sie zusammen Hausaufgaben. Die Lisa hat die Windpocken schon gehabt. Bis spätestens um sechs, hab ich mit der Mutter vereinbart, soll Emma daheim sein.» Als sich eine Lücke auf der Münchener

Straße auftut, holpern wir über den Randstein, mein Steißbein jault auf. Ich reibe mir den Allerwertesten und setze mich vorsichtshalber gleich auf meine Hände zur Abfederung. Bis zu Pöckings barrierefreien, also hinternfreundlichen Gehsteigen sind es ja noch sechs Kilometer.

«Stimmt das überhaupt, dass du noch mal in der Hendlbude warst?»

Erleichtert atme ich auf, Sophie zweifelt am Jäger Wolfi. «Mir ist eingefallen, dass auf dem Wickerl seiner Gefriertruhe so ein Fischmesser lag», setze ich zu einer Erklärung an. «Also, als ich ihn zum ersten Mal gesehen habe, wie er schon tot war, da hab ich auf der ...»

«Und warum hast du mich nicht gefragt?», unterbricht sie. «Sämtliche Messer sind von uns sofort beschlagnahmt worden.»

«Ich wollte doch nur, ich wollte ...» Ja, was eigentlich? Sie hat mich ganz durcheinandergebracht. «Also, ich wollte dir nur helfen.» Jetzt ist es raus.

«Ach so, dann sag ich dir gleich, du hast unrecht.»

«Mit was?»

«Der Kraulfuß hat damit nichts zu tun.»

«Hat er ein Alibi?»

«Wieso sollte er ein Alibi brauchen, er ist nicht verdächtig.»

«Konkurrenzneid. Die Senioren haben gesagt, der Wickerl wollte zweimal in der Woche seine Bude aufstellen, noch dazu am Hauptgeschäftstag vom Fritzl, am Freitag, wo jeder Zwangsfisch in sich reinstopft.»

Sie zuckt mit den Schultern. «Er kann es aber nicht gewesen sein.»

«Und warum nicht?»

«Muggerl, das darf ich dir nicht sagen.»

«Dann frag ich ihn einfach selbst.»

Sie seufzt. «Kannst du dich nicht einfach aus dem Fall raushalten?»

«Wenn ich weiß, was ich wissen will, geb ich auch Ruhe, versprochen. Jetzt sag schon, war ein Fischmesser zum Filetieren dabei? Das sieht aus wie so ein Räubermesser, mit einer langen schmalen, leicht gebogenen Klinge am zweifarbigen Holzgriff. Wenn man in Fischers Fritzl reinkommt, hängen die sieben Messer gleich hinter der Ladentheke an einer Metallschiene. Es müsste das drittkleinste oder viergrößte gewesen sein, je nachdem.»

«Fuchtel mir nicht vorm Lenkrad herum, ich weiß, wie ein Filetiermesser aussieht, jetzt hör mir erst mal zu. Der Kraulfuß hat damit nichts zu tun. Hinter dem Mord steckt was anderes. Crystal in Gefrierhendln, das war kein Streit unter Nachbarn.»

«War der Wickerl etwa ein Dealer?»

Sophie zuckt mit den Schultern. «Vermutlich. Er hatte selbst Betäubungsmittel im Blut, das hat mir die Dr. Kyreleis von der Münchner Rechtsmedizin heute Vormittag bestätigt. Ob's genau dieses Crystal war oder irgendein Cocktail aus mehreren Drogen, wird noch untersucht.»

«Betäubungsmittel? Ich hab nicht gewusst, dass der mit Drogen rumprobiert hat.»

«Bei Crystal Speed gibt's kein Probieren, da bist du sofort abhängig, das ist die gefährlichste Droge überhaupt.»

«Schon wieder eine neue Droge?»

«Im Gegenteil, uralt. Damit sind die Wehrmachtssoldaten schon im Zweiten Weltkrieg in Polen einmarschiert. Es hieß nur damals anders. Nicht Methamphetamin oder Speed oder Ice wie heute, sondern Panzerschokolade. Die hat das Angstgefühl gedämpft und die Müdigkeit genommen. So wurden sie Übermenschen der etwas anderen Art. Vor einigen Jahren ist die Droge dann über Polen wieder nach Deutschland zurückgekehrt.

Ironie der Geschichte oder die Rache für damals?» Sie zuckt mit den Schultern. «Ich weiß es nicht, fest steht aber, dass sich dieses Crystal in Bayern über immer raffiniertere Verteilerwege ausbreitet.»

«Herrschaftszeiten, das wusste ich ja alles nicht. Dass der Wickerl solche Probleme hat, dass er sich betäuben muss, hab ich nicht gemerkt.»

«Aber sein Gebiss ist dir doch aufgefallen, oder?»

«Na ja, seine Zähne waren nicht mehr die besten, also die, die er noch hatte. Knochen abfieseln war schwierig, hat er mir erzählt, eher Hühnerfrikassee, das mochte er sowieso am liebsten, von den Resten abends, aber sonst ...»

Sie nickt. «Durch den Flüssigkeitsmangel bei Crystalkonsum brechen die Zähnen ab. Du hast den Wickerl vermutlich immer nur unter Drogen erlebt.» Sie nimmt eine Hand vom Lenkrad und streichelt meine Wange. «Du hättest nichts machen können.» Meine Frau spürt mein Dilemma. Stunden hab ich mit meinem Hendlspezl verbracht. Ausmessen, bereden, eruieren. Ich hab ihm ein Ohr geliehen, wenn er seine Exfreundinnen miteinander verglich, Hendlschenkel gegen Hendlschenkel, die Theke eingepasst und so weiter und dennoch nichts mitgekriegt von seiner Ehefrau und seinen Sorgen, die er sich wohl wegdrücken musste. «Hätte ich was merken können? Trotz Zahnweh hat der Wickerl nicht gejammert.»

«Eben.»

«Was eben?»

«Jemand, der Speed nimmt, hält länger durch, braucht weniger Schlaf. Es dämpft den Hunger, und alles macht Spaß. Die Droge sorgt dafür, dass im Gehirn das Glückshormon Dopamin ausgeschüttet wird. Die andere Seite ist: Man ist sofort abhängig, und der körperliche Verfall ist rasant. Schlechte Haut, Organschäden. Verletzungen heilen schlecht, weil die Abhängigen sich die Pickel oder was auch immer, wenn sie high sind, ständig neu aufkratzen. Außerdem kostet Crystal nicht viel. Meist kaufen sie sich das Doppelte ihres Bedarfs. Also zum Beispiel zehn Gramm, davon nehmen sie selber fünf, und die anderen fünf verticken sie.» Sophie kennt sich aus in der Szene. Ich bin beeindruckt.

«Wenn du das Zeug nicht entdeckt hättest, wären die Hendl samt Inhalt vermutlich unbemerkt im Abfall gelandet.» An der Ampel beugt sie sich zu mir rüber und küsst mich inniglich, bis wer hinter uns hupt. Es ist Grün. Als wir anfahren, fällt mir was ganz anderes ein. «War der Xand schon da?»

«Der Elektriker? Hast du den herbestellt? Ich weiß, dass die Stromsanierung ganz oben auf der Liste steht. Aber können wir die noch mal verschieben, jetzt wo der Papa im Krankenhaus ist? Ich weiß nicht, wie wir das sonst finanziell hinkriegen. Was das Tag für Tag dort kostet.»

«Liegt er noch auf der Privatstation?»

Sie nickt. «Ich hab mich auch gewundert, aber die Stationsschwester sagte, das sei in Ordnung. Warum nicht ein paar Stunden Luxus genießen, bevor er wieder in den Gemeinschaftssaal verlegt wird? War nicht unser Fehler, können wir sagen, wenn sie draufkommen. Aber allein das normale Tagegeld und die Behandlung werden auch so genug kosten.»

Wieder mal plagt mich das schlechte Gewissen. Es wird langsam dringend, Rechnungen zu schreiben für erledigte Aufträge. Meine Brüder haben mir erzählt, dass es bei unseren Eltern genauso war. Wenn der Vater ein Kalb verkauft hat oder Kartoffeln, dann hat er nie sofort das Geld von den Leuten verlangt. Und wenn der ein oder andere nach Wochen den Anstand hatte nachzufragen, wie viel er zahlen muss, dann hat die Mama gesagt, betet halt für ihn, das ist bezahlt genug.

«Hast du eigentlich das Geld vom Wickerl noch gekriegt?» Meine Frau kennt meine Schwächen. Bevor ich zu stottern anfange, übernimmt das die Isetta. Wir schaffen mit Ach und Krach den Berg beim Schmalzhof hoch. Kurz vor einem rasant entgegenkommenden Lastwagen biegt Sophie auf den Landwirtschaftsweg. Mit geschlossenen Augen kralle ich mich an der Rückenlehne fest. Auf den letzten Metern wippen wir synchron nach vorne, um nicht wieder zurückzurollen. Knapp gelingt es. Die Isetta ruckelt über den Buckel und tut keinen Mucks mehr.

«Das auch noch», sagt Sophie.

Einen Traktor und meine Landmaschinen kann ich freilich in alle Einzelteile zerlegen und krieg sie auch hinterher wieder zusammen. Dabei bleibt meist zwar ein Teil übrig, aus dem ich dann was Neues bastle, einen Staubsauger, eine Zentrifuge oder auch nur einen Klopapierhalter, und wir haben wieder was gespart. Bei Autos indes muss ich kapitulieren. Doch nachschauen tue ich natürlich. Ich klappe die Frontscheibe hoch, steige aus und sperre den Motordeckel auf, der sich bei der Isetta an der Seite befindet. «Das ist nicht das Kühlwasser. Ich glaub, jetzt haben wir einen Kolbenfresser gefahren.»

«Ja, und was heißt das jetzt?» Sophie steigt aus.

«Erst mal, dass wir zu Fuß heimgehen können, außer du magst hier warten, bis ich mit dem Tiger zurück bin.»

«Ich geh mit dir mit.» Sie nimmt meine Hand.

«Sag mal, was ist denn mit dir los?» Ein bisschen verdattert bin ich schon. «Du bist so gut aufgelegt.»

«Wieso, bin ich sonst schlecht aufgelegt?»

«Nein, ich hab gedacht, ich krieg einen Riesenanschiss, und jetzt geht auch das Auto nicht mehr, und du bist trotzdem nicht grantig.»

«Mei, Muggerl.» Sie streckt einen Arm aus und krault mir den Kopf, dass ich schnurren könnte, wenn ich's könnte. «Was passiert, passiert eben.»

Ihr Handy klingelt, sie schaut auf das Display, gar nicht unerfreut. «Der Schubert, ich muss drangehen, ich hab schon auf seinen Rückruf gewartet. Dann geh du doch vor, ich bleib so lange hier.» Ich zögere. Kann ich sie mit ihrem Exkollegen von der Drogenfahndung allein lassen? So wie sie das kleine Kästchen mit seiner Stimme drin gestreichelt hat, wer weiß, was er mit ihr bespricht. Aber es hilft alles nichts, ich muss heim, damit was vorwärtsgeht. Er ist nicht der Einzige, der mir meine Sophie gern wegschnappen täte. Doch sie kennt den Schubert schon so lange und hat mir versichert, dass er keine Gefahr sei. Also für die Drogendealer schon, nur nicht für mich. Aber bei der Fahndung ist er angeblich ein richtiger Kampfhund. Ich hab ihn bei einer Weihnachtsfeier kennengelernt. Mehr breit als groß, feiste Wabbelbacken hängen an seinem Quadratschädel, Augenringe wie bei einer aufgeschnittenen Zwiebel, dass du gedacht hast, der ist Stammgast im Hofbräuhaus. Fehlanzeige, ich weiß zwar nicht, ob die in Hamburg droben, wo er herkommt, auch solche Sehenswürdigkeiten haben, aber der Schubert trinkt nichts, wie fei viele Drogenfahnder dem Alkohol entsagen, Vorbild durch und durch. Ich hab sogar geredet mit ihm, in feinstem Schriftdeutsch. Fast die Zunge ist mir abgebrochen, so hab ich mich angestrengt. Gegrinst und genickt hat er die ganze Zeit. Mir hat das gefallen, dass er meine Witze kapiert und so einen Humor hat, in seinem Alter und seinem Beruf. Hinterher hat mir die Sophie gesagt, dass er kein Wort verstanden und nur über den Klang meiner Stimme so gelächelt hat, quasi Originalton Süd. Ich frage mich, wie er dann einen lallenden Drogenjunkie verstehen will. Ich seufze, über den Schubert und seine Gefühle zu meiner Frau kann ich mir jetzt nicht auch noch Gedanken machen, ich hab genug mit dem Jäger Wolfi seinem Gezirpe zu tun. Nur gut, dass die Sophie auf keinen dieser Brunfthirsche abfährt. Nach ein, zwei, drei Küssen (aller guten Dinge sind drei!) gehe ich Richtung «querfeldein» über unseren Acker zu unserem Hof und könnte bei der Gelegenheit gleich nach den Kartoffeln schauen. Seit April, wo wir sie gelegt haben, treiben sie ordentlich aus. Es wird Zeit, mit dem Striegel durch die Reihen zu fahren, damit das Unkraut nicht kommt. Wieder eins mehr, das gemacht gehört. So ein Zettelspieß wäre recht, wo ich die ganzen Merkzettel aufpicken und dann abarbeiten könnte. Doch an einen Spieß will ich jetzt nicht denken. Oder besser ein Buch, wo wir die ganzen Zettel hineinkleben, auch die vom Emil. «Äh.» Mir fällt was Wichtiges ein, ich dreh noch mal um und stapfe zurück. «Mit was für einem Wisch hast du mich eigentlich freigekriegt?»

«Sekunde», sagt die Sophie ins Handy, als wäre es dem Schubert sein Ohrwaschel.

«Mit seinem Jagdschein.»

«Was hat das damit zu tun?»

«Den hat der Jäger Wolfi gefälscht.»

Oha, eins zu null für meine Liebste.

Dorftratsch 13.

Meine Herde fläzt wiederkäuend in der Mittagssonne, wie ich auf der Weide vorbeikomme. Die Lämmer hängen, erschöpft von ihren Bocksprüngen, auf den Müttern herum. Die Ziegen streiten sich um einen Schattenplatz beim Unterstand. Ich zähle schnell durch, ob keiner fehlt. Drei mehr, das passt, Emil hat die Drillinge auch schon mit auf die Weide geführt. Bei mir kriegen die Mütter eigentlich noch ein paar Tage Schonzeit, quasi Wochenbett. Kaum haben die Schafe die Geburt von ein, zwei, drei Lämmern hinter sich gebracht, ist es ihnen aber unendlich fad ohne Schaffreundin. Überdies wollen sie den anderen schnellstmöglich ihren Nachwuchs präsentieren. Emil hat der Zwiebi also einen Gefallen getan, so zufrieden wie sie mit den Kiefern malmt und mich aus schläfrigen Augen ansieht. Nachdem ich den Wasserkübel aufgefüllt und den Elektrozaun kontrolliert habe, renne ich noch schnell ins Haus, aufs Klo. Beim Wolfi durfte ich ja nicht. Und wie ich gerade auf der Schüssel sitze, läutet natürlich das Telefon. Scheiß drauf, soll sich doch der Anrufbeantworter einschalten. Als ich dann nachschaue, wer draufgesprochen hat, blinkt das kleine Kästchen wie sonst nie. Fast das ganze Band haben die Leute vollgeplappert.

«Äh, ja also, ich bin's, der Ding, ich soll von meiner Frau ausrichten, dass wir, äh, keine Milch nicht mehr brauchen, soll ich sagen, also Pause.»

Und nach dem Piep der Nächste: «Herr Halbritter, sind's mir nicht böse, aber bis auf weiteres muss ich leider auf die Milch verzichten.»

Piep und noch einer: «Hiermit möchte ich den Milchkauf bei dir kündigen, mit freundlichen Grüßen, Renate und Eberhard Klemm.»

Und zuletzt auch noch die Frau Breitenwieser. «Herr Halbritter, ich war gerade beim Arzt wegen meinen Wölbungen, und da hab ich im Wartezimmer das mit Ihnen gehört, es tut mir leid für Sie, bitte nicht falsch verstehen, aber unter diesen Umständen, bis das alles geklärt ist bei Ihnen, also bis dahin möchte ich vorerst keine Milch mehr von Ihren Tieren konsumieren.»

Piep, ich glaub's nicht, was ich da höre! Mit einem Schlag ist sämtliche Milchkundschaft verloren. Dieser Jäger Wolfi mit seiner Spalierfahrt! Hat die sich schneller herumgesprochen, als mein Schönheitsschlaf außer Haus beendet war? Das muss ich erst mal setzen lassen. Ich habe ja auch sonst genug zu tun. Also lege ich die Rampe und die Kette auf den Anhänger, kupple ihn an den Tiger und tuckere auf dem Landwirtschaftsweg über Pöcking Nord zurück. Neben mir rasen die Autofahrer vorbei. Die einen wollen auf der alten Olympiastraße raus, in die Natur zu den Alpen, die anderen in die Großstadt, um später wieder zum Durchatmen zurückzubrausen. Ein ewiges Hin und Her.

Beim Schmalzhof steht die Isetta verlassen da. Erst vermute ich meine Frau irgendwo im Gebüsch, wo sie hockend ein Geschäft erledigt. Aber auch als ich rufe und sie suche, taucht sie nicht auf. Entführung, schießt es mir durchs Hirn. Die Drogenmafia hat die Sophie gekapert, um irgendwen freizupressen oder so etwas in der Art. Am Lenkrad klebt ein Zettel, schon wieder, das Halbritterbuch füllt sich, Zettel für Zettel mit Botschaften.

> Wurde abgeholt, musste zum Dienst, dringend,
> Kuss S.

Da soll noch einer sagen, Papier ist ein aussterbendes Medium. Bald haben wir eine halbe Bibel zusammen, oder sagen wir, Neues Testament für den Anfang. Ist der Schubert hergefahren, oder hat sich der Jäger Wolfi als Chauffeur angebiedert? Sophie hat das extra anonym geschrieben, damit kein Hundebegleiter, der hier vorbeileint und in die Isetta glotzt, kapiert, wer und was genau gemeint ist. So muss ich also allein zum Richter. Ich ziehe das Auterl mit der Seilwinde auf den Anhänger und lege ein paar Keile unter die Reifen, damit es mir während der Fahrt nicht herumrutscht.

Dann fahre ich nach Pöcking zurück und biege beim Hotzel Mani seinem Richterschild rechts ein. Blinker brauche ich keinen mehr setzen, der ist noch von der Hinfahrt drin.

Der Wickerl ist immer noch tot, fällt es mir beim Dahinzuckeln ein. Ich rieche es gleich, wie ich wieder ins Dorf und am Ortsschild vorbeifahre. Sonst hängt auch am Donnerstag noch ein Rest Hendlgeruch in den Häuserecken. Doch heute muffelt jede Familie nur mehr nach sich selbst.

Manfred Hotzel

~~Re~~peichter
und Entsorger

Eigentlich wollte der Mani ‹Reparierer› auf die Tafel schreiben, aber mit dem Schreiben hat er's nicht so, aber Autos reparieren, das kann er. Er richtet nicht nur, was kaputt ist, sondern nimmt den Leuten auch die materiellen Sorgen ab, also urteilt über ihr Glump, sozusagen doppelter Richter. Was davon noch brauchbar ist, dem Mani seiner Meinung nach, lagert im Hinterhof. Etwas Zeit muss man halt mitbringen, um in den Resten der Hausentrümpelungen zu wühlen. Pöcking hat somit die wahre Shoppingmeile, nur muss sich das erst rumsprechen. Der Mani selbst wird's kaum bewerben, wortkarg und nur auf Mechanikerjargon beschränkt. Dafür weiß er alles über Autos, besonders über Oldtimer, und hat mich beim Isettakauf beraten, sie dann feinjustiert, damit die Sophie auch einem BMW-Flüchtling hinterherkommt, wenn's wäre.

«Stell sie zu den Schweden», sagt der Mani, als ich ihm von der Panne erzähle und die Isetta vom Abhänger lasse. «Ich schau sie mir nachher gleich an.» Sehen tue ich ihn nicht, nur hören. Er werkelt gerade unter einem Cabrio. Schweden? Damit kann alles Mögliche gemeint sein. Ich schaue mich um und versuche mich in den Mani hineinzuversetzen. Ich halte nach Blockhäusern, Elchen oder Billigmöbeln Ausschau.

«Und wo finde ich die Schweden?» Gescheiter, ich frage ihn, bevor ich mir über ganz Skandinavien den Kopf zerbreche.

«An Tisch und Stühlen vorbei», tönt es von unterm Cabrio vor. Aha, endlich. Hinter einem wackeligen Berg Stühle entdecke ich die Hebebühne, die von Kachel-, Bade-, Kaminöfen, die Schweden also, mit oder ohne Ofenrohr umstellt ist. Dorthin schiebe ich die Isetta, steck meinen Zweitschlüssel ins Zündschloss und verabschiede mich mit einem ‹Servus›.

Da mir der Jäger Wolfi nicht mal ein Frühstück spendiert hat und es schon über Mittag hinaus ist, knurrt mir der Magen. Vor lauter Milchkundschaftsabsagen hab ich mir nicht mal einen Apfel mitgenommen. Deshalb will ich mir eine Kirsch- und eine Apfeltasche und drei oder vier Butterbrezen kaufen. Ein paar Bekannte warten in der Bäckerei, die vis-à-vis vom Richter ist. Eine Verkäuferin ist nicht zu sehen.

«Grüß Gott», sag ich. Sie zucken nicht mal mit den Mundwinkeln und wenden sich wieder der verwaisten Theke zu. In der folgenden Stille hörst du nur das Brummeln der Fliegen, die am Kleisterpapier über der Kasse verenden. Merkwürdig. Ist das die Trauer um den Wickerl, oder ist noch wer gestorben? Ich frage den Vormiranstehenden, den Pulver Udo, dem ich letztes Jahr die Hecke im Stil von Schloss Nymphenburg geschnitten habe, wie es ihm geht.

«Es muss», murmelt er nur, ohne sich umzudrehen. Na, dann nicht. Fast glaube ich, dass mir der Wolfi mit einem Plakatmaler «War im Gefängnis» auf die Stirn geschrieben hat. Aber das hätte mir doch die Sophie gesagt. Verstohlen mustere ich mich in der Gebäckschutzscheibe, mein Gesicht scheint wie immer zu sein. Endlich schlurft die Verkäuferin aus ihrer Nische, drückt ihre Zigarette an einer Tablettkante aus und bedient uns. Zack, zack, ohne weitere überflüssige Worte werden die Bestellungen abgewickelt, so schnell ist man noch nie in einem Laden drangekommen, wenn keiner sonst eine Neuigkeit zum Ausplaudern hat. Als ich vor der Tür in die erste Breze beiße, sitzt an einem Kaffeetischchen die Kramser Kimberley mit noch zwei Frauen aus ihrem Nagelstudioteam. Mit ihren aufgepeppten Struwwelpeterkrallen deutet sie auf mich und tuschelt dann mit den anderen. Ja, Herrschaft, hat sich das mit der Verhaftung so schnell herumgesprochen, oder sind die alle gestern Nacht zum Polizeiwagenspalier rausgerannt? Da fällt mir ein, dass mein Radl noch in der Sperrzone steht. Auf dem Weg ins Oberdorf schaut sonst jeder her, wenn ich vorbeitraktore, und winkt, mein Tiger ist immer eine Sensation. Aber heute wenden sie sich ab. Die Lechner Erika springt sogar samt Dackel in den kleinen Blumenladen neben der Bücherei, als würde ich ihre Dösy plattmachen wollen. Mir schnürt es das Herz ab.

«Obacht, Vorsicht!» Unser Bürgermeister bremst auf seinem Fahrrad, wie ich meines auf den Anhänger lade.

«Ist deine Klingel kaputt?» Ich will ihn vorbeilassen, aber er hält an und steigt ab.

«Ich glaub, ich hab die Feder abgedreht, weil ich letztes Wochenende am Seeufer nach Tutzing die ganze Zeit klingeln musste, da war ganz München auf einem Ausflug. Grüß dich Gott, erst mal.» Wenigstens einer findet noch ein freundliches Wort für mich. «Bei der Gelegenheit, ich wollte dich was fragen.»

In mir wurlt es vor Anspannung, verdächtigt er mich auch, dem Wickerl was zuleide getan zu haben? Will er mich als Dorfhäuptling ausquetschen, um es dann seinen Untertanen aus erster Quelle weitertratschen zu können? Das bisschen Gefängnis hat mich misstrauisch gemacht.

«Was findest du besser, zu klingeln oder Obacht zu rufen? Da gehen die Meinungen weit auseinander, gestern hat mich eine Fußgängerin sogar richtig zur Sau gemacht, weil ich gesprochen hab und nicht geklingelt.»

«Gehupft wie gesprungen, die Leute erschrecken so und so», sage ich. «Beim schrillen Klingeln wissen sie innerlich sofort, aha, da kommt ein Fahrrad, bei ‹Obacht› kann es alles Mögliche sein, ein Tanklaster, eine Mutter mit einem Zwillingswagen, eine Kehrmaschine.»

«Die Feuerwehr, der Schneeräumer», ergänzt er weiter. «Mm, du hast recht. Da ist was Konservatives besser. Die gute alte Blechschelle per Daumendruck. Oder was meinst du?»

Auf der silbernen Klingel von meinem Vater, die ganz normal klingelte, war ein Kleeblatt, fällt mir, warum auch immer, plötzlich ein. «Es gibt auch Gummihupen, kleine Trompeten, Froschquaken, Quietscheenten, Kreissägen oder was du dir nicht noch alles auf den Lenker montieren kannst. Oder wie wäre es mit einer Kirchenglocke?» Ich deute auf den Zwiebelturm von St. Ulrich.

«Gute Idee, so eine Glocke, das ist was Vertrautes, das kennt jeder, doch da schauen die Leute dann eher nach oben als zurück, und schwupp, fährt man sie über den Haufen. Ich denk drüber nach, mersse, aber jetzt muss ich los.»

Er schwingt sich wieder aufs Rad.

«Wichtige Amtsgeschäfte?»

Er lacht. «Kann man so sagen. Die Büros warten auf die Krapfen. So ist das in der Demokratie, jeder ist reihum mal dran, auch der Bürgermeister.» Für mich wird's ebenfalls Zeit, ich muss den Alten noch sagen, dass es der Kraulfuß nicht war. Moment, jetzt fällt es mir auf, hat die Sophie jetzt gesagt, dass da ein Fischmesser unter den beschlagnahmten Waffen war oder nicht? Ich erinnere mich nicht mehr. Mmh, trotzdem, ich will nicht, dass am Fischgrätenkramer genau so ein Verdacht pappt wie an mir. Vielleicht kann ich den Fritzl ausquetschen, nur ein bisschen, ganz leicht. Aber erst mal will ich wissen, was im Seniorenhauptquartier los ist. Die Straße an der größten Kreuzung Pöckings zu überqueren, das dauert. Drei Autos von rechts und links drängeln, und die Fahrer erklären sich gegenseitig per Handzeichen wer wann wo wie Vorfahrt hat. Ich spiel den Schupo und winke sie nach dem Alphabet durch.

Wo der Altenrat mit Strickzeug und Kochschürze tagt und gestern noch der gelbe Rauch von den verbrannten Torten aufgestiegen ist, herrscht heute Gedränge. Die Parkbuchten sind mit Fahrzeugen regelrecht zugepflastert. Warum ist mir das vorhin nicht aufgefallen? Sind die alle gerade erst hergefahren? Wenn wir eine Zeitung hätten, dann wüsste ich, was dort heute los ist. Doch die Sophie mag kein Abo, ihr genügen die Meldungen über den Polizeisender, sie braucht nicht nach Feierabend zusätzlich Mord und Totschlag. Und ich würde nicht hinterherkommen mit dem Lesen, das dauert seine Zeit, bis du so eine Wochenendausgabe durchhast, und dann steht auch noch so viel aus den anderen Ortschaften drin. Obendrein hab ich mit unserem Dorf genug zu tun, wenn ich mich auch noch außerhalb um jeden Hilferuf kümmern müsste, käme ich zu überhaupt nichts mehr. Mir reicht einmal in der Woche das Käseblatt, das die Schüler einwerfen, falls sie Bock haben, bis zu unserem Hof am Waldrand rauszulatschen.

Nobody is perplex
14.

Neugierig, woher dieser Zulauf kommt, mische ich mich unter die Autofahrer und betrete das Alte Rathaus. Im zugigen Gang sitzen Leute, dicht an dicht auf Bierbänken. Auf den ersten Blick erinnert es an eine Wärmestube, und es riecht auch so, Nikotin, Parfümprobiersets aller Art. Manche schminken sich noch, zupfen ein Haar aus der Nase oder wechseln die Schuhe, hochhackige Knöchelknacker gegen Jesuslatschen. Ein Kerl streift sich Einmalhandschuhe über. Proben die etwa für ein Theaterstück?

«He, wir waren zuerst da.» Eine stämmige Kurzhaarige im weißen Kittel versucht mich aufzuhalten, als ich die Türklinke zum ehemaligen Sitzungssaal drücke.

«Sind Sie Ärztin?», frage ich.

«Oh, das werde ich oft gefragt.» Sie errötet bis zu den Ohren, an denen lange Federn baumeln. «Ich geb's zu, ich hab mal reingeschnuppert in so ein Medizinstudium, aber an einem herumschnippeln, das war dann doch nicht so ganz das, was ich ...» Sie stockt. «Wieso fragen Sie, gehören Sie zur Jury?»

«Was für eine Jury?»

«Na, die da drin.» Also doch Schauspieler, denke ich.

Auf der Tür pappt ein Zettel.

Erst nach Aufforderung eintreten!

Bevor ich noch fragen kann, was da genau los ist, wird die Tür von innen aufgerissen.

«Muck, wie nett, dass du auch dabei bist.» Der Melcher grüßt mich.

«Dabei, wobei?», frage ich.

«Komm, wirst schon sehen.» Er zwinkert mir zu. «Du kannst dich zu uns setzen.» Die übrigen Bierbänkler recken die Hälse. Ein Mann mit Cowboystiefeln schließt seinen Leuchtmarker und klappt den Schnellhefter zu. Manche springen auf und versuchen, in den Sitzungssaal zu spähen.

«Sitzen bleiben, es geht gleich los.» Der Melcher beschwichtigt sie, schließt die Tür hinter uns und drückt mich auf einen Hocker, der einsam in einer Ecke steht. Wo sind die Möbel hin?

«Magst du ein Helles?» Er hält mir eine Flasche vor die Nase. Ich schüttle den Kopf.

«Der trinkt doch kein Bier», hallt es aus dem anderen Ende des leergeräumten Saales. Der Rossi sitzt mit den Pflaums, den Textilstubenzwillingen, der Kirchbach Gretl und ein paar anderen von *Gemeinsam Dabeisein* an einer langen Reihe aneinandergestellter Tische an der gegenüberliegenden Wand.

«Ach, hör auf, Muck, du bist doch ein Mann, oder?» Der Melcher kappt die Flasche und sagt den üblichen Spruch, ein Bayer ohne Bier, das ist wie eine Suppe ohne Wasser oder ein Vogelkäfig ohne Vogel.

«Ich trink nie Alkohol», erkläre ich.

«Wirklich?» Darauf muss der Melcher einen kräftigen Schluck aus der für mich gedachten Flasche nehmen. Er wischt sich über die Lippen. «Überhaupt gar keinen? Auch kein Weißbier oder eine Russenmaß? Ist das dein Ernst? Aber ein Radler magst du doch, wenn wir ein Zitronenlimo dahaben, ja?»

Ich schüttle den Kopf.

«Einen Schnaps trinkt er schon», ruft der Pflaum Herbert.

«Da ist doch auch fast kein Alkohol drin», rufe ich zurück.

Der Melcher runzelt die Brauen und kratzt sich an der Stirn. Dann treibt es ihm die Mundwinkel zu einem Lachen auseinander. «Du bist dein Geld wert, Muck, ehrlich.» Er schlägt mir gegen die Brust, dass mir kurz die Luft wegbleibt. «Einen Williamchrist gibt's aber erst, wenn wir den Richtigen haben.»

«Den Richtigen wofür?», presse ich mit einem Husten heraus, aber keiner scheint mich zu hören.

«Los, hol den Ersten rein, damit wir vorwärtskommen.» Der Rossi schlägt mit dem Kugelschreiber an sein Weißbierglas. «Die Liste ist lang.» Er scheint so was wie der Oberkommandant zu sein. Alle haben Klemmbretter, soweit ich das von hier aus erkennen kann, die Melcher Manuela kritzelt darauf herum, vermutlich für die Chronik, in der jetzt steht, dass ich Antibieralkoholiker bin.

«Wie war das noch? Wir horchen die da draußen jetzt aus, ob was für uns dabei ist, und dann?» Vom Rossi seinem Klirren ist der Bene aus seinem Nickerchen erwacht und studiert das Klemmbrett mit einer Lupe.

«Dann schreibst du eine Note auf, aber nicht wie in der Schule, falls du dich noch erinnerst. Eins bedeutet hier schlecht und sechs bedeutet gut, und dann geht's sogar noch weiter bis zehn», erklärt der Rossi.

«Hehe, langsam.» Der Bene fuchtelt mit dem knochigen Zeigefinger. «Ich erinnere mich bestens an meine Schulzeit, besser als an meine erste Ehe.»

«Du warst mal verheiratet?»

«Zweimal sogar.» Er winkt ab. «Ist lange her, als ich noch jung und leichtsinnig war. Dafür war meine Volksschulzeit kurz und prägnant. Wir haben uns um die Tabakpflanzen von unserem Lehrer gekümmert. Ernten, zum Trocken im Klassenzimmer auffädeln, praktischer Unterricht, so was gibt's heute nicht mehr. Das war schon eine Wissenschaft für sich.»

«Ja, ja», stoppt ihn der Panscher, anscheinend kennt er die Geschichte zur Genüge. Mich hätte sie interessiert. Aber jetzt ergreift die Pflaum Burgl das Wort. Sie steht sogar auf, was alle augenblicklich verstummen lässt.

«Halt, ich hab's euch doch erklärt.» Sie wuchtet das Klemmbrett herum, als wollte sie es dem Nächstbesten auf den Schädel hauen. Die Müller Ayşe und der Panscher zwei Stühle weiter gehen bereits in Deckung. «Wer was leistet und aus den anderen Bewerbern raussticht, kommt in die engere Auswahl und darf noch mal rein.»

«Und dann? Was muss der dann tun? Jemanden von uns probewickeln, oder wie?» Der Bene kratzt sich am Haarkranz. «Ich stell mich nicht zur Verfügung, damit du das gleich weißt, nur weil ich der Älteste bin.»

«Das sehen wir dann. Deshalb soll sich jeder von euch notieren, was die so behaupten zu können, und davon lassen wir uns dann eine Facette zeigen.»

«Facette, Respekt, Burgl. Man merkt, dass du viel fernsehschaust.» Der Bene schnalzt mit der Zunge. «Also wird erst mal gesammelt, und dann wird ausgesiebt. Aber sind überhaupt genug da draußen?»

«Mehr als genug, stimmt's, Muck?» Der Melcher nickt mir zu. Ich hab mich immer noch nicht ganz von dem Braumeisterfasslozapftschlag gegen meinen Solarplexus erholt und krächze fast unhörbar Zustimmung, zu was auch immer.

«Ist auch ein Sportarzt dabei?», fragt die Gretl.

«Ich möchte jemanden zum Vorlesen, langsam lassen meine

Augen nach. Eine üppige Blondine oder rassige Rothaarige, wenn's geht», sagt der Bene. «Sonst ist mir das Aussehen gleich.»

Die Burgl setzt sich seufzend.

Endlich wird die Erste hereingelassen, die Pseudoärztin von vorhin mit der imposanten Oberweite. Unter dem Kittel, den sie vermutlich nicht zubringt, trägt sie ein T-Shirt mit der Aufschrift «Don't touch». Wo du nicht anlangen darfst, bringt dich erst recht in Versuchung.

Der Bene pfeift durchs Gebiss. «Oha, wenn Träume wahr werden.»

«Knobloch, Renate», stellt sich die Frau vor.

«Haben Sie Erfahrung?», fragt der Rossi.

«Schon.»

«Und worin?»

«Kommt darauf an.»

Die Textilstubenzwillinge kichern, ausnahmsweise einer Meinung. Rossi hebt die Hand, und sie verschlucken ihr Lachen. Das ist anscheinend eine ernste Angelegenheit hier, mit oder ohne Schnaps.

Die Frau scheint es nicht zu stören. «Ich weiß ja nicht, was Sie wissen wollen.»

«Wo haben Sie vorher gearbeitet?», fragt der Rossi.

«Drei Jahre Köchin in der Bundeswehrkantine, danach einundzwanzig Jahre Haushälterin.»

Mir dämmert's langsam: Sie suchen endlich eine brauchbare Köchin.

«Und bei wem?», fragt die Gretl.

«Beim Baron von Ofenstein, ich weiß nicht, ob Sie den kennen?»

«Der ist doch letztes Jahr gestorben. In Aufkirchen drüben.»

Die Gretl liest nicht nur die Kirchenzeitung. «Ungeklärte Todesursache bisher.»

«Ich war's aber nicht», sagt die Bekittelte schnell. Zu schnell. Sie beißt sich auf die Lippen.

«Na gut. Dann gehen Sie mal auf und ab und ein bisschen drehen und wippen», fordert sie der Rossi auf.

«Davon stand aber nichts in der Annonce.» Sie zieht eine Schnute. Doch als niemand was erwidert, sie jeder nur erwartungsvoll anstarrt, setzt sie sich langsam in Bewegung, schleicht zwischen meinem Hocker und den Tischen hin und her und schwingt die Arme wie zwei Keulen. Als sie bei mir kehrtmacht, ducke ich mich und spüre noch den Wind um die Ohren von ihrer Drehung.

Keuchend hält sie inne, klopft sich auf die Brust, was die Männer vorne zappelig werden lässt.

«Kondition brauchen Sie fei schon bei uns.» Die Kirchbach Gretl wedelt mit dem Kugelschreiber.

«Legen Sie ruhig ab, was einengt, mich stört es nicht», schlägt der Pflaum Herbert vor.

«Das würde dir so passen.» Jetzt streift ihn das Klemmbrett seiner Gattin unsanft am Hinterkopf. «Gleich fragst du sie noch nach ihrer Körbchengröße.»

«Ja, welche haben Sie denn?»

«Seit wann weißt du, was ein Körbchen ist?» Die Burgl gerät in Rage. Gleich kratzt sie ihm noch das letzte gute Auge aus.

«Zur Sache jetzt», ermahnt die Melcherin die beiden und wendet sich an die Bewerberin. «Was ist Ihr größter Fehler?»

«Fehler?» Sie sieht an ihrem Kittel hinunter und knöpft die oberen zwei Knöpfe zu. «Also jetzt mehr im Sinn von Macke oder von Missgeschick?»

«Macken haben Sie auch?»

«Hat doch jeder, oder? Wenn ich mir euch so anschaue.»

«Ja?» Wo vorher Geräusper und Geraschel war, könntest du nun eine Stecknadel hören. Sogar der Bene stellt sein Keuchen ein.

«Äh, ja, also nobody is perplex sag ich immer.»

«Und warum sollten gerade wir Sie einstellen?» Die Melcherin kennt die Bewerbungsfragen aus dem Effeff. Ich wüsste jetzt nicht, was ich antworten sollte, aber um mich geht's zum Glück nicht.

Die Befragte muss ebenfalls eine Weile grübeln, sie spielt mit ihren Federohrringen und sagt: «Ich kenne mich halt aus, und außerdem waren zwei Anzeigen drin, wenn ihr mich nicht nehmt, probiere ich's noch beim Bestatter.»

«Danke.» Die Burgl notiert sich was. «Warten Sie bitte draußen und schicken Sie gleich den Nächsten rein.»

«Und was ist mit der Bezahlung?», fragt sie schon in der Tür.

«Später, bitte Geduld.»

«Liebesdienst und so Sachen mach ich aber nur gegen Aufpreis, klar?»

Der Nächste ist ein dürrer, älterer Herr in Nadelstreifen-Anzug und leuchtend bunter Wollmütze, die bei den Textilstubenzwillingen auf dem Klemmbrett vermerkt wird, nehme ich an, denn er muss sich zu ihnen runterbeugen, damit sie sich über das Muster streiten können. Dornröschen oder Brombeer. Der Melcher versteht Brombier und macht sich eine weitere Halbe auf.

«Welche Rolle spielt Geld für Sie?», fragen sie den von einer längeren Ostindienreise zurückgekehrten Hubert Shanti Wampetsberger.

«Wenn ich welches habe, keine, aber das war bisher noch

nicht der Fall.» Und nach seinem größten Fehler gefragt, sagt er: «Meine Jugendsünden werden Sie jetzt aber nicht hören wollen, oder? Die sind aus dem Register gelöscht worden, oder brauchen Sie ein Führungszeugnis?»

«Vorerst nicht», sagt der Rossi, doch nach der nächsten Antwort auf die Frage, ob er noch Fragen an die Frager habe, schickt er den Ostindianer nicht mal mehr zum Warten hinaus, sondern direkt in die weite Welt zurück. Denn er sagt: «Wenn einer von euch während meiner Arbeit abkratzt, bin ich dann versichert?»

Die nächsten Kandidaten werden auch nicht besser, mir wird's langsam zu anstrengend, das alles mit anzuhören. Der eine trägt Einmalhandschuhe zur kurzen Jeansjacke. Der andere sagt, sein größtes Versehen sei, sich nicht schon längst von seiner Alten getrennt zu haben. Und wo hier das Buffet sei, will er noch wissen, bevor er hinausstolziert und dabei die nicht vorhandenen Haare zurückwirft. Der Nächste hat ein Akkordeon vor den Bauch gespannt, was der Gretl einen Juchzer entlockt. Er spielt einen Landler, und bald klatschen alle mit. Aber bei der Befragung hinterher kriegt er den Mund nicht auf. Und dann stellt sich raus, dass der Quetschenspieler gedacht hat, es gehe hier um die Zusammenstellung einer neuen Musikgruppe. Also ab.

Ich nutze die Gelegenheit, um möglichst unbemerkt zu verschwinden.

Doch der Rossi bremst mich. «Halt, Muck, jetzt bist du dran.»

«Womit denn? Ihr glaubt wohl nicht, dass ich euch den Affen mache und hier herumwatschle?»

Die anderen stecken die Köpfe zusammen, tuscheln, kritzeln auf ihre Klemmbretter und drehen sie mir entgegen. Eine Zehn steht auf jedem Blatt.

Die Burgl ergreift das Wort. «Du hast doch selbst gesehen, dass da nichts Brauchbares dabei war», erklärt die Burgl.

«Nur Graffel», kommentiert der Bene. «Also, wie wäre es?»

«Wie wäre was?»

«Na, die Stelle? Schau, wir brauchen deine Hilfe, wir schaffen das selbst nicht mehr alles, und auf die privaten Pflegedienste ist kein Verlass. Die bescheißen bei der Abrechnung, wo es nur geht.»

«Genau, bei unserer Cousine haben sie einen ganzen Hausputz aufgeschrieben», sagt die Erna. «Obwohl sie seit Jahren nur in einer zehn Quadratmeterbaracke lebt.»

«Oder dreimal Windeln wechseln steht auf der Rechnung bei meinem Bruder», erklärt die Gretl. «Dabei kommen sie nur einmal am Tag. Wechseln die dann gleich hintereinander, anziehen, ausziehen, anziehen?» Ich weiß nicht, was ich sagen soll. Wenn die Sophie mitkriegt, dass ich auch noch einen Pfleger mache, lässt sie mich einliefern. «Und Muck, wir müssen hier raus.»

«Was?»

Die Ayşe nickt. «Kundugun.»

«Kondom?»

Ayşe schüttelt den Kopf. «Nix hierbleiben. Raus.» Auch nach zwanzig Jahren fällt ihr die deutsche Sprache schwer.

«Ach so, Kündigung? *Gemeinsam Dabeisein* darf nicht mehr im Alten Rathaus stattfinden? Und ich dachte, ihr habt die Möbel nur für den Laufsteg auf die Seite geräumt.» Dass eine Kinderkrippe, ein Hundewaschsalon oder eine Sparkassenfiliale anstelle eines Seniorentreffs ins Alte Rathaus reinkommen soll, davon hab ich zwar schon gehört, solche Sachen machen im Dorf immer wieder mal die Runde, aber nichts Konkretes. Der Fidl hat auch nichts erzählt. «Kann man da nichts mehr tun? Eine Demo, ein Sitzstreik vielleicht?» Ich versuche, sie zum Lachen zu bringen, doch die Sache scheint ernst zu sein. «Soll ich mal mit dem Bürgermeister reden?»

«Zu spät. Der hat das mitbeschlossen, das geht schon seit fünf Jahren so, doch jetzt hat der Gemeinderat endlich einen Grund gefunden, uns rauszuekeln», erklärt der Panscher. «Angeblich machen sie sich Sorgen um unsere Gesundheit, Schimmel und so. Also wenn du was weißt, ein paar Quadratmeter für uns alle, plus Küche und Klo, dann gib Bescheid.»

«Du siehst, wir brauchen dich», ergänzt die Burgl. Wenn ich das höre, gib's kein Halten mehr.

Die *Gemeinsam Dabeiseier* sind die Einzigen, die noch nichts wegen meinem Hotelaufenthalt hinter schwedischen Gardinen gesagt haben. Wissen sie noch nichts davon, weil sie ganz mit den Vorbereitungen für die Bewerbungsgespräche beschäftigt waren?

«Und was der Jägerlateiner mit dir angestellt hat ...», sagt der Rossi, und alle anderen nicken. «Der spinnt doch.»

Scheinbar leuchten meine Gedanken aus mir heraus, andererseits, welcher Pöckinger hat die gestrige Spalierfahrt nicht mitgekriegt? In der Dorfchronik wird es bestimmt auch stehen.

«Mersse euch, ich weiß das zu schätzen, aber ...» Selbst wenn ich einen Knoten in mein Inneres schlingen muss, kriege ich meine Entscheidung nicht über die Lippen. Meine Kinder nutzen es auch immer aus, was Sophie oft zur Weißglut bringt.

«Muck, verstehst du nicht, wir sind auf deiner Seite.» Der Panscher springt auf. «Auf uns kannst du dich verlassen, ehrlich. Wenn einer im Dorf was Blödes sagt oder nur deppert über dich denkt, kriegt er es mit uns zu tun.» Der Bene unterstreicht das, indem er die Ärmel seines Jäckchens raufschiebt. Bedrohlich grinsen kann die Truppe, ohne Zweifel.

«Ich überleg's mir.» Zu Hause werde ich vor dem Spiegel üben. N-E-I-N.

Wie der Teufel das Putzwasser 15.

Daheim empfangen mich rote Buchstaben.

HENDLMÖDER

hat jemand auf unsere Hauswand gepinselt. Das R zwischen dem Ö und dem D fehlt. Die Farbe rotzt bis in die Küchenfenster hinunter. Sophies zarte Rosenknospen haben auch was abgekriegt. Ich wische darauf herum, krieg rote Klupperl, also kann der Schmierfink noch nicht weit sein. Ich bücke mich, spähe um die Ecken und hinter die Apfelbäume. Hat er sich im Schafstall versteckt? Der ist leer. Im Schreinerschuppen rührt sich was. Ich schleiche mich an, presse meinen Rücken an die Tür und reiße sie mit einem Ruck auf. Der Chiller zuckt zusammen, entspannt sich wieder, als er sieht, dass nur ich es bin. Lang ausgestreckt liegt er auf der Hobelbank und lässt sich sein Fell von der hereinscheinenden Sonne aufheizen.

«Hast du den Deppen gesehen, der das fabriziert hat?» Ich wische dem Kater den Holzstaub aus dem Fell. Er schnurrt, peitscht mit dem Schwanz in die Späne und wälzt sich auf die andere Seite. Selbst wenn ich wollte, ganz so gelassen wie er kann ich das mit dieser Wandmalerei jetzt nicht nehmen. Die Fassade gehört zwar längst wieder mal gestrichen, aber nicht heute und auch nicht knallrot. Der Schreiberling will wohl kaum die Freveltat an meinen Fuggern anprangern. An dem Schreibfehler werde ich ihn kaum entlarven können, da gibt's viele, mich selbst eingeschlossen, die sich mit dem Schreiben schwertun.

Aber was fasele ich über Rechtschreibung. Was da steht, ist entscheidend, nicht wie. Kreuzsacklzement, so eine elende Sauerei! Ich soll also den Wickerl auf Spieße gefädelt haben? Dabei hab ich noch gedacht, schlimmer als die Ächtung beim Bäcker kann es nicht kommen. In meinem Schädel rumort es, Blinken und Knarzen gleichzeitig. Mir wird plötzlich kotzübel. Ich schleppe mich ins Haus. In der Küche sind noch die Vorhänge zu, als ich sie aufziehe, stoße ich an meine Zettelwirtschaft und bleibe am Kabel der Heizdecke hängen. Fast gelingt es mir, die drei Eier noch aufzufangen, dann schlagen sie auf der Eckbank auf, die Schalen zerspringen, nur noch Dotterbatz schwimmt in meinen Händen. Schnell halte ich eine Müslischüssel, die noch am Tisch steht, unter und fange den Rest auf. Aus. Alles ist dahin. Endgültig ist es vorbei mit den Fuggern, für immer. Zum Heulen, wenn in meiner Wut nicht alle Tränen verdampft wären. So viel Pech auf einmal.

Niemals hätte ich das von meinen Ortskumpeln, von meinen Heimatleidensgenossen gedacht. Meine Knochen haben sich in Sülze verwandelt, ich eiere durch den Flur, die Treppe hoch. Mein Spiegelbild kann ich kaum ertragen, als ich es endlich nach oben geschafft habe und mir die klebrigen Eigelb-Hände in der Badestube wasche. Glauben die Pöckinger wirklich, dass ich wen abmurksen könnte? Es sogar schon getan habe? Wo ich doch Gewalt verabscheue wie der Teufel das Putzwasser. Seit meine älteren Brüder unseren Vater vor die Tür gesetzt haben, hab ich mir geschworen, nie jemandem etwas anzutun (den Jäger Wolfi natürlich ausgenommen). Sogar meine Schafe locke ich mit Äpfeln zur Schlachtbank, begleite sie auf dem letzten Weg, sodass sie hoffentlich nichts merken, bis der tödliche Bolzenschussschlag vom Metzger sie trifft. Was gäbe ich jetzt für einen Apfel und jemanden, der mir eins überbrät. Mich auslöscht, pling! Ich soll ein Leben genommen haben? Ich? Schnipp schnapp weg. Im Gegenteil, *sie* haben mir die Lebenswurzeln gekappt. Jawohl. Im Schlafzimmer stürze ich aufs Bett. Staub wirbelt auf, ich huste, vergrabe meine Nase in Sophies Kopfkissen und sauge ihren Duft ein. Abgestempelt, verurteilt als Mörder, Schreibweise egal. Wie kann die Welt so ungerecht sein? Na ja, das wusste ich vorher. Besonders gerecht geht es nirgends zu. Also noch mal, wie kann die Welt so ungerecht zu *mir* sein? Zu dem, der sich von Herzen, von tiefster anerzogener Hilfsbereitschaft bemüht, jedem beizustehen. Mir kitzelt es im Ohr von dem ganzen Dunst, mit dem ich mich selbst beweihräuchere. Ich streife die Socken ab und schlüpfe ins Bett, ziehe die Decke bis zum Kinn. Wie meine Mama liege ich da, so hat sie es oft gemacht, wenn wir Buben sie bis zum Äußersten gereizt haben und sie nicht mehr weiterwusste. Dann bettete sie sich mit Gebeten ins Ehebett, auf der leeren Seite war das Foto von meinem Papa aufgestellt. Mit gefalteten Händen, geschlossenen Augen, rührte sie sich nicht, egal wie fest ich als Bub an ihr zupfte und rüttelte, als hätten wir sie mit unseren Streichen bereits ins Grab gebracht. Nach einer Weile ist ihr höchstens noch ein Pfurz ausgekommen, ein quietschender Damenschoaß, wie wenn du das Ende eines Luftballons auseinanderziehst. Und wenn schon meine großen Brüder die Mama so gebeutelt haben, wollte ich der Brave sein. Wie hab ich an sie hinreden müssen, sogar sämtliche mir bekannten Gebete runtergerasselt. Erst als ich ihr versprochen hab, dass wenigstens ich keine Dummheiten mache, hat sie wieder die Augen geöffnet. Sie war doch schon genug gebeutelt, wegen dem Papa und den

Leuten im Dorf, die so blöd daherredeten. Nun aber hat mich diese verdammte Gutheit als Verbrecher gebrandmarkt. Und das nur, weil ich der Sophie helfen wollte.

Mama, wo bist du jetzt, sonst spukst du doch auch herum und strickst meine Träume. Am liebsten würde ich mich eigenhändig eingraben wie in dem Zauntraum. Wenn ich meine schmutzigen Zehennägel so anschaue, dann hab ich schon etwas in der Erde gebuddelt. Das Telefon läutet, soll es doch. Ich bin zu schwach, um aufzustehen, ein sterbender, bettlägriger Gummibaum. Ja, klingle nur, klingle. Dann ist es endlich still. Mäuschenstill. Auch der Anrufbeantworter schaltet sich nicht ein.

Nichts als den Schlag von meinem geschundenen Herz höre ich, wenigstens das hat den Geist noch nicht aufgegeben. Was, wenn was passiert ist? In mir läuft's weiter, sosehr ich mich auch tot stellen will. Wenn das am Telefon die Emma oder der Emil oder die Sophie war? Oder wenn was mit dem Fidl ist? Wo steckt der Emil überhaupt? Die Schule ist längst aus. Etwa wieder beim Bene? Ich setze mich auf. Wenn er heimkommt, muss ich ihm was zu essen machen und mir auch. Ich streiche mir über den Magen, die Butterbrezen sind schon längst verdaut. Mama, lass mich endlich in Ruhe, ich bin nicht mehr dein Bubi. Ich muss mich um meine Familie kümmern, schnurz, was an der Hauswand steht! Als Erstes rufe ich jetzt meine Sophie an. Das Telefon liegt wie üblich im Bad, in der Ersatzklorolle. Ich reiße das Papier mit raus, es wickelt sich um meinen Arm, wie ich auf die eingespeicherte Nummer von Sophies Handy drücke. Ich setz mich auf den Wannenrand und lasse es läuten. Die Mailbox springt an. Was soll ich eigentlich sagen? Ich lege auf. Eigentlich will ich sie ja nur fragen, was sie gerade macht und wer sie abgeholt hat, ohne dass sie merkt, dass ich innerlich flehe, dass es nicht der Jägergendarm war. Ich muss es versuchen. Ich drücke auf Wahlwiederholung und setze erneut an, hole Luft. Schnell tippe ich auf die rote Taste. Mist, jetzt gehen mir schon die Worte bei meiner eigenen Frau aus.

Ich höre die Mama kichern, ich hab's dir doch gesagt, Muck, diese Künstlertochter, die zieht dir noch die Hosen aus! Nichts da, ich trage Hosen, sogar mehrere übereinander, und überdies bin ich nicht mehr dein Braver. Zum Trotz wähle ich erneut die Nummer und plappere sofort los: «Äh, ja also ja ich bin's, dein Mann und ja, äh, also, ich wollte dir sagen, dass ich dich …»

«Muggerl, endlich. X-mal habe ich schon versucht bei dir anzurufen, ich hab schon geglaubt, ich erreiche dich nie.» Meine Allerliebste. Im Hintergrund höre ich Remmidemmi. Vergnügt sie sich ohne mich? Wer ist denn bei ihr, hoffentlich nicht …? Sofort grummelt es wieder in mir, dabei dachte ich vor wenigen Sekunden noch, mich würde nichts mehr jucken.

«Ich bin auf dem Frühlingsfest. Warte, ich geh mal zwischen die Zelte, wo's ruhiger ist. So, jetzt höre ich dich besser. Sag mal was.»

«Äh, ja, also …»

Sie lacht. «Schön, deine Stimme zu hören. Du hast mir mit dem Schmarrn, den du gemacht hast, so weitergeholfen, du glaubst es gar nicht.»

«Echt?» Meine Frau hat für mich das Licht am Horizont wieder angeknipst. Ich raffe mich auf, schaue schon viel weniger grantig in den Spiegel, mit Wasser tupfe ich mir die restlichen Sorgenfalten glatt. Mehr als ein paar Tropfen kommen aus den Leitungen im Badezimmer sowieso nicht raus, die gehören längst entkalkt. Der Wasserhahn im Waschbecken spritzt überall hin, nur nicht senkrecht nach unten.

«Eigentlich darf ich nichts sagen, aber wem sonst, wenn nicht dir? Und ich muss es loswerden, sonst platze ich. Hör zu. Die Kollegen von der Drogenfahndung haben hier eine Razzia gemacht, nachdem sie von einem Informanten einen Tipp gekriegt haben. Angeblich soll das Crystal Speed über eine Süßwarenkette vertrieben werden. Klingt logisch. Zuckerwatte fürs Kind, Crystal für die Mutti. Müssen nicht immer nur Klunker zum Umhängen sein. War aber Fehlanzeige. Entweder war der Informant unzuverlässig, oder die *Bavariazuckerl* sind gewarnt worden und haben alles verschwinden lassen. Das war eine Heidenarbeit für die Einsatztruppe, in dem Gewühle jedes Lebkuchenherz auf den Ständen einzeln umzudrehen. Aber jetzt kommt's.»

Ich lausche gespannt, zupfe einen Rest Klopapier weg, der zwischen meinen Fingern und dem Telefon klebt.

«Der Schubert hat mich doch angerufen, als du den Traktor geholt hast, und mir von der Razzia erzählt. Die ganze Zeit habe ich ihn schmatzen hören, von dem Frust kriegt er immer einen saumäßigen Kohldampf, sagt er. Und wie ich ihn frag, was er gerade isst, na, was glaubst, was er gesagt hat?»

«Ein zerbrochenes Lebkuchenherz vielleicht?»

«Nein, ein Hendl. Kapierst du, auf was ich rauswill?»

«Dass der Schubert kein Vegetarier ist, nehme ich an?» Mehr fällt mir auf Anhieb nicht ein. Meine Leitungen sind noch eingerostet, von der Heulerei in mich rein.

«Was ist mit dir, Muck? Du klingst so komisch.»

«Äääh.» Ich räuspere mich. «Nichts, ich hab nur länger mit keinem geredet, aber erzähl weiter.»

«Was ist mit der *Chaisse chaude*? Meinst du, die geht wieder?»

Käseschote oder so ähnlich ist ihr Kosewort für die Isetta, ich berichte ihr, dass ich morgen wieder zum Richter fahre und nachfrage. «Wenn's ein Kolbenfresser ist, dann dauert es.»

«Ich muss mich um ein Leihauto kümmern, ich kann nicht ständig Taxi fahren.»

Ich höre sie mit jemand anderem sprechen, verstehe aber nichts, egal, wie fest ich mein Ohr an den Lautsprecher presse.

«Tut mir leid, Muggerl, ich muss weitermachen. Ich komm so schnell wie möglich heim, in Ordnung? Dann reden wir ausführlich.»

«Ist gut, ich koch was, hast du Hunger?»

«Und wie! Ich liebe dich.»

«Nein, ich dich.»

«Ich dich.»

«Ich liebe aber dich.»

«Ich hab's zuerst gesagt.» Das geht noch eine Weile so hin und her, bis sie wirklich auflegt und wir per Tastendruck gewaltsam voneinander getrennt werden. Aber was war es nun, was sie herausgefunden hat?

16. Schwer ist leicht was

Wenn ich gar nicht mehr weiterweiß, dann besinne ich mich auf das, was ich kann. Wenigstens da muss ich nicht lange überlegen. Schafescheren zum Beispiel. Also los. Ich raffe mich auf und gehe nach unten zum Messerschärfen, öffne die Tür zum Keller und will das Licht andrehen. Nichts. Stimmt, gestern ist es auch nicht gegangen, fällt mir ein, aber ich hab doch die Sicherung ausgetauscht? Wahrscheinlich war die letzte, die wie eine Wunderkerze gefunkt hat, kaputt. Mist. Bei uns kommt der Strom durchs Dach rein und läuft durch den Speicher nach unten. Oben haben wir eine Panzersicherung für die einzelnen Zimmer im Haus, für die Werkstatt draußen, den Stall und dem Fidl sein Verlängerungskabel zum Bus. Der Keller läuft über eine Extraleitung. Also hoffe ich einfach, dass nur dort der Strom aufmuckt. Wahrscheinlich liegt die Taschenlampe ebenfalls unten, wie praktisch. Und meine Radlampe, die mir in der Hendlbude runtergefallen ist, hortet der Wolfi vermutlich jetzt in seiner Asservatenkammer. Ich taste mich im Dunkeln die Treppe hinunter, um den Schleifapparat zu holen. Gar nicht so leicht. Die Stufen stehen voller Zeug, das in den Keller gehört, aber jeder ist zu faul, sich im Dunkeln ganz hinunterzubemühen. Altes Brot, das die Leute für die Schafe abgeben. Winterstiefel und Langlaufskischuhe, leere Batterien und Druckerpatronen für den Sondermüll. Prompt stoße ich mit dem Fuß an was, das laut scheppernd die Stufen runterkullert.

Unten horte ich mein Stallgewand und das Stiefelsortiment, Wintergummistiefel mit Fell, die Allwetter ohne alles und die getragenen, bei denen ich vorne die Kappe aufschneide und den Schaft kürze, wenn's mal über dreißig oder vierzig Grad haben sollte, quasi die Hochsommergummistiefel. Da gibt's dann noch welche, die bestehen nur mehr aus der Sohle und einem letzten, schmalen Gummistreifen quer rüber, die trage ich aber nie, weil meine Zehen vorne über den Rand rausrutschen. Wegwerfen will ich sie auch nicht, sie stammen noch von meinem Vater, der hatte kleinere Füße wie ich, und er hat sie von seinem Vater, meinem Opa, übernommen, der hatte noch kleinere Füße. Kolonialwaren-Kautschuk-Ware. Im Kaufhaus Sinzinger erstanden, das es vor dem Zweiten Weltkrieg in Pöcking gab. Dort konnte man vom Kuhstriegel bis zur Unterwäsche und Nägeln alles fürs tägliche Leben erwerben. Die feinen Herrschaften in den Possenhofener Villen bestellten telefonisch, ihnen wurden dann die Wünsche per Fahrrad geliefert, damit sie sich nicht selbst den Schlossberg hinaufquälen mussten. Also sind die eingestaubten Exstiefel ein Museumsstück. Früher waren die Menschen insgesamt kleiner. Vielleicht gab es vor Adam und Eva auch schon Leute, Personen, Homo Dingsda, aber die hast du nur nicht gesehen, weil sie noch in Käfergröße herumwuselten.

Unten an der Treppe angelangt, stelle ich mir in Finstern vor, wo was steht, und tappe langsam vorwärts. Ich fühle mich wie ein Storch im Gummistiefelsalat und schaffe es tatsächlich bis in die Waschküche, wo Tageslicht durch den Kellerschacht hereinfällt und ich alles zum Messerschärfen und Scheren zusammensuche. Vollbepackt hangle ich mich wieder ins Erdgeschoss hoch, schraube auf dem Küchentisch den Sockel des Schleifapparats mit ein paar Zwingen fest und streiche Stangenschmirgel auf die Metallscheibe. Einmal auftragen langt für ein Schermesser und einen Kamm. Das Schärfen ist recht schnell gemacht. Das Wichtigste dabei ist, dass es hinterher gescheit schneidet, sonst kannst du das Scheren gleich bleiben lassen, weil du die Wolle am armen Tier mehr ausrupfst, als dass du es geschmeidig vom Wintermantel befreist. Obwohl die Schneideisen möglichst plan sein sollen, ist es eine Kunst, einen minimalen Hohlschliff reinzubringen. Blöd wäre es, wenn das Messer und der Kamm einen Buckel kriegen und dadurch nur in der Mitte und nicht am Rand schneiden. Also, volle Konzentration ist angesagt und ein bisschen Gefühl. Ein Friseur wird verstehen, was ich meine. Ich halte die erste Kammplatte mit Hilfe eines Schleifklotzes an die Scheibe. Fliegen die Funken, passt es, funkt's nicht mehr, gehört's nachgeschmirgelt.

Nach ordentlichem Funkenflug gehe ich die Schafe von der Weide holen. Die Herde grast, sieht auf und glotzt mich an, als sei ihr Bäuerchen durchgeknallt. Mitten am Nachmittag schon in den Stall? Ja spinnt der denn, da kriegt man ja kaum was zum Wiederkäuen zusammen. Nur Herzchen, die Anführerin, kann ich mit einem abgebrochenen Zweig vom Wegrand herlocken. Träge folgen auf meinen Pfiff schließlich doch die anderen nach und trotten gemächlich zum Hof. Verdenken kann ich's ihnen nicht, die letzten zwei Tage hat sich mehr der Emil um sie gekümmert, sogar die Futterraufen und Wasserkübel in der Früh hat er gefüllt. Der Bub macht was mit bei dem Vater! Ein Rest Selbstbedauern saust mir durchs Hirn, das kehre ich mit dem Besen samt allem, was vor dem Stall rumliegt, zusammen, lege mir eine saubere Unterlage zurecht und hole das erste Schaf.

Wenn die Tiere vollgefressen sind, tun sie sich etwas schwer mit dem Hinsetzen, aber ich mag's lieber ruhig, als dass sie mir die Ohren vollplärren mit: «Getrocknetes Gras, ich will getrocknetes Gras.» Oder kürzer: «Heu her, Heu, Heu, Heu.»

Als Erstes kommt die Nelke dran. Ich kraule ihr das Kinn und den Hals, drücke ihr mit der linken Hand den Kopf nach hinten und gleichzeitig mit rechts aufs Hinterteil. Ehe sie es richtig mitkriegt, knickt sie ein und sitzt bewegungslos wie auf einem unsichtbaren Friseurstuhl. Jeder Schäfer hat seine eigene Technik, die Schnellscherer auf dem Münchner Landwirtschaftsfest fangen nach dem Bauch mit dem linken Hinterfuß an. Ich mach's umgekehrt, von oben nach unten, weil ich mit dem Schaf und dem Wollwuchs gehe und nicht dagegen. Vom Hals abwärts schere ich runter, rechter Vorderfuß, rechte Flanke, rechter Hinterfuß, Schwanz und so weiter. So schneide ich bis zur Wirbelsäule, dann ist Halbzeit, halb Wintermantel, halb luftige Sommerkrause. Mit der linken Seite genauso. Am Ende löst sich ein ganzes Vlies, und ich helfe ihr, wieder aufzustehen. An das neue Körpergefühl muss sie sich erst noch gewöhnen, schließlich hat sie ein paar Kilos los. Sie schüttelt sich und trippelt leicht und befreit zurück in den Stall. Bei ihrem Anblick drängt sich die Herde dicht zusammen. Gefahr im Verzug. Wer soll denn die Spindeldürre da sein? Eine FKK-Anhängerin? Ein Wolf im Schafspelz kann's nicht sein, der ist ab. So ähnlich fühle ich mich auch, schießt es mir durch den Sinn, wie ich Schaf Nummer zwei herausehole. Nackert, entblößt vor der ganzen Gemeinde, die umliegenden Dörfer eingeschlossen. Gerüchte kennen keine durchgestrichenen Ortstafeln und fliegen mit

Lichtgeschwindigkeit in die neugierigen Tratschmäuler. Da hilft nur eins, die anderen auch auszuziehen. Nur wie? Grübelnd arbeite ich mich von einem zum nächsten vierbeinigen Wollknäuel. Die Lösung ist da, irgendwo an einer verfilzten Stelle, aber ich komm nicht drauf. Noch mal von vorne, also nicht ganz von vorn, beim ersten Nasenmanndln, sondern in der Früh, als ich das Augsburger Massaker entdeckt habe. Was war da, was hab ich übersehen vor lauter Schmerz über meine toten gefiederten Lieblinge? Ich muss da weiter ermitteln. Ich meine, offizieller Ermittler möchte ich gar nicht sein, im Anzug oder einer Uniform, da graust es mir: vor einem Chef strammstehen, Ergebnisse vorweisen, Berichte schreiben. Verhaften und die Verdächtigen ausquetschen. Bisher habe ich die Leute auch ohne Dienstmarke zum Reden gebracht. Lieber mache ich meinen eigenen Stiefel in meinen eigenen Stiefeln. Wenn ich das Geschmier an der Hauswand sehe, dann reite ich mich nur noch weiter rein, je länger ich nichts unternehme. So tun, als ob nichts wäre, das ist vorbei. Ich muss selber den Mörder finden, nur so kann ich den anderen beweisen, dass ich unschuldig bin. Auch wenn mir bei dem Gedanken nicht wohl ist, meine Frau ist schließlich die Kommissarin. Ich sollte mich und will mich auch nicht einmischen. Von Schaf zu Schaf habe ich das Gefühl, mein Hirn leert sich, als würde ein frischer Wind den verpappten, alten Schmarrn fortblasen.

Vom dichten Rastavorhang befreit, rennt Locke, das Walliserschaf, erst einmal um den Stall, bis sie mit lautem Mähen zu den anderen trabt. Die Welt ist anscheinend doch nicht nur dunkel und voller Pfosten.

Als Letztes schere ich die Zwiebi, die frischgebackene Mama. Anschließend helfe ich ihr auf und führe sie zu ihren Lämmern retour. Die Drillinge erkennen ihre Mama nicht gleich. Schrille Schreie, dumpfe Antworten, Dauerlauf zwischen den

Raufen. Aber nach einiger Mäh-Korrespondenz und gegenseitigem Beschnuppern stürzen sich die beiden stärkeren, Schoko und Vanilla, ans Euter, hängen sich an die zwei Zitzen und zuzeln, als wären sie am Verhungern. Muh, das dritte Lamm, geht leer aus. Ich melke die Ziegen und gebe Muh Milch aus einer Glasflasche, über die ich einen Nuckel gestülpt habe. Milch haben wir im Überfluss, jetzt wo die Kundschaft ausbleibt. Wenn Sophie heute Abend kommt, schlage ich ihr vor, dass wir ein Team bilden, ich kenn die Leute hier, und sie hat die Autorität, dass sie wen verhaften kann. Meine Frau nimmt mich wenigstens so, wie ich bin, mit schmutzigen Finger- und Zehennägeln. Bei meiner Arbeit kriegt man die nun mal. Und Sophie ist auch die Einzige, mit der ich unverstellt reden kann, kein gezwungenes Hochdeutsch, bei dem nicht mal ich selbst mich richtig verstehe.

Wie ich Muh in den Stall zurückbringe, stolpere ich über die Mistgabel, die irgendwer, wahrscheinlich ich, saudumm da hingelegt hat. Ich fange mich noch halbwegs an der Holzwand ab, bevor es mich niederstreckt, aber den Stiel haut es mir dermaßen gegen die Schneidezähne, dass ich das Singen anfange. Blut läuft mir aus dem Mund, aber meine Beißer sind noch drin, nur etwas gelockert. Als ich mit dem Fluchen fertig bin, ramme ich die mistige Gabel in ein Heubüschel. Fünf Zinken, fünf Spieße, klar, dass ich mich gleich an den Wickerl erinnere. Mir fehlt eine Ordnung, eine Struktur muss her. Nein, nicht hier am Hof, das geht so halbwegs. Das übrige Dilemma, den Wickerlmord müsste ich samt den ganzen Pöckingern mal von oben betrachten können, damit ich eine Übersicht kriege. Angenommen, das Heubüschel hier wäre der ermordete Wickerl. Ich schiebe es mit der Mistgabel auf die Wiese unterm Kirschbaum. Der Wickerl in seiner Bude, um ihn dreht sich alles, oder besser, er war der Anfang, der Auslöser, dass am Ende einer wie ich des Mordes verdächtigt wird, sogar schriftlich an der Hauswand. Bevor ich mit Zetteln anfange und mich weiter verzettle, probiere ich was, was mir mehr liegt als Schreiben. In der ersten Klasse hatte ich zwar ein Sternchen in Schönschrift, aber das war's dann auch. Damals hab ich mich total leer geschrieben, fast die Klupperl sind mir abgebrochen, nur um auf der Zeile zu bleiben. Die weiteren Schreibhausaufgaben, Aufsätze und so Zeug, hat der Martin für mich verfasst, dem liegt das Romaneschreiben. Als der sieben Jahre Ältere hat er mich auch meist ins Bett gebracht und mir Gutenachtgeschichten vorgelesen. Ganze Bücher, seine Karl-May-Sammlung, eins nach dem anderen. Weil er mir die lästige Schreiberei abgenommen hat, hab ich ihm dafür die Facharbeit konstruiert und gebaut. Einen Regenwarnmelder. Von den Polen einer Blockbatterie sind je ein Kabel rechts und links zu einem Wäscheklupperl gelaufen. Dazwischen war ein Löschpapier eingeklemmt. Regnete es aufs Papier, riss es, die Wäscheklupperl wurden durch die Feder zurückgezogen, und eine kleine Fahrradlampenbirne leuchtete auf. Das war mein erster Stromkreis (der zweite und letzte bisher war dann sehr schmerzhaft: Er hat anstatt der Lampe mich zum Leuchten gebracht). Kurz, mir liegt mehr das Handfeste. Ich stelle mir die Leute eher als Gegenstände vor. Also lege ich den Handbesen, einen Blechkübel, Spielzeug aus Emmas Sandkasten, den Apfelpflücker, bei dem der Beutel längst gestopft gehört, die Nuckelflasche, ein Stück abgerissenes Lederhalsband, eine Ziegenglocke und was sonst noch so herumliegt zum Heubüschel dazu.

Oje, das wird nicht leicht, aber schwer ist leicht was. Am besten der Reihe nach. Ich fange mit dem Seniorenverein an, sie waren als Erstes vor Ort, das macht sie zwar nicht gleich zu Verdächtigen, aber ich muss mir erst mal einen Überblick verschaffen. Soll ich sie einzeln, also die Gretl, den Rossi, den Panscher, die Pflaums und alle anderen, darstellen? Lieber bündle ich sie vorerst zu einer Gruppe und nehme für sie das Paar Gartenhandschuhe. Als Nächstes der geschäftige Kraulfuß Fritzl: Für ihn verwende ich eines von Emmas Kuchenförmchen, ein halber Plastikfisch, perfekt. Zwar braucht er laut meiner Frau kein Alibi, wieso, das hat sie mir bisher nicht verraten wollen. Inzwischen könnte ich es sogar beschwören, dass sein Messer auf dem Wickerl seiner Budeneistruhe lag. Eine Zeitlang hab ich für ihn seine sieben Messer geschliffen, aber am Montag dieser Woche, noch vor acht Uhr, ich war gerade beim Melken, hat er mit einer faden Ausrede auf dem Anrufbeantworter diesen paar Euro Schärfdienst gestrichen. Er hätte jetzt selbst so ein Teil übers Internet bestellt, mit dem gehe es pfundig, der Wolfi hätte ihm das empfohlen. Aha, daher weht der Wind, ich hab's sofort kapiert: das erhängte Reh vom Sonntag. Sei es, wie es ist. Nur weil die Leute lieber Hühnerbeine abfieseln, anstatt Gräten rauszupulen, deshalb wird einer nicht zum Mörder, hoffe ich zumindest. Die übrigen Dinge beim Heuhaufen, die nehme ich für die Pöckinger, die ich nach der Entdeckung vom Wickerl getroffen habe. Ich gehe davon aus, dass der Täter noch nicht über die Alpen geflüchtet ist, sondern weiterhin hier herumspaziert, als wenn nichts wäre. Wer fehlt noch? Die Nuckelflasche steht für den Pflaum junior vom Fundamt. Den Bürgermeister, für den nehme ich die Ziegenglocke. Und die Wegschauer aus der Bäckerei, da reichen ein paar Kirschkerne, die noch vom letzten Jahr im Gras rumliegen. Ich stelle mich auf die Gartenbank und betrachte das Wiesenbild. Mein Blick geht zum Gartenhandschuh. Irgendwie hab ich das Gefühl, die Alten haben überall ihre Finger drin. Könnten sie den Wickerl, jetzt mal ganz neutral betrachtet, könnten sie ihn ermordet haben? Und sind sie dann so schlau und stellen sich brav vor die verrammelte Hendlbude und warten, bis ich daherkomme und die Leiche finde? So gern, wie ich sie alle mag, zuzutrauen ist es ihnen, genauso wie dir und mir. Auch wenn die Senioren die Einzigen sind, die momentan zu mir halten. Würden sie mich als Pfleger haben wollen, wenn ich ihnen ihre Machenschaften aufdecken könnte? Aber vielleicht ist das gerade ihre Masche? Ich reibe mir das Kinn. Fast ist es so weit, dass ich jedem misstraue. Und wenn die *Gemeinsam Dabeiseier* es waren, nur mal angenommen, würden sie dann selbst die Polizei rufen? Mmh, ich hab sie zwar dazu gedrängt, den Notruf zu wählen, doch logisch scheint mir das trotzdem nicht. Aber was ist bei dem Fall logisch? Fall, ich denke schon wie die Sophie. Doch wie soll ich sonst drangehen? Reinverstrickt wie in ein kompliziertes Norwegermuster aus der Textilstube bin ich längst. Da hilft nur Auftrennen, nur wie? Mir fehlt der Faden, oder ich sehe ihn in dem ganzen Grusch nicht. Vielleicht waren es wirklich die Alten, nicht alle miteinander, sondern nur einer oder zwei oder fünf? Fünf Spieße, fünf Mörder. Mmh, so würde sich kein Einzelner allein schuldig machen. Jeder oder jede, die noch kräftig genug war, könnte zugestoßen haben. Das würde zu dem passen, was die Sophie gesagt hat. Der Wickerl ist übertötet worden, aber dabei war es jeder nur einmal? Geballte Wut geteilt durch fünf, mit einem Spieß pro Nase? Irgendwie kann ich es mir trotzdem nicht vorstellen, dass sie solche Spießbürger sind. Beim Ausflug wirkten sie viel zu fröhlich, oder war das eher Erleichterung? Das wäre schon sehr abgebrüht. Vielleicht wird man im Alter nicht nur zielstrebiger, sondern auch skrupelloser? Mir fällt noch ein, dass sie sich verdünnisiert haben, als der Wolfi anrauschte. Also doch ein gewisser Respekt vor der Polizei, oder war das die alte allgemeine Antipathie gegen den Jägerlateiner? Automatisch greife ich in die Hinterntasche nach einer blauen Schnur, aber die sind restlos aufgebraucht. Darum schneide ich ein paar neue von der Rolle im Schafstall und lege eine davon um den Handschuh herum zum Heubüschel, also der Geflügelbraterei. Auch die anderen Gegenstände verbinde ich per Stück Schnur mit der imaginären Hendlbude. Langsam lichtet sich das Kuddelmuddel. Wie blaue Sonnenstrahlen zeigen die Schnüre auf die Verdächtigen. Bleibt noch die Drogenmafia, die arbeiten mit Abschreckung. Schaut's her, wer uns betrügt oder nicht spurt, den durchbohren wir mit seinen eigenen Werkzeugen. Auch wenn der Wickerl drogensüchtig war und gedealt hat, kommt mir das ganze spanisch vor. Organisiertes Verbrechen in Pöcking? Und wo sind die Typen jetzt? Weitergezogen, nachdem sie ihr Werk hinterlassen haben? Und an wen soll diese Botschaft denn gerichtet sein? An alle Hendlesser oder an alle Hendlbudenbesitzer, die als Nachfolger hier ihr Visier aufklappen wollen und ihr Geflügel ebenfalls mit Drogen ausstopfen? Sei nur ja immer brav, sonst drehen wir den Spieß in dir um? Da bin ich überfragt, das ist Sophies Metier. Vielleicht hat sie recht, und der Mörder ist nicht aus Pöcking. Und unsere Gemeinde war nur zufällig am falschen Ort und die Hendlbude im falschen Dorf geparkt? Trotzdem stelle ich für die Drogenmafia vorsichtshalber mal den verbeulten Blechkübel dazu. Wenn es so war, sind die Pöckinger entlastet. Blütenreine Westen. Aber will ich das überhaupt? Jetzt wo sie mich schief anschauen und abgestempelt haben? Vertuschen die nicht was und sind nur froh, von ihren eigenen Schandtaten abzulenken? Wen hab ich übersehen? Ich rufe mir die vergangenen zwei Tage und Nächte noch mal genau in Erinnerung. Die geifernden Gesichter bei der Vergnügungsfahrt mit dem Wolfi, jedes einzelne. Wer hat eigentlich den Jägerrängo verständigt, sodass der mich verhaften konnte? Ich klappe eine verrostete Kinderschere auf und leg sie wie ein X fürs Unbekannte zum Heubüschel. Es fehlt wer, das spüre ich. Doch wer? Ich gehe um das Machwerk herum, betrachte es von allen Seiten. Bei einer Ermittlung muss man seine Gefühle außen vor lassen, hat mir die Sophie mal erklärt, aber gilt das auch für den Spürsinn? Den musst du doch als Detektiv haben, sonst kannst du gleich daheimbleiben. Na ja, sie hat eher gemeint, wen du leiden kannst oder nicht, darf bei einer Ermittlung keine Rolle spielen. Leicht gesagt. Doch halt, ich hab's. Wie konnte ich ihn nur weglassen? Nur, was nehme ich für den? Feuerwehr ja, Technischer Hilfsdienst meinetwegen, aber ein Polizeiauto hab ich meinen Kindern nie geschenkt. Ich eile zum Sandkasten, in dem allerhand Zeug liegt, und wühle im Sand. Tief vergraben finde ich was, das mich augenblicklich ans Ende meiner Kindheit zurückkatapultiert. Viel kleiner und farbloser ist die Plastikfigur aus heutiger Sicht. Ich habe sie dem Emil vermacht als Ergänzung für seine Playmobiltruppe. Ich kratze und puste den Sand vom Gewehr, das er mit angewinkeltem Arm vor dem Körper hält. Ganz und gar ein Bleichgesicht ist er geworden, mein Old Shatterhand, nichts mehr vom satten Braun seines Fransenhemds ist übrig. Nur am Messer, das an seinem Gürtel hängt, klebt noch ein Fitzelchen Rot. Dass ich den hier finde? Von mir aus darf diese Figur jetzt den Jäger Wolfi spielen, so wie er es damals schon beim Winnetoufilm-Nachspielen immer sein wollte.

Gibt es vielleicht gar keine Nachbarin, die mich bei der Hendlbude gesehen haben will? Ist mir der Wolfirängo gefolgt, weil er mich sowieso auf dem Kieker hat? Oder wollte er selber um Mitternacht dort noch was erledigen? War er längst da, als ich angeradelt kam? Ich schieß mich auf den Jäger Wolfi ein und muss zugeben, dass ich gern alles auf ihn abwälzen würde. Ist er nicht nur ein Wildtöter, sondern auch ein Menschenmörder? Und wenn ja, welches Motiv hätte er? Und wäre er dann so blöd oder so schlau, selbst an dem Tatort aufzutauchen, als der Bene die Polizei angerufen hat? Hätte er dann nicht besser seinen Sudokukollegen vorbeigeschickt? So wie ich den Wolfi kenne, hat er lieber alles unter Kontrolle. Und außerdem könnte er dann perfekt Spuren verwischen. Nur mal ganz provisorisch angenommen, er war's, dann muss ich rauskriegen, was er mit dem Wickerl zu tun hatte. Ich hab immer gedacht, den Wolfi kriege ich irgendwann los, der kehrt mir die Rückseite und juckt mich nimmer, aber es soll nicht sein. Na ja, wer weiß, vielleicht besuche ich ihn bald hinter Gittern. Dort kann er dann lange hoffen, dass ich ihm eine Feile in einen Kuchen hineinbacke.

Stromkreiseln

17.

«Oha, warum redest du mit einer Mistgabel?» Der Elektrikerxand steht am Gartentor und kratzt sich am Kopf.

Ich fühle mich ertappt, stecke den Wolfi, äh, das Plastikbleichgesicht in die Hosentasche. «Ich räum nur die Sachen von der Emma weg, wie Kinder so sind, überall flackt was herum.»

«Und dabei redest du mit dir selber?» Der Xand ist anscheinend nicht so leicht zufrieden zu stellen.

«Na ja, ich bin allein, und wenn ich den Schafen sag, was mich beschäftigt, hab ich das Gefühl, es ordnet sich besser.»

«Das kenne ich. Meine neueste Theorie ist, mir nichts mehr zu denken. Schafe hab ich zwar keine, dafür zwei Ranchus, die müssen mir zuhören, weil sie sowieso nicht auskönnen.»

«Ranchus?» Klingt nach einem Großkalibertier, so was wie Alpakas vielleicht?

«Japanisch Katakanas, zu deutsch Büffelkopf, die sind eiförmig.»

«Also ein Vogel?»

Er lacht. «Fliegen können sie nicht, jedenfalls meine nicht. Ihnen fehlt die Rückenflosse, eigentlich sind sie nicht die elegantesten Fische, aber ich hab sie geschenkt gekriegt, von der Frau Bartinger, der ich die Waschmaschine gerichtet habe. Sie war froh, dass sie sie loshat, dabei sind sie wirklich pflegeleicht.» Er mustert die Buchstaben an der

Hauswand, starrt eine Weile drauf, als müsste er erst die Bedeutung begreifen, dann reißt er die Augen auf. «Mei, was war das denn für ein Saukopf, der dir da die Wand vollgeschmiert hat?»

Ich zucke mit den Schultern, mehr fällt mir nicht dazu ein, also greife ich zu meinem gewohnten Trick: Wenn ich von mir selber ablenken will, frage ich den anderen. «Und was erzählst du deinen Fischen so?»

Der Xand greift sich den schlaffen Ball, den ich für meine Aufstellung nicht brauchen konnte. «Dass ich auch lieber im Büro hocken würde wie mein Bruder und wenigstens Fußball schauen könnte, wenn ich's schon nicht spielen darf.» Stimmt, der Xand war schon als Kind mehr auf dem Platz als in der Schulbank. Als Jugendlicher ist er sogar mal vom rot-weißen Verein entdeckt worden, ich weiß aber nicht, warum aus seiner Profispielerkarriere nichts geworden ist. In diese Wunde will ich ihm nicht gleich reinbohren, auch wenn's mich plötzlich interessieren tut. «Spielst du überhaupt nicht mehr?», taste ich mich vor.

Er schüttelt den Kopf. «Ständige Verletzungen. Was kann ich dafür, wenn die anderen foulen, aber ich hab trotz Schmerzen weitergemacht. Dann ist der Vater so krank geworden, und meine Familie hat beschlossen, ich soll Elektriker werden und der Moritz Handelsfachwirt, damit er mal den Laden schmeißen kann. Aus war's. Manchmal käst es mich dermaßen an, das ewige Kabelisolieren.» Er kickt das lederne Ei in die Wiese, wo es auf dem Heubüschel landet.

«Tor», rufe ich. Das war aber nur eine bescheidene sportliche Leistung, schließlich steht der Xand keine zwei Meter neben meiner Mistgabelwickerlkonstruktion. «Sag mal, bist du schon fertig mit der Beleuchtung für die Dorffeier?»

«I wo. Der halbe Gemeinderat und die Vorsitzenden der Vereine beratschen mit einem Architekten, wo welches Birnderl aufgehängt werden soll. Die wissen noch nicht mal genau, ob sie überhaupt eine Beleuchtung brauchen, ob es nicht romantischer wäre, wenn jeder selbst ein paar Kerzen mitbringt. Aber da hat dann die Feuerwehr wieder Einwände. Obendrein palavern sie noch herum, wo die Bühne für die Musiker stehen soll, im Unter- oder im Oberdorf. Je nachdem wie viele Gäste von auswärts kommen. Sie zählen schon Leute mit, die noch nicht mal eingeladen wurden. Mir war das Gerede zu bunt, ich hab mich verdrückt. Also los, sag mir lieber, wo's bei euch hapert.»

Als ich dem Xand vom Keller bis zum Speicher alles gezeigt habe und er nach einer ersten Einschätzung von Grundsanierung redet, einigen wir uns auf ein Mittelding. Neue Leitungen anstatt der ganz kaputten und frischer Draht zu den noch halbwegs funktionierenden Drähten.

«Wenn ich gleich anfange, habt ihr bis heute Abend gar keinen Strom mehr. Passt das?» Ich bin einverstanden. Hauptsache, es tut sich was. Der Inhalt von der Gefriertruhe und vom Kühlschrank wird schon durchhalten, hoffe ich. Dann lasse ich ihn arbeiten und gehe wieder nach draußen. Bevor ich zu kochen beginne, heute auf dem Holzherd, widme ich mich noch der Schrift an der Hauswand, die wird auch der Sophie als Erstes ins Auge stechen, und das kann weh tun. Soll ich drüberweißeln? Ich schubbere noch mal auf den Wörtern herum, die inzwischen jedoch trocken und so dick aufgetragen sind, dass ich einige Schichten bräuchte, damit die Buchstaben nicht mehr durchleuchten. Soll ich einfach den Tiger davorstellen? Aber dazu müsste ich den Gartenzaun aushängen, damit ich hier reinkomme, und am Ende sieht die Sophie es erst recht, weil sie wissen will, was der Traktor hier zu suchen hat, da könnte ich ihn gleich mit ins Bett nehmen. Und unser Bett hält den Tiger vermutlich nicht aus. Außerdem, wie kriege ich ihn die Treppe hoch und durch die Tür? Konzentration. Jetzt geht's um diese Schrift hier. Ich könnte eine Folie vom Balkon bis zum Boden runterhängen lassen und behaupten, dass ich sie sauber gemacht hätte, um mit ihr den Heuwagen abzudecken. Abgesehen davon, dass uns das die Aussicht von drinnen nach draußen verdunkelt, braucht bloß ein hauchdünnes Lüfterl zu gehen, und die Schrift wäre zu sehen. Also doch wegkratzen. Sind ganz schön viele Buchstaben, ich kann fast froh sein, dass der Schreiber einen vergessen hat, sonst hätte ich noch mehr zu tun. Vielleicht ist es leichter, wenn ich die ganze Wand rot anmale und es der Sophie gegenüber als eine verspätete Überraschung zum Valentinstag verkaufe? Ich hole meine Farbtuben und einen Pinsel aus der Werkstatt, stelle jedoch fest, dass ich mit meinem Rot höchstens noch das Ö ausmalen kann, zu mehr reicht es nicht. Das wird alles nichts auf die Schnelle. Außer ... Mir fällt was ein, und ich lege los.

«Warum schmierst du an die Hauswand, Papa?» Emma hüpft mit ihrem Schulranzen auf dem Rücken die Straße rauf, wie ich gerade einen dicken Punkt unter das Fragezeichen setze und den Pinsel dann im Drogenmafiakübel auswasche.

«Mich schimpfst du immer, wenn ich wo hinmale, aber du darfst, ungerecht!», mault sie.

«Ich hab nur vorne was dazugeschrieben und hinten alles in Frage gestellt, mit der Schreiberei angefangen hat wer anders.»

«Und wer?»

«Das muss ich herausfinden.»

«Wer ist der Heeennndlmmmööööööödddddeeeeer?», liest Emma vor. «Papa, können Füchse lesen?»

Meine Tochter glaubt, es geht um die Mörder unserer Hühner. Perfekt!

«Vielleicht liest es ihnen jemand vor, wenn sie's selbst nicht können, so wie du jetzt.» Ich nehme sie in den Arm und drücke sie, schließlich habe ich sie seit fast vierundzwanzig Stunden nicht gesehen. Ihr Gesicht und ihre Hände sind mit Windpocken übersät, aber mir scheint, die Wimmerl werden flacher und trocknen langsam ein. «Juckt es noch?»

Wie zur Aufforderung kratzt sie sich am Hals. «Nur manchmal, aber heute Nacht war's schlimm, bis mir die Mama die Salbe draufgetan hat. Wo warst du eigentlich in der Früh? Die Mama hat gesagt, du hilfst dem Jäger Wolfi was. Seid ihr jetzt wieder Freunde?»

Sophies Notlüge also, dass ich dem Rängoarsch geholfen habe. Ich streiche meiner Tochter übers Haar, auch auf der Kopfhaut hat sie ein paar Pocken. Gerade habe ich den Jäger Wolfi als Hauptverdächtigen entlarvt, da führt kein Weg retour zu einer Freundschaftseventualität. Aber wie erkläre ich der Emma das?

«Hat dir die Lisa die Hausaufgaben mitgebracht?»

Sie nickt. «Wir haben sie gleich zusammen gemacht, zwei Arbeitsblätter, schreiben, was ausmalen und einkleben. Aber jetzt lenk nicht ab, Papa, ich hab zuerst gefragt.» Selbst meine Jüngste durchschaut mich.

«So leicht ist das mit dem Vertragen nicht, der Wolfi ist stur und ich wahrscheinlich auch.»

«Stur wie ein Stier?» Sie hält sich die Zeigefinger wie zwei Hörner an den Kopf. «Die gegeneinander kämpfen.» War das eine Frage oder eine Vorhersage? Emma rührt in der Farbe.

«Lass uns reingehen.» Ich nehme ihr den Pinsel aus der Hand, bevor ihr einfällt, auch noch was dazuzuschreiben. «Hilfst du mir, das Abendessen herzurichten, bis die Mama kommt? Wir müssen heute auf dem anderen Herd kochen, weil der Elektriker unsere Stromleitungen richtet.»

Zusammen gehen wir ins Haus und lassen die Frage mit dem Hendlmöder erst mal hinter uns.

Nachdem ich in der Küche im alten Wamsler ein Feuer gemacht, alle Kerzen zusammengesucht und überall aufgestellt habe, nehme ich zum allerletzten Mal die Reste der Fugger zur Hand und vermenge die zerschlagenen Bruteier mit Milch, Mehl und ein paar salzigen Tränen von mir zu einem Teig. Emma deckt den Tisch.

«Ui, gibt's hier eine Weihnachtsnachfeier?» Emil kommt heim.

Rettet den Waller! steht heute auf seinem T-Shirt.

Dieser scheue, bis zu zwei Meter große Riesenfisch lebt in den Tiefen des Starnberger Sees und ist vom Aussterben bedroht wie ein Meereswal.

«Der Strom ist für ein paar Stunden abgestellt», erkläre ich auch dem Emil. «So lange wie der Xand zum Reparieren braucht.»

«Von mir aus. Kann die Amrei mitessen?» Die Tochter von der Klunkerchristl stellt sich neben ihn, sie trägt dasselbe T-Shirt zu einem Rock, ist ebenso barfuß wie mein Sohn, nur zieren ihre schmalen Fesseln ein paar Fußkettchen. Jetzt kapiere ich's: Hinter der ganzen Geheimniskrämerei steckt ein Mädchen! Und sie ist die Tochter meiner alten Klassenkameradin.

«Na klar, setzt euch her.» Emma stellt einen Teller mehr dazu. Die Wände erzittern unter dem Xand seiner Bohrerei. Hoffentlich steht hinterher das Haus noch. Zu einem Pfannkuchen kann ich den Elektriker nicht überreden, er isst später zu Hause, mit Bluthund und Saukerl, oder wie seine Sonderlingsfische heißen. Draußen dämmert es bereits, wir zünden die Kerzen an. Bei uns ist eben öfters als einmal im Jahr Weihnachten. Die Sophie verspätet sich, ich hab vergessen zu fragen, ob sie von wem gebracht wird oder mit der S-Bahn rauskommt. Vielleicht ruft sie noch mal an, und ich kann sie mit dem Tiger vom Bahnhof abholen. Wenn richtig Dampf im Wamsler ist, geht's schnell mit dem Braten. Als ich einen Berg Pfannkuchen rausgebrutzelt habe, fangen wir zu essen an. Der Amrei schmeckt's, sie sagt es sogar. Ich werde verlegen. Erst als ich den Emil grinsen sehe, begreife ich, dass das die beiden vermutlich vorher ausgemacht haben. Lob ihn, dann freut er sich und hält die Klappe. Ich hätte sowieso nichts zu schimpfen gewusst, so viel wie mir mein Sohn hilft.

«Woher habt ihr eigentlich den Schorschi?», frage ich die Amrei, ein Gespräch über den Dorfraben scheint mir unverfänglich. Vor eineinhalb Jahren ist sie erst mit ihrer Mutter hergezogen, um den Laden zu eröffnen. Laut Gerüchten ist die Amrei in irgendeinem Ashram in Indien geboren, Vater unbekannt. Vermutlich war das der Klunkerchristl ihr Protest gegen ihre evangelische Erziehung als Pfarrerstochter.

«Der Schorschi ist anscheinend beim ersten Flugversuch aus dem Nest gefallen. Der Jäger Wolfi hat ihn meiner Mama als Willkommensgeschenk mitgebracht.»

Schon wieder der! Gibt's niemanden anderes mehr? Ständig kriege ich dem seinen Namen ins Trommelfell gedonnert. Diesmal mit einer guten Tat, die ihm kaum zuzutrauen ist.

Ich umklammere die Plastikfigur in meiner Hosentasche und versuche, mir nichts von meiner aufkeimenden Wut anmerken zu lassen. «Und wer hat dem Schorschi das Sprechen beigebracht?»

«Ach, keiner, der plappert einfach alles nach, was er den ganzen Tag hört, von den Leuten, die vorm Laden vorbeigehen, oder abends dann das Gelalle, vom Biergarten der Wirtschaft drüben. *Weibergeschwätz, Servus, Schnaps her oder ich schieße.*» Zu unserer

Gaudi ahmt Amrei Schorschi perfekt, genauso krächzend, nach.

«Mehr, mehr!» Emma juchzt und kann nicht genug davon kriegen.

Amrei lacht. «Wenn wir zu Hause sind, darf er in der Wohnung herumspazieren. Wir putzen seine Voliere und er sagt, *Saustall, ja so ein Saustall.*»

«Wer hat das eigentlich draußen an die Hauswand geschrieben?» Abrupt wechselt Emil das Thema, rollt einen weiteren Pfannkuchen mit Marmelade ein, taucht ihn in die Vanillesoße, streut sich reichlich Zimtzucker drüber und beißt hinein.

Wie soll ich diese ganze verzwickte Geschichte nur vor der Amrei erklären? Der Xand hat vom Bohrer zum Hammer gegriffen und verschafft mir mit seinem Geklopfe etwas Zeit. Hoffentlich nimmt er seinen Beruf ernst und kennt sich mit den Stromleitungen besser aus als mein Vater.

Einmal hat mir mein Vater das Leben gerettet, und einmal hätte er mich fast umgebracht. Als Bub habe ich mir meine Limo mit etwas Bier auffüllen, quasi ein Radler machen wollen, die Flasche von meinem Vater genommen und samt Schaum in mein Glas geleert. Bevor er es merkt und mich womöglich schimpft, hätte ich längst alles ausgetrunken. Also hab ich das Glas an die Lippen gesetzt.

«Halt», hat er gerufen. «Schau erst, ob nicht eine Wespe drin ist.» In dem Moment hab ich was am Mund gespürt, in der Radlerlake schwamm tatsächlich eine stachlige Gelbgestreifte. Wer weiß, ob ich heute noch hier säße, wenn ich das Viech verschluckt hätte. Jahre später, kurz bevor mein Vater abhaute, habe ich angefangen die Handwerkerarbeiten im Haus zu übernehmen, zur Freude der Mama. Mein Vater schwang lieber Reden als einen

Schraubenzieher. Nachdem ich dem Martin einen Stromkreis gebastelt hab, fühlte ich mich auch für den Hauptstrom erfahren genug. Als Zwölfjähriger hab ich mich darauf verlassen, dass mein Vater, Lebensschenker und Lebensretter, die Sicherung herausgedreht hat. Er saß im Wohnzimmer beim Fernsehen, und ich tüftelte in der Küche an der Beleuchtung unter den neuen Hängeschränken. Eigentlich hat jeder Raum seine eigene Sicherung, nur die Wand zwischen Küche und Wohnzimmer besitzt einen gemeinsamen Stromkreis, das hat mein Vater selbst so eingerichtet, aber just in dem Moment vergessen, als die Münchner Löwen kurz vor einem eins zu null standen. Da hat es mir eine draufgezündet, dass mir eine Woche lang der ganze rechte Arm gebrannt hat. Seither hab ich ein bisschen Angst vorm Strom oder gehe ihm aus dem Weg, was die alten Leitungen beweisen. Aber nun hat das ein Ende. Der Halbritterhof wird renoviert und modernisiert.

Hungeraufbewahrung 18.

Apropos Licht. Das wirft kein gutes auf unsere Familie, wenn ich der Klunkerchristl ihrer Tochter von meinem Gefängnisaufenthalt erzähle und dass deswegen die Pöckinger denken, dass ich in den Wickerlmord verwickelt bin. Also lenke ich ab, wie sich beim Xand zwischen zwei Bohrphasen erneut eine Stille auftut: «Amrei, magst du vielleicht lieber Kirschen oder Zwetschgen dazu anstatt Apfelmus?» Ich springe auf, wühle im Küchenschrank. Bohnen, Tomatensoße, rote Rüben finde ich, aber Steinobst ist aus, soweit ich das in dem schummrigen Licht erkennen kann.

«Papa, jetzt sag schon, hast du das selbst ans Haus geschmiert?» Der Emil gibt nicht so schnell auf, der hat die Hartnäckigkeit von seiner Mutter geerbt.

«Was heißt geschmiert...» Ich setze mich wieder und versuche es. Meine Mama hat immer gesagt, notlügen darf man, lügen nicht. Lügen muss man nämlich beichten, aber eine Notlüge nicht. Wie ich zu meiner ersten Beichte musste, hat sie mir was aufgeschrieben, was ich dem Pfarrer sagen sollte, damit er zufrieden ist, mir ist nämlich nichts eingefallen. Das war noch, bevor ich auf der Kirchenmauer balanciert bin. Meine Brüder hatten Listen so lang wie Klopapier, aber ich als der Brave musste phantasieren. Dann benutze ich eben jetzt eine halbe Notlüge: «Ich finde, jeder darf wissen, dass ich den Mörder vom Wickerl suche.»

«Ach, Papa. Musst du unbedingt so dick auftragen und dich in der Mama ihre Arbeit einmischen? Ein kleines Schild an der Klingel hätt es genauso getan. Kriminalassistent Nepomuk Halbritter.»

«Kann ich auch Aszendent werden?», fragt die Emma.

«Klar, das bist du doch schon längst.» Ich tätschle meiner Tochter die gepunktete Wange.

«Ich bin satt.» Sie schlürft den Rest Vanillesoße vom Teller und rennt raus.

«Wie geht's deiner Mama?», frag ich die Amrei.

«Passt schon», sagt sie schnell und schickt Emil mit einem Stirnrunzeln einen Seitenblick, als hätte der mir was erzählt, was ich nicht wissen soll. Wir essen fertig, und ich bedanke mich bei meinem Sohn für seine großartige Unterstützung und sage ihm, dass ich auch seinen Job beim Bene toll finde.

«Papa, lass stecken.» Rot bis zu den Ohren, steht Emil auf, stellt hastig alle Teller zusammen und räumt sie sogar noch in die Spülmaschine. «Also, wir gehen dann mal rauf in mein Zimmer.»

«Mathe lernen oder Musik hören?», frag ich und zwinkere der Amrei zu. Sie sieht mich mit großen Augen an, anscheinend ist das jetzt alles voll krass uncool gewesen. Schnell reibe ich mir, nun meinerseits verlegen, im Auge herum, als wenn mir plötzlich was reingeflogen wäre.

«Wir sind nicht in derselben Schule, ich bin in der Realschule in Tutzing, neunte Klasse», erklärt sie mir. Sie folgt Emil in den Flur.

«Apropos Schule, Emil, bleib doch mal kurz da.» Jetzt ist die Gelegenheit günstig, wer weiß, wann ich ihn sonst wieder erwische. Ich hab's der Sophie versprochen.

«Was ist?» Er schlurft tatsächlich retour.

«Stimmt das, dass du aus der Schule geworfen wirst?», sage

ich leise, falls seine Freundin es noch nicht weiß oder er es ihr lieber selber sagen will. «Die Mama hat den Brief im Altpapier gefunden.»

«Rausgeworfen? Können wir nicht später darüber reden, Papa? Die Amrei muss um neun zu Hause sein.»

«Bleib bitte kurz da.» Ich suche den Zettel unter dem anderen Haufen, in meiner Büropappschachtel unter der Eckbank. Jetzt sind die Ketchupflecken nützlich, so leuchtet das Papier wenigstens heraus, und ich finde es gleich. «Hier.»

«Ach das.» Emil wirft einen Blick drauf. «Ist nicht so wichtig.»

«Also, ich sehe das nicht so locker.» Ich ziehe das Blatt an der Tischkante glatt, wische darauf herum und halte es gegen eine Kerze. Der Text ist noch unleserlicher geworden, wie es scheint, hat der Chiller ein Nickerchen in meiner Büropappschachtel gemacht und sich mit seinen schmutzigen Pfoten auch noch drauf verewigt.

«Was machst du denn jetzt für ein großes Ding daraus? Ihr geht doch zu solchen Veranstaltungen mit allen Eltern und tralala sowieso nicht gern hin.» Der Emil will umkehren. Ich halte ihn am Arm zurück.

«Veranstaltung? Wirst du etwa in aller Öffentlichkeit rausgeschmissen?»

Seufzend hechtet er vor, zieht aus dem geschnitzten Rhinozeros-Stiftehalter, den mir die Emma zum Vatertag gemacht hat, unter den ganzen abgebrochenen Blei- und eingetrockneten Filzstiften treffsicher einen Kugelschreiber heraus, der zu funktionieren scheint, und nimmt mir den Zettel aus der Hand. Wenn *ich* einen Stift brauche, finde ich nie einen.

«Das war doch nur ein Elternbrief zur Schulhofgestaltung.» In null Komma nichts setzt er die fehlenden Buchstaben ein:

Sehr geehrte E**ltern**,
dem Auf**ruf**, **de**n Innenhof des Schulgel**änd**es selbst neu zu gestalten, sind viele Schüler ge**folgt**. Der Schüler- und Lehrera**ussch**uss hat sich **einstimmig** für den Entw**urf von Emil** Halb**ri**tter, **Kl**asse **9C, entschieden**. Dank **Stein**spenden der Firma **Hammer**le, die den Boden eines Freiluftklassenz**immer**s bilden, ist die Um**gestalt**ung ohne **Schw**i**erigk**eiten gelungen. Für die Um**setzung** standen uns dank Ihrer Sp**enden 1650 EUR** zur Verf**üg**ung. Wir laden Sie nach Unterrichtss**chluss** am **8.** Juni, um **13.15** Uhr zur offi**zie**llen Eröf**fnung ein** und f**reuen** uns auf Ihr **zahlreich**es Kommen.
gez. Th. Schweizer, Schull**eiter**

So einfach, wirklich. Wieso hab ich das nicht gesehen? Das Telefon klingelt.

«Ich geh schon.» Emil rennt nach oben. Ich höre ihn mit jemandem reden, er kommt wieder die Treppe runter. «Die Sophie?», frag ich.

Er schüttelt den Kopf und reicht mir den Apparat. «Der hat seinen Namen nicht gesagt, erst geglaubt, ich bin du, und dann nur äh gesagt.»

Ich geh dran. «Halbritter, halb Bauer, hier.» Mein Sohn seufzt bei meinem Dauerwitz, rennt zu Amrei hoch, die oben am Treppenabsatz wartet, und zischt mit ihr ab.

«Äh, Muck, also ich bin's, der Ding, der Rossbach, Rudolf.»

«Grüß dich, nett, dass du anrufst», sag ich und setz mich wieder in die Küche. Mir wird heiß, ich hab ja überhaupt noch gar keinen Gedanken an das Dabeiseier-Jobangebot verschwendet oder jedenfalls keinen brauchbaren. Ich wollte es erst mit der Sophie besprechen, sie weiß, wie das mit dem Neinsagen geht, oder hat hoffentlich eine Ausrede für mich parat. Was soll ich ihm nun sagen? Ich hole tief Luft und blättere die Zettel auf der

Ablage durch. Butter, Mehl, Zucker steht auf einem, Tampons auf einem anderen. «Wie geht's dir?», überbrücke ich meine fieberhafte Suche nach einer passenden Antwort auf die Frage, die er bestimmt gleich stellen wird. «War es nett mit den alten Kollegen gestern in der Hutschachtel?»

«Passt schon alles.» Der Rossi ist kein wandelndes Wörterbuch.

«Hat sich viel verändert mit der S-Bahn-Vernetzung, seit du in Pension bist?»

«Schon, die Linien sind noch die alten, aber diese jungen Hüpfer in den Büros kennen mich nicht mehr.»

Ach, darum hat er sich mit seinem Laptop aufs Klo verzogen, als ich ihn gefunden habe. Wissen täte ich schon gerne, was er dort im Internet drin gesucht hat.

«Muck, wir brauchen deine Hilfe.» Beim Klang dieser Worte schmilzt mein Herz wie Wassereis in der Sommerglut. Ich hab sofort ein schlechtes Gewissen, dass ich die *Gemeinsam Dabeiseier* für verdächtig halte. So nette, ehrliche Leute. Wer von den Pöckingern braucht mich sonst noch in dieser hendlmördernarrischen Zeit?

«Kannst du uns deinen Anhänger morgen früh hinstellen und beim Umzug helfen?»

«Was? Ihr müsst wirklich sofort raus aus dem Alten Rathaus?» Das mit der Kündigung hab ich, ehrlich gesagt, nicht hundertprozentig ernst genommen. Seit Jahren hat es schon geheißen, dass das Gebäude anders genutzt werden soll, einträglicher als mit alten Leuten. Dabei sind die Senioren doch unsere Zukunft, ohne die wissen die Jungen nicht, wie sie später mal ausschauen werden. Wie geht dieser Spruch: Was du nicht magst, dass man dir tu, das trau auch keinem anderen zu. Oder so ähnlich. Alt werden wir alle oder sind es schon teilweise, ausgenommen die ewig Neununddreißigjährigen natürlich, mit Pomade auf den ergrauten Schläfen oder ein Aufpolsterungsspritzerl da und dort. Unter uns, Silikon zeigt am Wannenrand die bessere Wirkung. Als Schreinerlandwirt weiß ich, wovon ich sprech.

«Ja, wir wurden wirklich raussaniert», erklärt der Rossi. «Die Wasserleitungen sind angeblich durchgerostet und die Wände feucht, dabei war das vom ersten Tag an so, nur damals hieß es, eisenhaltiges Wasser sei gesund. Da sparst du dir einen Nagel im Apfel oder die Vitamintabletten. Jetzt soll das ganze Gebäude nachträglich unterkellert werden. Uns reicht's, immer in Habacht-oder-neun-Stellung, wir gehen in eine Bleibe, wo wir uns richtig zu Hause fühlen und wirtschaften können, ohne dass sich einer von den Nachbarn aufregt.»

«Haben sie sich über eure Kocherei beschwert?»

Der Rossi hüstelt. Das kommt davon. Er hat die Halstuchverteilung vom Panscher versäumt, weil er vorher ausgestiegen ist. «Kochen, basteln, karteln halt, die stört alles.»

«Und wo zieht ihr hin?» Vorhin haben sie mich noch gefragt, ob ich was weiß, und hoppla, jetzt gibt's schon eine Immobilie. Rasanter als die Formel eins sind die Altpöckinger.

«Unter die Textilstube.»

«Ich wusste gar nicht, dass die unterkellert ist?»

«Geräumiger, als man von außen denkt. Die Schwestern haben ihr Wolllager drin, zugegeben ein wenig eng für uns alle, aber vorerst muss das reichen. Wir haben was Größeres in Aussicht, drück die Daumen, dass es klappt. So gegen halb neun morgen früh, geht das?» Ich sage schnell ja, bevor mir ein Gefühl dazwischenkommt, das mir zeigt, dass das Gegenteil besser wäre, denn ich höre das vertraute Schnurren der Isetta. Wie ist das möglich? Ich wünsche noch einen schönen Abend, dann lege ich auf und laufe ans Fenster. Tatsächlich, meine Liebste dreht um, parkt und steigt aus! Ich renne ihr im Dunkeln entgegen. Dank Xand, der die Leitung nach draußen ebenfalls gekappt hat, geht die Außenbeleuchtung nicht. Schnell schließe ich meine Sophie in die Arme und führe sie eng umschlungen ins Haus. Nicht, dass sie noch wie eine Katze im Finstern was sieht und ihr unsere neue Beschriftung auffällt.

«Ist schon wieder der Strom weg?», sagt sie im Flur beim Anblick der vielen Kerzen. Ich nicke. Der Xand ist gerade ruhig, vielleicht ist er auch schon heimgefahren. Ich kann nicht erkennen, ob sein Auto noch auf der Wiese steht.

«Wenn wir wissen, was dem Papa seine Behandlung kostet und wir noch Geld übrig haben, dann lassen wir uns ein Angebot vom Elektriker machen, ja?»

Ich glaub nicht, dass der Xand Angebote schreibt, der setzt die Hilti an und arbeitet sich durch die Mauern wie ein Maulwurf durchs Erdreich und fertig.

«Mmh, hier riecht's aber gut.» Sophie schnuppert. «Ich verhungere gleich.»

«Einen Kakao dazu?»

«Gern.»

«Wie bist du überhaupt von München hergekommen? Und dann noch mit der Isetta?» Ich löse das Kakaopulver in einem Topf mit etwas Wasser auf, gebe Ziegenmilch dazu und schäume das Ganze unter liebevollster Schneebesenrührerei auf.

«Der Schubert hat eine Freundin in Weilheim, oder jedenfalls bahnt sich da was an, mit der neuen Drogenchefin dort. Ich drück ihm die Daumen.»

«Die Chefin von eurer Fahnderseite oder aus der Verbrecherfraktion?»

Sie lacht. «Gute Frage. Das weiß ich, ehrlich gesagt, gar nicht. Jedenfalls lag es für ihn auf dem Weg, dass er mich zur Werkstatt fährt. Ich soll dir einen schönen Gruß vom Richter sagen, ein Kolbenfresser war's nicht. Aber frag mich jetzt nicht, was es sonst war. Er hat mir da schon was erklärt, aber ich hab's mir nicht gemerkt. Ich bin nur froh, dass mein Knuddelkästchen wieder läuft.»

«Und was kostet es?», frage ich und befördere die Büroschachtel mit einem Fußtritt so weit wie möglich unter die Eckbank.

«Das bespricht der Mani mit dir das nächste Mal, hat er gesagt. Er braucht neue Scharniere in einem Schrank, glaub ich.»

Das klingt machbar. Erleichtert atme ich auf. Sophie schaut nach der Emma, die in ihrem Zimmer bei einer Hörspielgeschichte malt. Als Sophie in die Küche kommt, serviere ich ihr den Kakao und einen der warmgestellten Pfannkuchen, dazu alles andere, die Marmeladenauswahl, das Apfelmus und die Vanillesoße steht noch auf dem Tisch.

«Emma zeichnet genau wie du, wenn du einen Aufriss für die Möbel machst, auch nicht auf Papier, sondern gleich auf ihre Schreibtischplatte.» Sie setzt sich und mampft los. Ich bin gespannt, was unsere Tochter gerade entwirft. Wir haben in den letzten Jahren schon einiges zusammengebaut: ein Himmelbett mit Aufzug, einen Schafstall, eins zu zehn, wie der große, für Kohl, aber das Stofftier schläft doch am liebsten bei Emma im Arm, dann einen Miniaturzahnarztstuhl, auf den sich aber keine ihrer Freundinnen zur Behandlung draufzulegen traut. Unsere Tochter ist eine ähnliche Tüftlerin wie der Emil.

Ich rühre Honig in meine Tasse und schau der Sophie eine Weile beim Essen zu. Das sieht wirklich nach Bärenhunger aus.

«Kann ich noch einen? Deine Crêpes schmecken zwar immer köstlich, aber diesmal sind sie besonders lecker. Hast du da irgendeine neue geheime Zutat drin?»

«Die sind mit Liebe gemacht», erkläre ich, was auch stimmt,

wenn ich an meinen Fuggerjakl, Gott hab ihn selig, denke und seine Nachfahren, von denen sie jetzt gerade den Rest verspeist. Ich wisch mir die Nase. Jetzt könnte ich ihr das Dilemma mit den Hühnern und allem beichten. Aber ich will ihr nicht den Appetit verderben. Ich schieb's noch eine Weile hinaus und schlucke meinen Schmerz mit dem nächsten Schluck Kakao hinunter. «Gab's nichts zu essen auf dem Frühlingsfest?»

«Doch, schon, aber keine Zeit, und im Stehen oder Gehen wollte ich nicht irgendwas reinschlingen, außerdem hast du gesagt, dass du was kochst. Da hab ich mir den Hunger aufbewahrt.» Sie kaut und schluckt.

«Eigentlich brenne ich drauf, dir alles zu erzählen, aber sag du erst, was hier los war, dann kann ich essen.»

Mei, wo fange ich an? Der Reihe nach oder durcheinander? Raus kommt es so oder so, also kann ich auch von hinten beginnen. Jetzt also ... Gerade wie ich den Mund auftun will, stellt sich der Xand in den Türrahmen. «Du kannst die Kerzen ausblasen, ich hab die Sicherungen wieder reingetan, für heute war's das. Ich mache weiter, wenn ich das Zubehör bestellt hab. Ganz schön gefährlich habt ihr bisher hier gelebt. Mein lieber Pschorri!»

Sophie schickt mir ein «Chéri, wir hatten doch was anderes besprochen»-Geschau.

Ich ignoriere es. «Einverstanden. Apropos Hacker-Pschorr. Magst du ein Bier, und willst du dich zu uns hersetzen?», fordere ich den Xand auf. Vielleicht erklärt er der Sophie an meiner Stelle, wie dringend die Stromsanierung bei uns ist. «Irgendwo hat der Fidl bestimmt noch eine Flasche Bier herumstehen. Au!» Warum stampft mir meine Frau so roh auf die Zehen? Und außerdem, das Schienbein tät's auch.

«Nein danke, ich muss.» Der Xand klappt den Hiltikoffer zu.

Ganz in der Sophie ihrem Sinne: Sofort lächelt sie ihn an

und verabschiedet ihn. «Ach, und du, Xand», ergänzt sie noch. «Du hast doch auch Handys im Angebot? Probier du doch, was mir bisher nicht gelungen ist, und überred den Muck zu einem Mobilteil. Er braucht dringend eines. Wenn er mir schon nicht glaubt, dann vielleicht dir als Fachmann.»

«Gern. Kann ich machen.»

Auf dem Weg zur Tür legt er gleich los, redet von Megapixel, Galaxien und Touchscreen. Ich tatsche zwar gern was an und am liebsten die Haut von meiner Frau, aber ansonsten scheint es um Star Wars oder Ähnliches zu gehen. Ich hab schon als Kind lieber Winnetou als Raumschiff Enterprise gespielt, warum jetzt im Alter noch auf so neumodisches Handy-Science-Fiction-Zeug umsteigen? Deshalb hole ich den Xand auch lieber wieder retour auf die Erde und frage nach seiner Mutter. Meine Mama und die seine waren gut bekannt, zeitweise, wenn sie nicht gestritten haben und ich Grüßverbot hatte. «Wie geht's ihr in der Kur?» Dort erholt sich die Windhammerin von einem Bandscheibenvorfall. Minuziös erklärt er mir die technischen Gerätschaften, die die da in der Reha haben. Danach frage ich nach seinem Schwager, ob er schon seinen Fotoapparat zurückbekommen hat, den er vor fünf oder mehr Jahren an einem Pfosten am Baikalsee vergessen hat. Und zuletzt will ich noch wissen, wie es seiner Nichte, die genauso alt ist wie die Emma, in der Fünfseenschule geht. So, ich atme auf und schließe die Tür hinter ihm. Genug von so einem Funkteil abgelenkt. Als ich wieder in die Küche komme, hat Sophie das Geschirr zusammengeschoben und ihre Akten auf dem Esstisch ausgebreitet. Oje, jetzt hab ich mich mit dem Xand verratscht.

«Willst du noch arbeiten?» Kleinstlaut quetsche ich mich neben sie. «Ich hab gedacht, du erzählst mir was von deinen Ermittlungen?»

Seufzend legt sie den Kugelschreiber weg und streicht mir übers Gesicht. Die bunten Zauberringe von der Emma an ihrem Handgelenk klappern, dann war der Zauberkasten doch zu was nütze. «Ehrlich, Muggerl. Woher soll ich wissen, wie lange du noch die Familienangelegenheiten der Windhammers durchchecken willst, und bevor ich auf der Eckbank einschlafe, bin ich meine Unterlagen durchgegangen.»

Ich betrachte ihre Notizen. Dazwischen liegt eine Grundrisszeichnung, kleine und größere Kästchen mit Nummern, dicht an dicht in engen Parzellen. «Ist das der Plan einer Schrebergartensiedlung?»

«Nein, das sind die Wagenstellplätze und Fahrgeschäfte vom Frühlingsfest. Hier das Riesenrad, und dort drüben ist der Schleuderaff, so eine Art riesiger Quirl, der die Leute raufzieht und dann durch die Luft wirbelt. Und hier ...»

Sie deutet auf ein winziges Kästchen. «Das ist der Stand vom *Bavariazuckerl*, die waren aber, abgesehen von Kalorienbomben und Zahnzerstörern, sauber. Auch die Nachbarbuden, leider Fehlanzeige. Die gesamte Razzia war ein Reinfall. Der Schubert und seine Mannschaft glauben, sie sind von dem Informanten verarscht worden. Aber ...» Sie deutet auf ein anderes winziges Quadrat, weiter weg. «Das ist ein Kuřecí-Wagen.»

«Kuscheziwas?»

«Kuřecí ist tschechisch für Hühner. Das ist mir eingefallen, wie die Isetta verreckt ist und mich der Schubert angerufen hat. Er hat beim Telefonieren doch an seinem Brathendl herumgefieselt. Ich hab mich gefragt, was wäre, wenn es eine Kette ist, die nicht nur in Pöcking und im ganzen Landkreis, sondern auch in München oder sogar ganz Bayern ihre Drogen über die Hendlbuden vertreibt? Auf das neue Crystal sind alle ganz scharf. Das kann zwar jeder selbst herstellen, aber den Gestank und das Gebatzel, ähnlich wie beim Haarefärben, das mag man anscheinend doch nicht immer zu Hause haben.»

«Echt, auch ein Laie kann das?»

Sie nickt. «Ein paar Apparaturen, ein kleiner Chemiebaukasten, mehr braucht man nicht. Die Zutaten gibt's in der Apotheke oder im Internet. Schau her.» Sie zeigt mir Fotos von einer Beschlagnahmung. Die Fenster sind mit Plastikfolie verhängt. Schläuche und Pumphebel leiten zu riesigen Einweggläsern. Mehrfachstecker hängen vom Tisch zur Wand. Thermometer, Medikamentenpackungen und verschieden große Glaskolben stehen herum, bauchige und flaschenartige, aber nicht so sauber poliert wie damals bei uns im Chemieunterricht, wo Laugen und Säuren nach Farben getrennt waren. Hier sind die Flüssigkeiten in den Behältnissen oder auf den Tischen und Böden braun verkrustet, gebrauchte Spritzen und Kaffeefilter liegen zwischen Essensresten, Müll und leeren Flaschen. Im Hintergrund erkenne ich eine Sprossenwand, an die ein Eisengitter geschraubt ist, und auf einem Sofa liegt ein großer Teddybär mit Krawatte, dem die Filzzunge heraushängt.

«Das hier ist so ein typisches Labor. Es wurde im ehemaligen Fitnessraum eines Einfamilienhauses gefunden. Das Crystal haben die aus Grippemitteln zusammengebraut.»

«Grippemittel?» Bei mir klingelt was, aber ich komme nicht drauf, was.

«Ja, Grippetabletten enthalten Ephedrin, das ist appetithemmend und leistungssteigernd und wird mit Abflussreinigern, Nagellackentferner, Lampenöl, Frostschutzmittel oder Ähnlichem aufgekocht, sogar mit feingemahlenen Glassplittern gemischt, um den Stoff zu strecken. Dadurch werden die Schleimhäute verletzt, und die stimulierende Wirkung tritt schneller ein. Außerdem braucht man noch Phosphor, den gewinnen sie durch

Abreiben Hunderter Streichholzschachtelseiten, und Ammoniumnitrat, das stammt aus solchen Sofort-Kälte-Packs.» Sie zeigt mir noch ein Foto. «Hier, wie du siehst, kam am Ende nur unbrauchbarer brauner Schaum raus, aber das eigentliche Ziel sind kleine Kristalle, reinweiß oder in leuchtenden Farben, je nach Beimischung.»

«Glassplitter und Abflussreiniger? Diese Panzerschokolade, die heute Crystal heißt?» Ich schiebe den Rest Kakao auf die Seite. Irgendwie ist mir leicht schlecht. «Sag mal, wieso eigentlich wieder Drogen, ich dachte, du bist seit zwei Tagen bei der Mordkommission?»

«Bin ich auch, aber seit dem Wickerlmord versuchen wir zusammenzuarbeiten. Die Rechtsmedizin hat bestätigt, dass der Wickerl wirklich Methamphetamin, also Crystal, im Blut hatte. So konnte ich den Schubert auch von meiner Vermutung mit den Hendlbuden überzeugen. Das wäre der perfekte Verteilerweg für die Drogen. Wir wissen nur noch nicht, ob das Crystal schon bei der Schlachtung in die Hühner gelangt oder ob das der Hendlbudenbetreiber selbst macht. Drück die Daumen, dass das Crystal aus dem Wickerl seinen Hendln genau zu dem aus München passt. Nur auf einen Verdacht hin und nur weil du in Pöcking in ein paar Hühnern das Zeug gefunden hast, zwanzig Kilometer weit weg ...»

«Sechsundzwanzigeinhalb», verbessere ich sie. «Ich hab's mit dem Meterstab nachgemessen, von unserem Ortschild bis zum ersten Landeshauptstadt-München-Schild in Solln.» Der Abstand zur Großstadt ist mir heilig.

«Na gut, also nur weil es hier einen Toten gegeben hat, kriegt der Schubert so schnell keine zweite Razzia genehmigt. So ein Einsatz kostet.»

Bei ‹tot› fällt mir was ein. «Wann ist der Wickerl eigentlich ermordet worden, hat das diese Hosianna von der Rechtsmedizin oder wie die heißt rausgefunden?»

«Dr. Kyreleis. Ja, hat sie. Die Leichenstarre war voll ausgeprägt, als er gefunden wurde, deshalb hatten die Bestatter auch so Schwierigkeiten, den Wickerl in den Sarg zu bringen. Sie hat es auf eine halbe Stunde, plus/minus eingegrenzt. Kurz vor oder kurz nach Mitternacht. Wieso fragst du?»

«Ach nur so. Dem Wickerl sein Tod beschäftigt mich halt. Was hat der überhaupt noch so spät in seiner Bude gemacht?»

«Die Hendl präpariert, nehm ich an. Laut einiger Zeugen fährt er immer am Abend vorher zu seinem neuen Standplatz und bereitet noch alles für den Verkauf am nächsten Tag vor. Das hat auch seine Frau bestätigt. Am Dienstag hatte er einen Platten an einem Anhängerreifen und ist zu einer Gautinger Werkstatt gegangen, deshalb kam er ungewöhnlich spät in Pöcking an. Der Reifenwechsel hat nur ein paar Minuten gedauert, aber sie haben noch eine halbe Stunde geratscht, der Monteur und er. Ob Bier dabei im Spiel war, wollte er mir gegenüber natürlich nicht sagen, aber sie werden kaum Mineralwasser getrunken haben. Ist also alles überprüft. Ich nehme an, dass er dann trotzdem noch seinen Lieferanten getroffen hat. Dabei kam es vielleicht zum Streit. Womöglich war er den Tschechen oder wem auch immer noch etwas schuldig, oder er hat nicht pünktlich geliefert.» Sie zuckt mit den Schultern. «Das Motiv werden sie uns vermutlich nie verraten.»

Mit ‹sie› meint sie die Drogenmafia, Sophie glaubt fest daran. Dass die zu uns, in unser verschlafenes Kuh- und Ziegendorf kommt, kann und will ich mir einfach nicht vorstellen. In Pöcking, wo sogar der letzte Kaiser, Otto von Habsburg, mit achtundneunzig Jahren friedlich in seinem Himmelbett entschlafen ist und danach die ganze Welt bei uns in der St. Ulrich zum Kondolieren vorbeigeschaut hat. Aber vor kurzem hätte ich mir hier auch keinen Mord denken können.

«Jede Woche taucht eine neue, reinere Droge auf dem Markt auf und verschwindet genauso schnell wieder, doch dieses Crystal hält sich.» Sie seufzt. «Trotzdem braucht es ein besseres Indiz, bisher ist es ja nur ein Verdacht, das mit den Hendlbuden als Vertriebsweg. Noch dazu ist es eine Behauptung von mir, von einer, die zur Mordkommission gewechselt ist und auf einmal doch wieder mitmischt. Dabei bräuchten sie so dringend was in der Hand, Schuberts Team soll nämlich aufgelöst werden.»

Ich verstehe. Was hat meine Frau unter dem Konkurrenzkampf der Drogenfahnderteams gelitten, vor allem dem Erfolgsdruck, Ergebnisse vorzuweisen. Wie oft habe ich sie getröstet und bestärkt, dass *ihr* Team es genau richtig macht. Und trotzdem kamen sie der Kriminalität auch gemeinsam nie hinterher, es gab und gibt nie genug Ermittler. An Drogenbekämpfung ist der Staat nicht wirklich interessiert. Ein Fahnder bearbeitet hundert Fälle im Jahr, zehn Fahnder würden also tausend beackern, zwanzig zweitausend und so weiter. Aber kein Politiker will in seiner Amtszeit die Kriminalitätsrate ansteigen sehen, deshalb werden die Teams absichtlich klein gehalten, quasi Bonsai. Steuerhinterziehung, Radarfallen und Internetkriminalität, da rollt der Eurotaler in die Staatskasse. Drogendezernate kosten nur und lohnen sich nicht fürs makellose Politikergeschau auf der Titelseite. Trotzdem hat mir die Sophie oft so traurige Geschichten von betäubten Kindern erzählt, die in den Krankenhäusern liegen und zu einem Entzug überredet werden sollen und dann früher oder später trotzdem als Drogenleiche in irgendeinem Bahnhofsklo enden. Sophie stellt die Füße auf die Eckbank und schlingt ihre Arme um die Knie. Müde sieht sie aus, meine Kleine. Ich rutsche vom Stuhl zu ihr rüber, ziehe sie her zu mir. Sie lässt sich fallen und schmiegt sich an mich. Mein Blick fällt noch mal auf den Fahrgeschäfteplan des Frühlingsfests, auf dem winzig kleine Zahlen für jede Bude und größere für ein Zelt oder das Riesenrad eingezeichnet sind. Wo ich gerade über Geld und Prozentzahlen sinniert habe, fällt mir was auf.

«Wie seid ihr denn auf den Süßigkeitenstand gekommen?»

«Der Informant hat eine Standnummer genannt.»

«Und welche hat Bavariagutti?»

«Bavariazuckerl, ich glaub …» Sie sieht nach, fliegenkackeklein steht's da. «Fünfundachtzig, nein, sechsundachtzig.»

«Und die tschechische Hendlbude?»

«Achtundneunzig.»

Ich drehe den Plan, so wie ich ihn vorhin gesehen habe, und jetzt sieht sie es auch.

«Du bist eine Wucht, Muggerl. Dann war das nur ein Zahlendreher. Jetzt wissen wir, dass das mit dem Wickerl kein Einzelfall ist, dass da Methode dahintersteckt. Die Hendlwagen könnten der Verteilerweg sein, so kommt das Crystal nach Bayern. Wahnsinn und wow!» Sie strahlt mehr als an Weihnachten. «Ich muss gleich nachher den Schubert anrufen, damit er eine Observation und Überprüfung startet. Apropos Anruf, du brauchst ein Handy, das war vorhin ernst gemeint, damit wir uns immer erreichen können, Muggerl.»

«Aber ich bin doch immer auf ewig bei dir und in dir.» Ich streichle ihre linke Brust, das beste Kissen für das Herzkammerl, das ich bei ihr bewohne.

«So ein Metall-Streichelkästchen ist nichts für mich, dabei verwähle ich mich noch und komm in China oder Vietam raus, da weiß ich dann nicht, wie man Grüß Gott sagt.»

«美好的一天 oder tốt ngày.»

«Was?»

«Chinesisch und Vietnamesisch, bitte schön.»

«Haben die da überhaupt einen Gott, den sie grüßen können, ich mein, ist das nicht eher dieser Buddha, der mit unserer Dreifaltigkeit da oben zusammen Karten schafkopft?»

«Sie begrüßen nicht den Gott, sondern den Tag.»

«Ach so. Ja, aber sag mal, wie viele Sprachen sprichst du eigentlich? Französisch, Chinesisch, Tschechisch, Vietnamesisch?»

«Vergiss Bayerisch nicht», ergänzt sie und lacht. «Wenn ich das nicht gelernt hätte, hätte mich deine Mama nie zur Tür reingelassen, weißt du noch?»

Ich nicke. Anfangs hat sie tatsächlich ein wenig gepreußelt, meine Liebe, aber das hat sie schnell abgelegt, zwecks mir, bilde ich mir ein.

«Was ‹guten Tag› auf Vietamesisch heißt, hat mir Frau Aigner auf der Fahrt nach München gelernt, mehr kann ich nicht. Ohne Witz jetzt, bitte, Muck. Der Xand hat bestimmt ein passendes Handy für dich, da gibt es heutzutage auch ganz einfache Modelle. Wenn wir schon seine Installationen zahlen müssen, dann kommt es darauf auch nicht mehr an.»

«Von mir aus, ich frag ihn bei Gelegenheit.»

«Deine Gelegenheiten sind eher lange Bänke, auf die du alles rausschiebst, bis es hinten runterfällt und auf Nimmerwiedersehen verdrängt wird.»

«Nichts da. Ich bemüh mich, Sophie, glaub mir. An mir liegt es nicht, dass die Leute so hilfsbedürftig sind.» Oder teilweise waren, füge ich im Stillen an. Wer weiß, ob der Xand im Gegenzug für Strom und Streichelkästchen nicht gleich ein ganzes Holzschränkchen braucht. Eines, wo er den Fernseher oder sein Aquarium versenken kann, wenn er genug von Fußball oder Fischgesprächen hat. «Versprochen, gleich morgen rufe ich bei den Kundschaften an, die noch nicht bezahlt haben, und den übrigen schreibe ich Rechnungen. Ich sag allen, dass ich das Geld teilweise ganz dringend eventuell brauche.» Sophie küsst mich, und so beenden wir den Abend, nachdem ich die Emma ins Bett gebracht habe und Sophie dem Schubert noch gemailt hat, mehr oder weniger in Körpersprache.

Das Leben muss gelebt werden
19.

Es geht doch nichts über Familie. Am nächsten Morgen, schon Freitag, begrüße ich meine nackerten Schafe und führe sie auf ein frisches Stück saftiges Gras. Emma hat durchgeschlafen und dadurch wir auch. Vorm Gute-Nacht-Sagen hat sie mir noch ihre Entwürfe für eine Fuchsfalle gezeigt, Rache für die Augsburger! Was wir mit dem Tier anfangen, falls es in die Schlinge, oder was auch immer wir konstruieren werden, tappt, darüber haben wir uns noch keine Gedanken gemacht. Wobei ich mir so gut wie sicher bin, dass es kein Vierfüßler war, der meine Hühner gemopst hat. Auch kein Mops, eher ein ausgewachsener Schweinehund. Aber das kann ich der Emma nicht sagen. Es ist ja lieb, dass sie sich so Gedanken macht. Heute Nachmittag werden wir mit dem Bau beginnen, hab ich ihr versprochen. Wie ich der Sophie durchs Küchenfenster winken will, als sie mit der Isetta aus der Einfahrt rollt, höre ich sie kreischen. Hat eine Spinne oder eine Maus in ihrer Chaise übernachtet? Ich renne zu ihr.

«Was hast du denn gemacht?» Im ersten Moment weiß ich nicht was sie meint. Ich mache viel, wenn der Tag lang ist, aber das ist er ja noch nicht. Sie stellt den Motor ab und steigt wieder aus, fuchtelt in Richtung Haus. Sakradi, die Wandbeschriftung, die hab ich total vergessen.

«Wer ist der Hendlmöder?», liest sie mir meinen und den Fremdtext vor. So im Morgenlicht betrachtet, muss ich ihr zustimmen. Mir erscheint es tatsächlich ein bisschen protzig aufgetragen, unsere Hauswand ist ja keines von Fidls Kalenderblättern, die du so mir nichts, dir nichts, abreißen kannst.

«Wäre das nicht ein bisschen dezenter gegangen? Meinst du etwa, der Täter meldet sich jetzt bei uns und sagt, ich war's, sorry, wer mich so nett fragt und dafür sogar seine Hauswand opfert, dem muss ich dann auch die Wahrheit sagen? Ich gebe alles zu, bitte verhaftet mich.»

«Von wem redest du, dem Mörder vom Wickerl oder dem, der das hier fabriziert hat?»

«Dann hast du das gar nicht geschrieben?» Sie verschränkt die Arme und legt den Kopf schief.

Ein ganz klein wenig erinnert sie mich damit an die Bina, eine der gemeuchelten Fuggerdamen, die unter ihrem roten Kamm im schwarzen Gefieder genauso geschaut hat, wenn ich beim Ausstreuen noch einen Rest Getreide in der Hand zurückbehalten hab.

«Ehrlich, Muggerl, ich freu mich doch, wenn du mich bei der Tätersuche unterstützt, aber mehr nützen würde es mir, wenn du deine Arbeiten machst, damit hast du bestimmt genug zu tun, oder? Wolltest du dich nicht um die unbezahlten Rechnungen kümmern? Noch dazu will ich euch nicht auch noch in Gefahr wissen, wenn ich weg bin. Und ...» Sie zögert. «Sei jetzt nicht beleidigt, wenn ich das sag.» Ich bin gespannt, was jetzt kommt. Der Anschiss meines Lebens oder Schlimmeres, womöglich was, was ich mir überhaupt nicht in meinem begrenzt-männlichen Hirn vorstellen kann?

«Da fehlt ein Buchstabe.» Sie zeigt mir wo an der Wand, auch wenn sie sich dafür auf die Zehenspitzen stellen muss, wofür ich sie schon wieder knuddeln könnte.

«Das Wort Hendlmöder stand bereits da, als ich gestern aus

dem Dorf zurückgekommen bin. Erst hab ich gedacht, dass es um die toten Fugger geht.»

«Der Jakl ist tot? Was ist denn passiert?» Sie macht eine kleine Pause. «Und ich hab mich schon gefragt, warum der nicht mehr kräht. Ach, Muggerl, das tut mir leid.»

Mir zittern die Lippen, als ich ihr endlich von meinen toten Augsburgern berichte. Sie umarmt mich, und auf einmal bricht es aus mir raus, ich erzähle ihr alles, von Anfang an, vom leeren Hühnerstall bis zu den Leuten beim Bäcker, die mich auf einmal nicht mehr kennen wollen, dem Getuschel und sogar von der Castingshow oder was das auch immer war, wonach mich die Senioren jetzt als Pfleger haben wollen, und auch dass ich ihnen heute beim Umzug in die Textilstube helfen soll. Inzwischen sitzen wir in der noch nachtfeuchten Wiese bei den Gegenständen, die das ganze Drama darstellen sollen. Nun kommt meine Frau bestimmt zu spät in die Arbeit, denke ich, und prompt klingelt ihr Handy. Du hast aber auch keine Ruhe mehr mit diesen Dingern, überall und ständig wollen die mitreden. Sophie kramt das Mobilteil aus der Tasche, die sie neben dem Senioren-Handschuh und dem verbeulten Drogenmafia-Kübel abgestellt hat.

«Papa, bist du's?»

Anscheinend ist der Fidl am Telefon. Sie tippt auf Lautstellen, und ich höre ihn wimmern.

«Ich möchte mich verabschieden von dir, mein Kind.»

«Geht's dir schlechter? Was sagt der Arzt? Hast du Schmerzen?»

«Es geht zu Ende.»

«Papa?»

Schweigen im Gerät, dann ein Seufzer. «Ich sterbe.»

«Tust du nicht, warte, ich fahre sofort zu dir, Papa, ich bin in einer Viertelstunde da.»

Sophie packt ihre Handtasche und rennt zum Auto.

«Ich komm mit, so ein Umzug kann verschoben werden. Ich hole nur schnell die Emma», sage ich.

«Bleib du lieber hier. Ich schau erst mal, was los ist. Der Arzt hat nichts davon gesagt, dass es so schlimm um ihn steht. Solche Phasen kenn ich vom Papa, vermutlich ist ihm nur langweilig, oder er fühlt sich einsam, lass mich erst mal allein mit ihm reden, einverstanden? Die Senioren können das mit dem Umzug nicht alleine. Ich melde mich, sobald ich Genaueres weiß. Ich hoffe, ich erreiche dich irgendwie.»

«Ruf bei den Schwipps-Schwestern in der Textilstube an, hast du die Nummer?»

Sie nickt. «Die finde ich raus. Und du schaust, dass dir der Xand endlich ein Handy gibt.»

Mir fällt es schwer, zu den Senioren zu fahren, meine Frau lässt mich im Regen ohne Regen stehen. In Gedanken sorge ich mich natürlich doch um den Fidl. Was, wenn er wirklich im Sterben liegt? Hätte ich sie doch nicht allein fahren lassen sollen? Dann zwinge ich mich anzufangen, es hilft ja nichts. Das Leben muss gelebt werden. Also packe ich die Emma zusammen, was ausnahmsweise keiner Überredungskunst bedarf. Sie liebt die Textilstube. In der Kinderecke gibt es nicht nur Woll- und Stoffreste, sondern, neben unzähligen Schachteln mit Perlen, Pfeifenputzern und vielem anderen Krimiskrams, auch eine kleine Nähmaschine.

Als ich sie bei den Schwipps-Schwestern abgeliefert habe, fahre ich mit dem Tiger zum Alten Rathaus und bespreche den Ablauf mit den Senioren. Punkt halb neun, wie abgemacht, stelle ich die Lämmerkiste mit meinem Werkzeug auf dem Parkplatz ab und hol den großen Anhänger von der Weide, dann manövriere ich die Ladefläche zum Hintereingang, wo sie gestern schon angefangen haben, die ganzen Sachen zu stapeln. Lauter Glasgefäße lade ich auf. Manche mit flachem Boden und weiter Öffnung, andere mit einem Birnenbauch, mehreren Hälsen und aufgedruckten Messeinteilungen. Die mit ihrer Molekularküche!

«Obacht auf die Spinne», ruft die Burgl, ich hebe den Fuß, um das Krabbeltier nicht zu zertreten, und stolpere fast, doch die Burgl deckt nur das fragile Glasteil mit mehreren Schraubverschlüssen ab, das aus einem Karton herauslugt.

«Wofür ist das?», frage ich.

«Ach nichts, damit trennen wir die Dings, die Flüssigkeiten.»

«Was für Flüssigkeiten denn, Rahm, Milch und Wasser?» Die nehmen die Gaumenkitzlerei ernst! Ich schraube das Gestell von der Wand ab, so ein Gitterspalier aus Edelstahl, an dem noch Plastikklemmen hängen.

«Ja, genau. Soßen zum Beispiel, wie beim Fondue.»

Schnaufend stellt die Burgl große Kochtöpfe ineinander. Moment mal, Fondue? Schweres Käsefondue in solch feinen Glaskolben? Und wie bringt man das dann raus? Mit einem Korkenzieher vielleicht? So ein Schmarrn. Mir fällt es wie Schuppen von den Augen. Diese Schuppen müssen verdammt lange auf meiner Kopfhaut herumgelegen haben, vom ersten Tag an, als ich den toten Wickerl gefunden hab und erst jetzt mit dem inneren Nicken sind sie mir auf die Wimpern runtergebröselt, nur so kann ich mir erklären, wieso es ‹Schuppen von den Augen› heißt und nicht ‹Schuppen vom Schädel›.

Wenn mir die Sophie gestern nicht die Fotos gezeigt hätte, würde ich immer noch glauben, dass die *Gemeinsam Dabeiseier* für die Lange Tafel Rezepte ausprobieren. Von wegen Hobbyküche und Nachäffen von vorgekochtem Promibatz.

«Jetzt sag ich dir was», sagt die Burgl, die mich anschaut. Hat sie gemerkt, was mir gerade durch den Kopf gegangen ist?

Ich lasse das Werkzeug sinken und lausche gespannt, während es in meinem Kopf weiterrattert. Eingelullt haben mich die Senioren, wir halten zu dir, Muck, von wegen! Weder Ochs noch Kuh bin ich, nur ein riesengroßes Rindvieh, dass ich die Zusammenhänge erst jetzt kapiere. Bis ich selbst mit drinstecke und mein Maul halten muss. Angefangen mit der Ansteuerung der Münchner Apotheke, kaum dass sie aus dem Bus ausgestiegen sind. Warum hab ich mich da schon nicht gefragt, was das soll? Normalerweise versorgt sie doch der Panscher mit allem, was sie an Medikamenten brauchen, er sitzt hier in Pöcking an der Quelle. Angst vor Erkältung, dass ich nicht lache, die Halstücher haben die benutzt, um so zu tun, als seien sie alle krank, um in der Apotheke glaubhaft Grippemittel in Unmaßen einheimsen zu können. Wer weiß, ob die nicht noch weitere abgeklappert haben. Dann die Flüssigkeiten, kanisterweise, in Kopfkissen gepolstert, und den neuen, langen Metallkamin mit eingebautem Filter. Aber warum nehmen die ausgerechnet mich zum Umziehen, wo sie doch wissen, dass die Sophie bei der Drogenfahndung ist? Apotheke hin und her, da können sie sich mit Altersschwäche oder sonst was immer rausreden, aber diese Ausrüstung hier, die verrät sie ein für alle Mal.

«Burgl, leg los, Zeit für die Offenbarung», sporne ich sie an.

«Ja, Muck», sie lächelt und holt Luft. «Eigentlich bin ich ein geduldiger Mensch, genau wie du, deshalb verstehen wir beide uns, gell? Was ich dir jetzt anvertraue, gilt nicht nur für mich, sondern für alle hier. Früher bist du zu nichts gekommen, weil dir die eigene Brut den letzten Nerv und Pfennig, später Cent, aus

der Tasche gezogen hat, bei aller Liebe, es ist doch so. Stimmt's?»
Sie sieht in die Runde, und wie im Chor bejahen sie alle.

«Und kaum bist du aus dem Arbeitsleben entlassen, wollen dich die Jungen einspannen, weil sie auf einmal selbst in der Zwangsmühle drinstecken und wen brauchen, der auf die Schratzen aufpasst, sich um den Garten kümmert, die Wäsche bügelt und und und. Natürlich alles gratis und möglichst ohne Kommentare. Von früher, der guten alten Zeit, darfst du schon gar nicht reden. Dir gegenüber nehme ich jetzt mal kein Blatt vor den Mund.» Mit einem Seitenblick zu ihrem Mann räuspert sie sich, strafft den geblümten Umzugskittel. Ein Glück, dass ich mich wie jeder Familiennachzügler auch in Ruhe schicken kann. Trotzdem frag ich mich, was jetzt kommt.

«So was von froh bin ich», fängt die Burgl wieder an. «Endlich gibt es Interessanteres in meinem Alltag als nur den Stuhlgang von meinem Mann, den er mir jedes Mal nach erfolgter Tat genauestes beschreiben muss. Größe, Konsistenz, Art des Herauspressens, ich kann's nicht mehr hören. Und hab auch keine Zeit mehr, seit ich hier mitmische. Das ist noch nicht alles.» Und wie sie mir ihre Mischung erklären will, funkt der Panscher dazwischen, der unser Gespräch mit angehört hat. Ob ich ihm dort drüben beim Schrankzerlegen helfen könnte.

«Habt ihr das mit dem Wickerl und seinen Drogen eigentlich gewusst?» So beiläufig wie möglich lasse ich es klingen.

Die Kirchbach Gretl kichert: «Mei Muck, du wohnst schon wirklich ganz weit ab vom Schuss. Das hab ja sogar ich mitgekriegt, wo ich mich eigentlich nicht für so Grusch interessiere. Aber als ich mal bei der Hendlbude angestanden bin, ist so ein Bursche mit seiner Stranitzen weggerannt und über meinen Rollator gestolpert.»

«Stranitzen?»

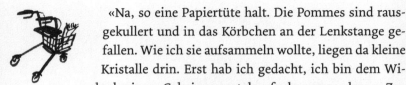

«Na, so eine Papiertüte halt. Die Pommes sind rausgekullert und in das Körbchen an der Lenkstange gefallen. Wie ich sie aufsammeln wollte, liegen da kleine Kristalle drin. Erst hab ich gedacht, ich bin dem Wickerl seinem Geheimrezept draufgekommen, dass er Zucker an die Hendlmarinade tut, aber der Panscher hat gesagt, dass das dieses Teufelszeug ist.»

«So so, schön, Gretl. Aber jetzt müssen wir doch mal weiterarbeiten, sonst kommst du heute noch zu spät zu deinem Rosenkranz.» Der Apotheker klatscht in die Hände und schiebt die Mesnerin samt Rollator zur Seite. «Du wolltest doch die Gläser noch einpacken?»

Ich hab genug gehört, jetzt weiß ich auch, warum es ihnen nach der Ingrid ihrem Tod so rapide besser ging. Mit ihrer Geschäftsidee konnten sie sich natürlich selber aus der Depression hieven. *Cooking for Everybody*, ob da auch der Fidl mit drinsteckt? Das reinste Crystallabor betreiben sie, und die Gretl hat mir soeben verraten, was der Auslöser war.

Kochbeihilfe
20.

Jedenfalls kenne ich eineinhalb Stunden später jede Art von geräuschvollem Luftablassen, die ein Sechzig Plusler beim Schleppen von ein paar Kisten von sich geben kann. So komme ich nicht mal dazu, den Pflegedienst abzusagen. Jedes Mal, wenn ich es ansprechen will, knarzt es in irgendwelchen Gelenken, oder der Melcher atmet so tief ein, dass ich glaub, er kraxelt nie mehr aus seiner Lungenschlucht heraus. Am liebsten würde ich sofort zur Sophie rennen und ihr von meiner Erkenntnis berichten, aber die Alten werden schon nicht in Massen flüchten. Wenn ich beim Umzug mithelfe, dann hab ich sie im Blick, und die Sophie kann sie auch nachher im Schwipps-Schwestern-Laden alle zusammen verhaften, da ist dann auch das ganze Laborzeug als Beweismittel dabei.

Mit dem ersten vollen Anhänger kurve ich wieder zur Textilstube. Das Geschäft ist geöffnet und schon voller Leute. Brav stelle ich mich in der langen Schlange vor dem Stofftresen an. Ich brauche den Schlüssel für das schwere Vorhängeschloss, das den Kellereingang verriegelt, in den du außen herum durch den Garten reinkommst. Fragen oder Fuchteln nützt hier nichts. Einen Gruß kriegst du, wenn du zur Tür reinkommst, sogar mit persönlicher Namensnennung und Doktor- oder Adelstitel, wenn vorhanden, aber sonst erst mal nichts. Strenge Disziplin herrscht in den zwei Geschäftsräumen, das Militär ist ein Kindergarten dagegen. Bei den Stoffen und Nähgarnen führt die eine, in der Nachbarabteilung für Wolle und Strickzubehör die andere Schwippsin ihr strenges Regiment. Auch wenn ich keine Kundschaft bin, hab ich mich genauso hinten anzustellen, gleiches Recht für alle, schließlich ist der Kremper Annelies die Regina oder Regia im letzten Zipfel des zweites Sockens ausgegangen, und die Meersberger Traudl weiß nicht, wie man eine Tasche verhaspelt oder -paspelt, vielleicht hab mich auch verhört.

Ich schau zur Emma, die in der Nähecke ganz vertieft an was aus Stoffstücken schneidert. Kriegt der Kohl einen Badeanzug? Wie ich sehe, näht sie nicht, sondern klebt die Stoffstücke zusammen. Ganz der Vater, ich arbeite bei meinen Möbeln auch nicht mit Nadel und Faden.

Vergeblich versuche ich der Berta oder der Erna (hoffentlich können die beiden sich selbst auseinanderhalten) mit einigen Gesten zu signalisieren, dass sie mir nur schnell den Schlüssel herwerfen soll, damit ich abladen und die nächste Fuhre holen kann. Aber: Beratung geht vor. Nicht nur genau, sondern auch ausführlich, Näh- und Strickanleitung inklusive. Für dein Geld kriegst du einen Handarbeitskurs gratis dazu. Vor mir stehen ein paar Frauen, die ich noch nie gesehen habe. Dem Dialekt nach stammen sie aus der Peißenberger Gegend, bei ihnen wird aus jedem S ein SCH. Schtrümpf mit oder ohne Ferschn, heißt dann die Fußbedeckung bei ihnen.

Von den Textilstubenzwillingen ignoriert, werde ich dafür von den Kundinnen beäugt. Ich hoffe, dass es das übliche Exotische ist: Was sucht ein Mann im Handarbeitsladen? Oder hat sich die Hendlmordanklage bis zu den Alpen rumgesprochen? Und wenn, dann soll's mir auch gleich sein. Ich spüre ihn schon auf, den richtigen Zuständigen, und dann setzt es was. Handschellen und mehr. Normalerweise nehme ich mir gern Zeit, hier rumzustehen, das bin ich seit Kindheit gewohnt, wo mich die Mama mit hergeschleppt hat. Damals gab's noch keine Kinderecke, die Schwipps gehen nicht nur bei den neuesten Stricktrends mit der Zeit und bieten ihrer Kundschaft was.

Ich musste noch mit Nasenmanndl-Verbot strammstehen und gehorsam mitwarten, durfte nicht mal ‹pst› sagen, damit die Mama nichts von den Kundengesprächen verpasste. Erst mit dreizehn traute ich mich, solange draußen zu warten, obwohl es da genauso fad war wie drin, weil ich ja nicht auf der Friedhofsmauer balancieren durfte. Überhaupt war das eine dermaßen langweilige Zeit damals, bei der Warterei jetzt fällt es mir wieder ein, wie viele Stunden ich hier schon gestanden bin. Noch schlimmer wurde es dann ohne Wolfi als Freund und ohne Indianer-Figuren.

Ich fische das Bleichgesicht aus meiner Hosentasche und betrachte es. Die anderen Plastikmännchen, die ich von meinen großen Brüdern geerbt und mit Farbe selbst aufgefrischt habe, haben nicht überlebt, als ich mit dreizehn glaubte, zu alt zum Spielen zu sein. Jedenfalls hab ich das eines Tages beschlossen und in unserem Badofen, einem schmalen Kaldeweit, ein Feuer gemacht. Als er zu bullern anfing, formierte ich Bleichgesichter und Indianer sorgfältig auf dem Wannenrand. Ein letzter gemeinsamer Kampf gegen ein feuerspeiendes Ungeheuer stand ihnen bevor. Mit jaulendem Schlachtruf warf ich einen nach dem anderen in die Glut und schaute ihnen beim Zusammenschmelzen zu. Auch der Winnetou verlor die stolzen Gesichtszüge, ließ die Mundwinkel hängen, rollte seinen Kopf ein, bog sich bis zu den Mokassins hinunter und verklumpte zu einem Stumpf. Das Plastik tropfte durch den Gitterrost, und die Asche fing zu brennen an. Ich hab versucht mit einer alten Shampooflasche zu löschen.

Nach Zeter und Mordio hat die Mama geschrien, wie eine Stichflamme aus dem Ofen gehupft ist.

Heißen so die zwei Neuen bei der Feuerwehr, hab ich mich gefragt. Tatsächlich ist dann der große Einsatzwagen angerückt, mit zwei Kerlen in voller Montur. Die haben für einen Schweinsbraten und einige Maß Bier hinterher den Brand vorher gelöscht. Nur einen, den Old Shatterhand, warum ausgerechnet den, weiß ich auch nicht, hab ich mir als Notreserve aufgehoben, falls noch mal ein Spieldrang daherkäme. Ohne Traktorführerschein, den ich endlich mit vierzehn machen durfte, wäre ich damals wahrscheinlich vor Langeweile gestorben. Erst hat mich also der Tiger gerettet und ein paar Jahre später die Sophie.

Auch wenn ich also diesem Meditationsraum, Textilstube genannt, meine innere Ruhe verdanke, quetsche ich nun doch den Old Shatterhand in meiner Hand zusammen. Normalerweise erinnere ich mich gern an früher und lerne von mir aus auch was über Revers und das möglichst faltenfrei ordentliche Ausbügeln von Busenabnähern dazu, aber heute bin ich auf Kohlen. Je länger die Berta die Nahtzugabe ausrechnet, vom Verstürzen redet und erklärt, von welchem bis zu welchem Stich der Stepplinie der Gabardine schräg eingeschnitten wird, wurlen mir der Fidl im Krankenhaus und die Senioren im Hirn rum. Was soll ich denn nun der Sophie erzählen?

«Telefon für dich, Muck.» Die Bertaerna winkt mich hinter das Garnregal, wo noch ein Apparat mit Wählscheibe und Gabel hängt. Ich hör meine Sophie schluchzen, wie ich drangehe, und im Laden ist es auf einmal mucksmäuschenstill. Der Melcher Sepp betritt, schwer schleppend und keuchend wie zehn Brauereirosse, hinter mir den Laden. Er stellt einen Kupferkessel ab, in dem Schläuche und Trichter liegen. Mit meiner verdammten Hilfsbereitschaft hab ich mich sauber in die Nesseln gesetzt. Ich helfe diesen Drogenköchen beim Umzug und werde womöglich unter Umständen vielleicht sogar deswegen mit eingesperrt, wenn es rauskommt. Und nun ist auch noch der Fidl tot.

Rotzverdacht

21.

«Ist der Fidl gestorben?», frage ich so leise wie möglich in den mit einem Ringelbezug bestrickten Hörer. Sämtliche Blicke sind auf mich gerichtet, auch der der Bertaerna, die ihr Beratungsgespräch unterbrechen musste.

«N-nein», schnieft Sophie am anderen Ende der Leitung. «Sie haben Vorhofflimmern beim Papa festgestellt. Einen Herzschrittmacher soll er eingesetzt kriegen, aber der Dickschädel will sich nicht operieren lassen. Kannst du herkommen und ihn überzeugen?»

«Ich versteh doch auch nichts davon.»

«Darum geht's nicht. Der Arzt hat ihm alles Medizinische erklärt. Es ist ein Routineeingriff, aber der Papa stellt sich taub. Auf dich hört er.»

Ich hab da so meine Bedenken, doch ich kann meiner Frau diese Bitte natürlich nicht abschlagen. «Bist du auch noch da, im Krankenhaus, wenn ich, sagen wir, in einer Stunde losfahre?»

«Das ist zu spät. Der Fidl soll zwar erst heute Nachmittag operiert werden, aber ich muss längst im Präsidium sein.»

«Dann in einer Dreiviertelstunde?»

«Mach dich bitte so schnell wie möglich auf den Weg.»

«Einverstanden. Ich muss mit dir reden, ich hab was entdeckt.» Lieber jetzt als später, dann ist es raus. Das Telefonkabel über die Maßen gedehnt, stell ich mich mit dem Rücken zu den Leuten, in das Reißverschlusseck. Ich lege die Hand um Mund und Hörer, sodass ich mich selbst kaum verstehe. «Die Apparaturen zur Drogenproduktion …», wispere ich. «Die du mir gestern auf den Fotos gezeigt hast, genau solche benutzen die Senioren …»

Es tutet, die Verbindung ist unterbrochen. «Hier, du kannst loslegen.» Die Bertaerna wedelt mit dem Schlüssel und nimmt mir den Hörer ab. «Montier uns nach dem Abladen noch den Abzug hinten raus in Richtung Friedhof, da stört es keinen mehr. Nicht zur Straße, sonst beschweren sich wieder alle. Danach stell den Anhänger wieder vors Alte Rathaus, wir beladen ihn selbst noch mal, solange du im Krankenhaus bist.»

Woher weiß sie das mit dem Fidl? Den Umzüglern hab ich zwar von seinem Befinden erzählt und dass ich auf Sophies Anruf warte, aber nicht, dass ich jetzt nachkommen soll. Das wusste ich ja selbst noch nicht. Hat sie auch hellseherische Fähigkeiten wie die Emma? Der andere Zwilling steht immer noch hinter der Theke mit einem Schnittmuster in der Hand, also ist die hier die Ernaberta.

Mit der Emma auf dem großen Tigerradsitz kupple ich den leeren Anhänger im Oberdorf ab und hänge die Lämmerkiste wieder auf die Hydraulik zurück, die will ich lieber dabeihaben. Die Kiste ist für mich so was wie für die Damenwelt ein Handtascherl, hier hab ich das Wichtigste drin, ein Verbandskofferl mit Notfallmedizin, mein Schreinerwerkzeug, einen aufblasbaren Rettungsreifen, eine Decke, kurz, alles, um schnell bei irgendwas helfen zu können. Die Senioren bedanken sich überschwänglich, nachdem ihnen der Melcher was zugetuschelt hat. Ich sei ein kommoder Kerl und würde so zu ihnen halten wie sonst niemand weit und breit.

«Ein Segen für ganz Pöcking», sagt die Gretl und signiert mir mit ihrem verkrümmten Daumen ein schnelles Kreuz auf die Stirn. Ihre Huldigungen werden sie noch bereuen, sobald die Sophie über ihre Machenschaften Bescheid weiß. Ich hab den Zweitapparat in der Textilstube gesehen, vor der Abstellkammer, mit einem gepunkteten Stoff ummantelt, den die Ernaberta zum Abhören von meinem Telefongespräch benutzt hat.

«Das vergessen wir dir nie, Muck», heucheln sie und schenken der Emma eine Tüte Gummibärchen. Ich weiß gar nicht, ob wir von denen noch was annehmen sollen? Aber die Tüte ist zugeschweißt, und das Haltbarkeitsdatum ist kurz vor Emmas achtzehntem Geburtstag, also lasse ich sie ihr. «Jetzt sag bitte schön, wie viel wir dir schuldig sind, ja?»

Ich druckse herum, wenn ich die Arbeitsstunden wirklich in Rechnung stelle, dann kriegen sie mich sogar noch schriftlich dran, schwarz-weiß zum Abstempeln. Nicht nur als ahnungslosen Fahrer, sondern ganz konkret, als Beihilfe zur Drogenherstellung. Ich will eigentlich nicht gleich wieder in einer Starnberger Nasszelle landen. So viele Jagdscheine kann der Wolfi auch nicht gefälscht haben, dass mich die Sophie ein zweites Mal rausboxen kann. «Das passt schon. Ich hab euch gern geholfen.» Was stimmt und nicht notgelogen ist. Anfangs konnte ich doch nicht wissen, was ich da umziehe.

«Auch was man gern macht, darf was kosten. Du musst deine Familie durchbringen. Hier.» Der Melcher zieht einen Zweihunderter aus dem Geldbeutel. Die werfen nur so um sich mit ihrer Kohle. Von wegen angespart, *erdealt* würde ich sagen. Aber noch schweige ich darüber.

«Ich nehm nichts, basta. Ihr habt mir für die Münchenfahrt schon viel zu viel bezahlt.» Oje, das Geld ist sogar zum Teil schon weg, und wenn ich den Rest jetzt dem Fidl mitbringe und ihm erzähle, was die Alten machen, da kriegt der noch vor der Operation einen Herzinfarkt. Zwickmühle pur.

«Jetzt nimm schon.»

Ich weiche dem Melcher aus, als er mir den Schein zustecken will.

«Na gut. Dann halt nicht.» Endlich gibt er auf. «Dafür bist du der Erste, der unser Werk probieren darf.»

«Ich und probieren?» Ich greife mir an den Hals, mir brennt das Hirn sowieso schon von der ganzen Denkerei, da brauche ich keine weitere Stimulanz. «Mischt ihr auch Glassplitter rein?»

Der Melcher haut mir ins Kreuz. «Immer einen Spaß auf Lager, was? Du Schlawiner, du bist uns auf die Schliche gekommen.» Er fuchtelt mit dem Zeigefinger vor meiner Nase. «Dabei wollten wir es eigentlich erst an der Langen Tafel lüften, dir kann man nichts vormachen. Aber bitte behalte es noch für dich.»

«Das werde ich nicht tun», sage ich und merke wie die anderen beiden, der Rossi auf Rädern, der Pflaum auf besockten Trekkingsandalen, näher rücken. Raus damit, egal was passiert. Jetzt bereue ich es, die Emma dabeizuhaben. Jeder andere Ort scheint mir momentan kindersicherer, besser, sie wäre in der Textilstube geblieben. Die Pflaum Burgl lockt sie zum Hintereingang. Angeblich hat sie noch Spielzeug dort, was von der letzten Tombola übrig geblieben ist. Was soll ich machen? Sie werden mich schon nicht sofort auf der Stelle lynchen. Spieße und Stricknadeln oder alles andere Spitzige habe ich bereits in den Keller verfrachtet. Nur noch die sperrigen Teile, der Ofen und die Spüle, müssen transportiert werden. Wenn sie mich grillen wollen, sind sie gezwungen, mit bloßen Händen auf mich loszugehen, mitten im Dorf, am helllichten Tag, unter dem Auge Gottes, wenn die Ulrichskirche dazuzuzählen ist.

Was rausmuss, muss raus. Ich überwinde mich. «Auch wenn ich mit drinstecke, weil ich euch geholfen habe, werde ich meinen Mund nicht halten. Solange mich nicht der Wolfi persönlich verhört, gestehe ich alles.»

«Recht so. Der Jäger Wolfi soll lieber selbst aufpassen, dass ihn nicht wer verhaftet.» Der Melcher scheint sich nicht im Geringsten an meinen Worten zu stören.

«So? Wie meinst du das?» Die Sophie wartet, bullert es in mir nach Badofenart, doch das hier muss ich mir unbedingt noch anhören.

«Komm, sag dem Muck, was du gesehen hast», fordert der Melcher den Rossi auf.

«Ich weiß nicht, ob das von Bedeutung ist.» Der Rossi wippt mit dem Kopf wie ein fliegengeplagtes Muli.

«Los, raus mit der Sprache, der Muck soll es wissen.»

«Also gut.» Der Rossi holt Luft und richtet sich im Rollstuhl auf. «Wie du den Wickerl tot gefunden hast und der Bene bei der Polizei angerufen hat...» Er zögert, als wäre das alles Jahrzehnte her und er müsste mir Zeit geben, mich dran zu erinnern.

Ich nicke, um ihn anzutreiben.

«Hast du dich nicht auch gefragt, wieso ausgerechnet der Jäger Wolfi angerückt ist?», ergänzt er endlich.

«Doch, schon», muss ich zugeben.

«Am Telefon war nämlich wer anders», wirft der Bene ein.

«Ein Telefonfräulein vielleicht?», frage ich, obwohl der Sudoku bestimmt kein Fräulein ist, oder doch?

«Fräulein gibt's nicht mehr. Die Polizisten müssen selbst an den Apparat gehen, hab ich gesehen, wie ich mal drunten in Starnberg war, als jemand bei mir eingebrochen ist», sagt der Bene.

«Bei dir ist eingebrochen worden, wann?» Geschickt lenken

sie schon wieder ab, ich falle drauf rein, ich merk's. Obacht, Muck, ermahne ich mich selbst.

«Weihnachten 1952, nein, dass ich nicht lüg, 1953, glaub ich, war das. Aber die haben nicht viel gefunden, weil wir arm wie die Kellerasseln waren.»

«Du meinst, arm wie die Kirchenmäuse.»

Jetzt fange ich auch noch zu seufzen an. Wenn das so weitergeht, dann stehe ich hier noch länger als vorhin in der Textilstube. «Also, was war jetzt mit dem Wolfi, ich muss zum Fidl ins Krankenhaus.»

Endlich überwindet sich der Rossi, beugt sich hinter zu seinem Einkaufsnetz, das am Rollstuhl befestigt ist, holt eine spitze Papiertüte heraus und reicht sie mir.

«Mach auf, aber lang das nicht an, was drin ist.»

Vorsichtig öffne ich die Pommestüte, ein zusammengeknülltes Papiertaschentuch liegt darin, in dem bestimmt irgendetwas eingewickelt ist. Ich will reingreifen und es auffalten.

«Schsch, was hab ich gesagt.» Der Rossi reißt mich am Arm. «Hat dir die Sophie gar nichts beigebracht? Willst du die kostbaren Spuren verwischen? Also, was siehst du?»

«Wem seine Rotze soll das sein?» Ich bin enttäuscht.

«Sieh genau hin, das ist kein Rotz.»

Ich strenge meine Augen an und erkenne zwischen den Falten etwas Rosafarbenes und auch ein paar dunklere Schlieren. «Ketchup?»

«Das ist Blut.» Für einen Moment schließt der Rossi die Augen bei so viel Begriffsstutzigkeit. «Damit hat sich der Wolfi die Schuhe abgeputzt.»

«Wann?»

«Wie der angebraust ist, sind wir alle weg. Wer lässt sich schon gerne freiwillig ausquetschen? Meine Räder haben sich verkantet, ich reiß sie rum und seh, wie der Wolfi die Autotür öffnet, sich über die Cowboystiefel wischt, bevor er aussteigt, und das Taschentuch dann über den Gartenzaun wirft. Ruckediguh, Blut war am Schuh.»

«Vielleicht hat er Nasenbluten gehabt? Oder er war vorher an einem anderen Tatort und wollte nicht das alte Blut mit dem neuen vom Wickerl vermischen.»

«Vielleicht, vielleicht.» Der Rossi runzelt die Brauen und mustert mich. «Gerade sagst du noch, ihr seid keine Freunde mehr, und jetzt verteidigst du ihn?»

Ich weiß selbst nicht, warum ich den Grünpfurz verteidige. Eigentlich freue ich mich ein bisschen, na ja, sogar ein bisschen viel, ja, fast jauchzt es in mir, dass nicht nur ich glaube, dass der Wolfi Dreck am Stecken hat.

«Hier, nimm die Tüte mit und lass es von deiner Frau untersuchen. Das Blut stammt vom Wickerl, ganz bestimmt.»

«Und warum gebt ihr mir das jetzt erst?»

«Weil wir ungern einen anderen hinhängen wollten, selbst den Wolfi nicht. Aber dann, als wir mitgekriegt haben, was er dir angetan hat, haben wir gemeinsam beschlossen, dir das *Corpus Delicti* zu geben, damit du was in der Hand hast, gegen ihn.» So wie die Burgl vom Fernsehen die Fremdwörter lernt, lernt der Rossi sie anscheinend aus dem Internet raus.

«Und wieso soll der Wolfi den Wickerl ermordet haben?»

«Na, wegen der Christl.»

«Die Klunkerchristl, was hat die damit zu tun?»

«Sag bloß, du weißt es nicht. Du und der Wolfi, was war das doch gleich?»

«Was war was? Ein für alle Mal, ich hab mit dem Jäger Wolfi nichts zu schaffen.»

Der Melcher zuckt mit den Schultern. «Sieht man dich, weiß

man sofort, der Wolfi ist nicht weit und umgekehrt. Ihr seid wie das Paar im Wetterhäuschen. Du bist aber unser Sonnenscheinweiberl.» Dass ihm nicht die Zunge abfällt vor lauter Schleimschmalz, wundert mich. Ich verstehe es nicht. Wie alt muss ich noch werden, damit das Jägerlateinische von mir abfällt. Wahrscheinlich sagen das die Pöckinger noch zu ihren Kindeskindern, wenn sie über den Friedhof gehen: Schau, nur der Tod hat sie getrennt, der eine liegt dort, der andere dort drüben, die Freunde fürs Leben. So was pappt stärker an einem als der stärkste Knochenleim. «Also, was hat der Wolfi mit der Christl?»

«Eben.»

«Was?»

«Ein Gspusi, eine Pudervereinbarung, ein Techtelmechtel, nenn es, wie du willst. Mensch, Muck, ganz den Durchblick scheinst du nicht zu haben.»

Da ist was Wahres dran, bisher dachte ich, ich kenne jeden hier, aber Kennen und Wissen sind zweierlei Gummistiefel. Und ausgerechnet wo jetzt der Emil mit der Klunkerchristl ihrer Tochter befreundet ist. Wie ich es drehe und wende, ich komme dem Wolfi einfach nicht aus. «Und was hat das Verhältnis, wenn es denn eins ist, mit dem Mord zu tun?»

«Wenn meine Freundin ständig beim Wickerl herumstehen würde, hätte ich auch was dagegen.»

Also nur weil die Chakrabesitzerin beim Wickerl eingekauft hat, soll der Wolfi ihn umgebracht haben? Das ist mir zu wenig. Genug spekuliert, ich muss mich schicken, wenn ich das mit dem Fidl seiner Operation hinkriegen soll. St. Ulrich schlägt elf Mal, ich muss zur Sophie und das mit der Kocherei sagen, ja genau. Es blinkt in meinem Hirn wie wild: Herrschaften, ich durchschaue euch. Ihr könnt euch mit zuckenden Mundwinkeln abwenden, aber ich weiß, ihr wollt nur ein Grinsen verbergen. Mit dem Wolfi seinen Heimlichkeiten wolltet ihr nur von euch ablenken – und um ein Haar hätte es funktioniert. Ich könnt ja nicht wissen, dass ich so ein Lamperl da oben eingebaut hab, das wie eine Notbremse funktioniert.

«Halt, stehen bleiben.» Mist, ich höre mich schon wie der Wolfi an. «Ich weiß dass ihr dieses Zeug, dieses Crystal, produziert, ich hab die Apparate gesehen, sogar selbst in den Textilstubenkeller getragen. Also gebt es zu, und ich versuche bei der Sophie ein gutes Wort einzulegen, noch habt ihr ja keine Drogen verkauft, hoffe ich zumindest.» So, jetzt ist es raus.

Die drei sehen mich an, der Bene blinzelt, der Melcher kratzt sich am Ohr, wenn der Rossi sich noch den Mund zuhält, erinnern sie stark an die drei Affen. Nichts sehen, nichts hören, nix Ding. Plötzlich brechen sie in schallendes Gelächter aus. Dem Melcher wackelt der Bierbauch, der Bene verschluckt sich fast, und den Rossi wirft es in seinem Rollstuhl umeinander, als wäre der elektrisch. Normalerweise lache ich gerne mit, auch über Witze, die ich mir selbst erzähle, aber was war denn an meinen Worten so lustig? Und dann verraten sie mir endlich, was es mit den Laborgerätschaften auf sich hat.

Todesengelmeditation
22.

Mit dem Rücken zur Tür liegt der Fidl eingemummelt im Bett, nur das Franzosenkappi lugt aus dem Kopfkissen wie eine Diskusscheibe, die hier gelandet ist. Ein Häufchen Elend im Luxuskrankenzimmer. Mein Schwiegervater nimmt uns gar nicht wahr, als ich mit Emma zur Tür reinkomme. Ich höre etwas plätschern, benutzt er gerade die Bettpfanne? Da entdecke ich auf dem mit Ahorn und Eibe furnierten Edelholztischchen den kleinen Springbrunnen. Im ausgeschalteten Zustand habe ich das Teil bei meinem ersten Besuch für ein ausgefalleneres Blutdruckmessgerät gehalten. Über eine Säule rieselt das Wasser in verschieden große Schälchen hinab. Vielleicht sollte ich solche Kaskaden auch in unserem Bad einbauen, dann könnte ich mir das Entkalken sparen. Emma zögert, zu ihrem Opa zu gehen, versteckt sich hinter mir und umkrampft meine Hand.

«Grüß dich, Fidl, schläfst du noch?», rede ich ihn an.

Die Bettdecke bewegt sich, Nase und Schnurrbart werden unter dem Kappi sichtbar. «Hei, ihr zwei seid es, ich dachte die Schwester will mich wieder drangsalieren.» Er wirkt erleichtert. «Die Sophie musste leider schon weg.» Anscheinend hat sie ihn einigermaßen beruhigen können. Ein Felsklumpen fällt von mir ab. Auf der Fahrt hierher, noch ganz verwirrt von den *Gemeinsamdabeiseiern*, wollte ich mir verschiedene Strategien zurechtlegen, wie ich Fidl von der Operation überzeugen könnte, doch Emma mit dem geschenkten Rucksack von der Burgl auf dem Schoß, aus dem das Kohl-Schaf rausschaut, hat mit mir die Fuchsfalle besprechen wollen, sodass keine Gedanke für was anderes blieb.

«Schaut mal, das Wasser ändert die Farbe.» Mit einem Kopfschlenkerer zeigt Fidl auf den Springbrunnen. «Da könnte ich stundenlang zuschauen.»

Wirklich, jetzt sehe ich es auch, es leuchtet mal grün, mal gelb, mal lila. Emma traut sich trotzdem nicht hinter mir vor. Ich setz mich in einen Sessel, sodass Fidl seinen Kopf nicht weiter verrenken muss, und ziehe meine Tochter auf den Schoß. «Was hast du?», frag ich sie flüsternd.

«Angst.» Sie vergräbt sich in meinem Strickpulli.

«Wovor denn?» Emma schweigt und zittert, ich drücke sie an mich und halte sie fest umschlungen. «Edel hier», sage ich laut zu meinem Schwiegervater. «Mit dem Clubtisch und so überhaupt, die ganze Einrichtung. Da kann man doch nur wieder gesund werden, geht's dir denn besser?»

«Es muss.» Er presst die Lippen zusammen, dass sein Schnurrbart ans Kinn stößt, und kratzt an seinem Nikotinpflaster-Arm herum.

Auf die Krankenhausrechnung und wie wir die bezahlen sollen, bin ich wirklich gespannt. Oberflächlich nobel sieht es hier zwar aus, aber ich wette, dass auch hier ein Stuhl aus dem Leim geht oder ein Bett wackelt. Kurz, Schreinerarbeiten werden bestimmt auch hier gebraucht. Nur, ob das reichen wird? Stichwort Geld, mir fällt was ein. Ich lupfe mein Portemonnaie. «Die Senioren haben mir viel zu viel für die Fahrt nach München gegeben, hier das Restgeld ist für dich, und schöne Grüße von allen soll ich ausrichten.»

«Behalt es, es ist deins, mersse dir, dass du eingesprungen

bist.» Seine Finger schnellen erstaunlich gschwind unter der Decke hervor und drücken auf ein paar Knöpfe an der Bettgestellkante. Das Fußteil ruckelt hoch, Fidls Quadratlatschen mit den Hammerzehen schieben sich aus den Laken wie zwei Lastkähne aus der Donau. «Sakra.» Er flucht und drückt einen anderen Knopf. Das Fußteil senkt sich wieder, und das Kopfteil summt hoch.

Ich steck die Scheine wieder ein. «Aber nur, wenn ich das Geld als Anzahlung für die Klinikkosten nehmen darf, auch wenn es ein Tropfen auf den heißen Stein ist, bei dem Prunk hier.»

«Das braucht es nicht, ist alles bezahlt.» Fidl setzt sich auf und rückt den verrutschten Alpinohut auf seinem Kopf zurecht.

«Von wem?»

«Ich hab's der Sophie vorhin auch schon erklärt. Die *Gemeinsam Dabeiseier* haben mich mit in ihren Fonds aufgenommen, wenn wem was von uns passiert, dann wird das geregelt.»

Die Senioren mit ihrer vermaledeiten Geheimniskrämerei! Um ein Haar hätte ich sie angezeigt.

«Und wegen dem Schlüssel ...», fährt Fidl fort. «Ich war mir so sicher, dass der Pflaum junior ihn eingesteckt hat. Dabei hatte ich ihn in der Schlafanzughosentasche, als ich auf der Wiese geturnt hab. Diese Hosentasche benutze ich eigentlich nie, weil sie so windig ist und mir ständig die Zigaretten rausfallen.»

«Apropos Pflaum Willi.» Das bringt mich auf einen Gedanken. «Er hat dich heimgefahren, hat er gesagt.»

«Heimgefahren, fff!» Fidl bläst durch die Zähne. «Das hätte es gar nicht gebraucht, ich hätte am Bahnhofsparkplatz im Bus meinen Rausch ausgeschlafen, aber der Willi wollte unbedingt fahren.» Aus dem Pflaum seinem Mund klang es anders: ‹Vielleicht würde der Fidl heute noch ums Bahnhofsrondell mit der Sisistatue kurven, wenn ich nicht ins Lenkrad gegriffen hätte.›

«Er sagt, du, der Wolfi und der Kraulfuß, also ihr vier hättet Karten gespielt, stimmt das?» Mal sehen, wie es mit dem Wolfi und dem Fischtandler seinem Alibi ausschaut.

«Wieso?» Fidl mustert mich. «Ein schlechter Verlierer war er schon immer, dein Jägerspezi.» Ich gönne ihm den Spaß mit dem Wolfi, heute hab ich schon genug derlei Anspielungen ertragen, da kommt's auf diese eine auch nicht mehr an. Wenn's ihn erheitert, geht es mit ihm aufwärts. «Freiwillig würde ich mit dem nie im Leben schafkopfen.»

«Ist das Würmstüberl eine Zwangskneipe, wo du dein Bier nur in Kombi mit ein paar Kartenrunden kriegst? Das ist mir neu.»

«Was denkst du denn?» Fidl verschränkt die bleichen Arme vorm Unterhemd. «Ich hab das nur wegen dir getan. Ich wollte schon *ewig* herausfinden, was der Jägerlateiner mit dem Reh, das sich bei dir im Schafzaun verfangen hat, gemacht hat. Wo der Depp sich doch so unnötig aufführen musste, so was soll er sich für seine Jäckenrede am elften Elften aufheben.» Der Fidl redet sich in Rage. Ich krieg direkt Angst um sein flimmerndes Herz. «Als wenn nicht auf jeder Straße hundert Mal mehr Rehe tagtäglich zusammengefahren werden und die Großbauern mit ihren Monstermaschinen das Wild gleich klein häckseln. Nach denen kräht kein Hahn, da wird dann nur gejammert, ob's die Versicherung zahlt. Von wegen, es wäre auch noch trächtig gewesen. Ein Schmarrn, ein solcher. Jetzt weiß ich es.»

«Trächtig?» Oja, es tut mir doppelt und dreifach leid, aber was kann ich dafür? Soll ich besser ein Wanderschäfer werden, ohne Zaun meine Tiere grasen lassen, nur damit mir nie wieder ein Wild ins Quadrat kommt?

Der Fidl zwirbelt sich die grünen Bartspitzen.

«Zerlegt und eingefroren hat er's, und jetzt versucht er, sich Freundschaften damit zu erschleichen. Dem Kraulfuß hat er ein

Wildbret spendiert, damit der einem Weib mal mit was anderem imponieren kann als nur mit einem Grätensalat. Hat aber auch nichts genützt. Den Fischgeruch kriegst nicht heraus, da kann sogar das wildeste Wild nichts machen. Die Rothaarige ist dem Fritzl halt doch draufgekommen, dass nur ein Fischstäbchen in ihm steckt, und hat ihn sitzenlassen. Also hat er anschließend seinen Kummer mit uns runtergespült. Aber dem Wolfi war die Jammerei vom Fritzl schnell zu blöd, und er hat sich vorzeitig aus dem Staub gemacht.»

«Ach.» Ich spüre, wie es in meinem Hirn funkt. «Und um wie viel Uhr ist der Wolfi weg?»

«Das weiß doch ich nicht mehr, in meinem Glas ist keine Uhr drin. Wenn du's unbedingt wissen musst, dann frag halt den Kraulfuß, der hat doch so ein fettes Teil am Handgelenk baumeln, womit er von der ganzen Welt und sogar vom Meeresboden die Uhrzeiten ablesen kann.»

«Und wie lang ist denn der Fritzl geblieben?»

Fidl kratzt sich unter der Mütze. «So ein, zwei Halbe und ein bisschen klares Obst zusätzlich in den kleineren Gläsern, bis der Wirt zusperren musste.» Er hält inne. «Du fragst mich das Gleiche wie die Sophie, wollt ihr mich testen, ob ich noch zurechnungsfähig bin, oder wie? Ich sag dir was, hier drin ...» Er tippt sich auf die Stirn. «... ist alles noch paletti.»

«Daran zweifelt doch niemand. Wir wollen nur, dass es dir besser geht. Wusstest du, dass dein Förderverein Sisi-Bier herstellt?»

«Ach, haben sie's dir verraten?» Er leckt sich die Lippen. «Eigentlich wollten sie doch noch bis zur Tausendjahrfeier damit dichthalten.»

Per Daumendruck öffnet er eine Schublade des erlenvertäfelten Nachtkästchens und holt aus der Geschenkeschachtel von den

Alten genau so ein Medizinfläschchen heraus, aus dem mir der Melcher vorhin auch was angeboten hat. «Und, wie schmeckt's dir?» Er trinkt es in einem Zug aus, zieht eine Schnute wie bei einer Weinverkostung und schwurbelt das Zeugs ausführlichst im Mund herum, ehe er's schluckt. Anschließend wirft er das leere Fläschchen in die Schublade zurück.

«Ich hab's nicht probiert.» Bier, ob Sisi, Ludwig oder Hasenbräu, schmeckt mir nicht, auch wenn kein Bayer (oder wer sich dafür hält) das jemals akzeptieren wird. Ich könnte zwischen Zahnputzwasser und Starkbier nicht unterscheiden. Zum Fidl sage ich: «Ich muss doch Traktor fahren.» Diese Ausrede wird wenigstens halbwegs angenommen, um seinen Fahrerlaubnislappen hat jeder Angst. «Dass der Melcher zusammen mit den anderen ein eigenes Bier braut! Und ich hab schon Wunder was gedacht, diese Gerätschaften und die Kocherei, das sah wirklich wie ein Drogenlabor aus.» Ich zögere. «Das mit dem Wickerl weißt du, oder?»

«Der Arme, welch grausamer Tod. Die Sophie hat mir gesagt, dass es laut Gerichtsschnipplern zum Glück schnell gegangen sein muss bei ihm mit dem Sterben. Ausgerechnet ihren ersten Fall muss Sophie hier bei uns lösen, hoffentlich schnappt sie die Rauschgiftbande, bevor sie noch ganz Pöcking auf den Geschmack von diesem Kasperlzeug bringt und am Ende noch mal zuschlägt.»

Oha, die Gretl hat es als Teufelszeug bezeichnet, aber der Fidl ist halt härtere Sachen gewohnt. «Dann hast du gewusst, dass der Wickerl mit Drogen handelt?»

«Na ja, dass der außer Fritten und Huhn noch was anderes unter der Ladentheke anbietet, das war bekannt, sogar deinem Exspezi. Der Jägerlateiner war Stammkunde beim Wickerl, schau dir seine Hühnerbrust an.» Fidl tippt sich auf seinen grauhaarig verfilzten Bizeps im Unterhemd. «Der stand oft bei der Hendlbude und hat mit seiner Angeberei und seinen gescheiten Sprüchen die Leute verscheucht. Der Wickerl hat ihm sogar Rabatt gegeben, damit er sich schleicht.»

Mein Verdacht gegen den Wolfi verdichtet sich wie der Mist im Frühjahr, der nach einem langen Winter bis unter die Schafstalldecke ansteht, sodass meine Tiere fast auf den Knien fressen müssen. Jede Gabel ein Kraftakt, bis ich den Mist überhaupt lockern kann.

«Aber jetzt sag einmal, was gibt's sonst Neues zu Hause?» Der Fidl kippt ein zweites Fläschen aus der Schublade und kriegt direkt gute Laune. «Hast du den Hühnerdieb schon gefangen?»

«Emma, erzähl du dem Opa, was du entworfen hast. Wir bauen nämlich was», versuche ich sie, die immer noch in meinem Pulli vergraben ist, rauszulocken. Ihr Kopf glüht, mir ist auch heiß, aber ich will kein Fenster aufmachen, nicht, dass sich der Fidl im Unterhemd noch erkältet.

Die Emma schüttelt kaum merklich den Kopf und kitzelt mit ihren verschwitzten Haaren mein Kinn.

«Wie geht's deinen Windpocken, jucken sie noch recht?», probiert es der Fidl, aber anstatt zu antworten, klammert Emma sich erst recht fest an mich.

Die Tür geht auf. Eine andere Schwester als vorgestern bringt das Essen, zugedeckt mit einer silbernen Warmhaltehaube. Hoffentlich ist nicht nur eine Erbse drunter. Mir knurrt der Magen, es wird Zeit, dass Emma und ich uns was organisieren.

«Das können Sie gleich wieder raustragen, ich hab keinen Hunger», winkt Fidl ab, wie sie ihm ein Tablett aufbauen und über die Bettdecke stellen will.

«Eine Kleinigkeit, Herr Sattler, kosten Sie doch bitte von unserer Mediterrine.»

«Was? Soll ich jetzt beim Essen auch noch meditieren?» Fidl senkt sein Bett und kriecht wieder unter die Decke.

Schwester Yvonne, wie es auf ihrem Schildchen steht, positioniert das Tablett sorgfältig auf dem Nachtkästchen und hebt feierlich die Haube ab. Grün, orange und gelb, so weit das Auge reicht, von einem Tellerrand zum anderen: weichgekochtes Gemüse für Zahnlose, mit Kartoffelpüree vermatscht. Dabei hat Fidl noch fast alle Schneidezähne. «Ich lass es Ihnen mal da, vielleicht kriegen Sie später doch noch Appetit.»

Als sie wieder draußen ist, sinkt Fidl tiefer in die Kissen. «Mir schmeckt nichts mehr. Es ist doch bald aus.» Die Baskenmütze rutscht ihm erneut halb übers Gesicht.

«Was ist los?» Ich leg mit Emma auf dem Arm die Silberhaube zurück, damit der Pampf wenigstens warm bleibt, und setze mich wieder. Meine Tochter klebt immer noch wie eine Büroklammer an mir.

«Die wollen mich aufschneiden und mir so eine Art Uhrwerk reinbauen, das schlägt und schlägt und meine Pumpe wie wahnsinnig antreibt.» Fidl schnieft nun sogar.

«Ein Herzschrittmacher kann dir nicht den Rhythmus vorgeben. Den bestimmst du. Und dir gibt doch ohnehin keiner was vor.»

«Du brauchst mir jetzt nicht auch noch schöntun, das haben die Weißkittel vorhin schon versucht und die Sophie dazu. Es ist, wie es ist, ich mag nicht mehr. Wenn sie mir dieses Scheißding einpflanzen, kann ich nicht mehr sterben, wann ich will, weil eine Maschine mich steuert. Da könnt ihr sagen, was ihr wollt.»

«Papa?» Emma rüttelt an meinem Kragen. «Ich muss aufs Klo», flüstert sie.

«Soll ich mitgehen?», flüstere ich zurück.

Sie rutscht von meinem Schoß, packt mich an der Hand und zerrt mich an Fidls Badtür vorbei nach draußen.

Ich such mit ihr eine Toilette im Flur. «Kommst du da drin allein zurecht?»

Sie nickt. «Wartest du hier?»

«Klar. Sag mal, graust es dich vorm Opa, oder warum wolltest du nicht aufs Klo in seinem Zimmer, das wird doch jeden Tag frisch geputzt?»

«Deshalb nicht.» Emma flüstert wieder. «Ich will nicht, dass der Engel hört, wie ich piesel.»

«Welcher Engel?»

«Der, der hinter dem Opa seinem Kopfkissen steht.»

Oje, sieht sie etwa einen Todesengel? Aber das traue ich mich nicht zu fragen. Vielleicht hat den jeder ab einem gewissen Alter hinter sich rumstehen. Ich muss mir was einfallen lassen. Während Emma im Klo verschwindet – ich sage ihr noch, sie soll sich schön viel Zeit lassen –, sprinte ich in Lichtgeschwindigkeit aus dem Krankenhaus zum Tiger auf dem Besucherparkplatz. Hastig wühle ich in der Werkzeugschachtel neben meinem Sitz, in der ich alle Fundstücke oder bei Reparaturen übriggebliebene Teile sammle. Wie ich finde, was ich suche, rase ich zurück, keuchend, und sehe Emma gerade aus der Klotür kommen. Puh, geschafft. «Ich hab nur schnell was für den Opa geholt», rufe ich von weitem.

«Ich weiß», sagt Emma. «Aber die Batterien sind leer.» Welche meint sie, etwa meine? Ich finde, ich bin top in Schuss für mein Alter. Ein Loch im Hosengürtel weiter alle zehn Jahre, das wird erlaubt sein. Mit Emma im Schlepptau geht's ins Krankenzimmer zurück.

«Fidl, schau her, mit dem Teil hier kannst du später den Schrittmacher aus- und anmachen, so oft du willst.» Ich wedle mit der Fernbedienung von unserem Gartentor, die nie jemand benutzt, weil das Tor Tag und Nacht offen steht.

«Wo hast du das her? Hat dir das der Professor gegeben?» Er streckt die Hand aus.

«Nichts da.» Ich schiebe die Fernbedienung zurück in die Hinterntasche. «Die kriegst du erst, wenn du dich operieren lässt und heimkommst.»

Fischpflanzerlgeständnis
23.

Mit einem Riesenloch im Magen – schließlich können wir dem Fidl seine Mahlzeit ja nicht wegessen – rasen Emma und ich zurück nach Pöcking. Wobei Rasen mit dem Tiger leider ein Tuckern ist. Doch eine Fischsemmel bei *Fischers Fritzl* sollte für den Anfang reichen, dann schauen wir weiter. Wie ich endlich das Kreideschild vor der Ladentür lese, geht mir ein Licht auf. Mit dem Kraulfuß werde ich ein Hühnchen rupfen, mit oder ohne Gräten! Drinnen ist es noch voller als freitags üblich, am salatwurmlosen Tag, wo jeder auf seine katholische Gesundheit achtet. Wenigstens werden wir diesmal von den Hausfrauen und Fitnesssüchtigen gegrüßt. Vielleicht trauen sich die Dorfkollegen einfach vor meiner Tochter nicht, mich zu ignorieren. Oder sie wollen es sich mit der Emma nicht verscherzen, wer weiß, was sie sonst aus ihrer Zukunft herausliest. Der Kraulfuß hat von der Umeinanderhetzerei rote, glänzende Backen wie ein Bratapfel, so brummt sein Laden sonst nicht. Die ausgehungerten Pöckinger, die ganze Woche hendlfrei, sind anscheinend auch mit Meeresfisch, der als «Starnberger See»-Erzeugnis angepriesen wird, zufrieden. Wenn du das Salz abschwappst oder es mit ein, zwei, drei Halben dazu runterspülst, geht's. Beim Metzger ist in einer Wurst schließlich auch kaum noch Wurst drin, und du brauchst für ein Wienerle einen Beipackzettel, so lang wie die Speisekarte eines Fünfzehngängemenüs.

Langsam schieben wir uns, Kundin für Kundin, zur Theke vor. Als die Bierbach Susi, die Frau vom Leichenerwin, an der Reihe ist, schildert sie dem Kraulfuß bis ins Detail den Wettkampf, wie sie und der Konkurrenzbestatter den Wickerl in die Rechtsmedizin überführen sollten. «Als hätten wir es gespürt, dass es einen Umschwung braucht. Man muss mit der Zeit gehen, auch in unserem Geschäft. Der Tod ist nur für die Toten der Garaus, für uns geht's da erst los. Vorgebetet hab ich das meinem Erwin, ihn sogar auf Knien angefleht.» Dick auftragen kann die Totengräbergattin. Du merkst, dass sie in der Theatergruppe des Trachtenvereins als Souffleuse mitwirkt und das Drama in fünf Akten verinnerlicht hat, Schlange hin oder her. «Trotz allem war er skeptisch, ob sich die Investition in so einen Leichen-Rolls-Royce mit Schiebedach lohnt. Dabei hab ich natürlich nicht an Spieße gedacht, eher an Kränze und Gestecke, die in ein normales Auto oft gar nicht reinpassen oder nur zerdrückt werden, aber jetzt haben wir das Rennen gemacht.» Strahlend zahlt sie ihr christliches Ersatzfleisch und zischt ab.

Zwölfeläuten. Wenn wir Glück haben, gibt uns der Kraulfuß überhaupt noch was, seine Mittagspause nimmt er gewöhnlich sehr genau. Ich lure hinter die Theke. An der Metallschiene hängen nur vier der sieben Messer. Nummer fünf und sechs liegen auf den Schneidbrettern. Das siebte, das drittkleinste, wie ich vermutet habe, fehlt. Also doch.

«Bittschön?» Mit einem Kinnzuckerer fordert er mich auf zu bestellen.

«Einmal mit und einmal ohne», sage ich. Emma mag ihre Semmel nur mit Zwiebeln, Ketchup und Mayonnaise drauf, aber der Kraulfuß Fritzl lässt mich nicht ausreden.

«Was ohne?»

«Ohne Fisch, aber mit.»

«Was mit?»

«Mit Zwiebeln und dann noch eine Semmel mit.»

«Mit was?»

«Fisch, oder bin ich hier in einem Gemüseladen?»

«Barsch, Karpfen, Hering, Flunder, Brachse, Zander, Seeforelle, Saibling, Renke?»

«Nicht so viel, das hält doch gar nicht alles zwischen zwei Semmeldeckeln.»

Der Kraulfuß stöhnt und wischt sich mit dem Ärmel die Stirn.

«Ein einziges Fischpflanzerl hab ich auch noch, da ist von allem etwas drin.» Mit seinem größten Messer schneidet er zwei Semmeln auf. Schneiden ist zu viel gesagt, eher rupft er sie auseinander und hilft mit dem Fingernagel nach. Ich schaue mich schnell um, wir sind die Letzten im Laden.

«Hat das Internetsuperding beim Schärfen versagt?» Ich kann es mir einfach nicht verkneifen. Nicht, dass ich mich um Aufträge reiße, obwohl ...

«Das funktioniert pfundig, ich bin nur noch nicht dazugekommen, es auszuprobieren. Du hast selber gesehen, was hier los ist. Der Laden brummt wie sonst noch nie.»

Mir brennt's im Auge, mit anzusehen, wie er sein Werkzeug schindet.

«Gib mir doch lieber ein Seelachsfilet.»

«Freilich.» Er dreht sich um und zieht aus einer Schublade genau das Messer, das ich in der Hendlbude gesehen habe, wischt es an seiner Schürze ab und fieselt vom Seelachs eine Schwarte herunter. Meiomei, wie soll ich das denn in den Mund reinbringen, da brauch ich ja einen Spreizer von der Feuerwehr. Die andere Semmel belegt er mit Zwiebelringen und reicht sie Emma. Zufrieden klettert sie auf einen der alten langbeinigen Hocker, die der Fritzl von seinem Vater aus seinem Kellersaloon abgestaubt hat. Mit Ketchup und Mayonnaise malt sie Muster auf ihre Semmel. Wenigstens sieht sie hier im Laden nichts von Tod und Engel oder Gefahr.

«Hast du dir das Messer selbst aus dem Wickerl seiner Bude geholt, oder hat's dir der Wolfi zurückgegeben?», wage ich mich vor. Deppert oder nicht, ich kann nicht anders.

«Ich weiß nicht, wovon du sprichst.»

«Von diesem Messer, das du in der Hand hältst. Ich hab's gesehen, als ich den Wickerl vorgestern gefunden hab. Du kannst es abstreiten, doch ich hab Zeugen.» Etwas übertrieben, ich geb's zu. Die Alten verdächtigen den Fischtandler nur, vom Messer wissen sie nichts, aber das muss ich ihm nicht auf die Nase binden. «Also sag einfach, wie es war, was du am Abend vor dem Mord gemacht hast.»

Der Semmeldeckel hält nicht auf der Schwarte, der Fritzl spannt ein Gummiband drüber und schiebt mir das Ganze samt einer Papierserviette in Zeitlupe zu. «Zwei Belegte, eine mit, eine ohne, macht sieben Euro zwanzig, sagen wir sieben, weil du's bist.» Die Nachbarschaft zur Apotheke merkst du seinen Preisen an.

«Wie du willst. Ich weiß, was ich gesehen habe.» Ich gebe ihm das Geld und winke der Emma, dass sie vom Barhocker runterrutschen soll und wir gehen können.

«Jetzt bleib schon da, ich sag's dir.» Der Kraulfuß wirft das Messer zurück in die Schublade, bindet sich die Schürze ab und kommt hinter der Theke vor. «Mit dem Mord hab ich ehrlich nichts zu tun. Ich wollte dem Wickerl nur auf vernünftige Art und Weise klarmachen, dass es so nicht geht. Sprich, dass er nicht der neue Kaiser von Pöcking ist. Wenn *er* mehrmals in der Woche aufsperrt, kann *ich* zusperren.»

«War das vor deinem Tête-à-Tête mit der Barbara oder danach?» Sophies Französisch hat auch auf mich abgefärbt.

«Woher kennst du die Barbara?» Der Kraulfuß reißt den Mund auf wie einer seiner Karpfen, von dem nur noch der Kopf auf dem Schneidbrett liegt.

«Die roten Haare von deiner Freundin sind nicht echt», sagt die Emma plötzlich mit ketchupverschmiertem Gesicht. «Sie malt sie sich mit Farbe an und hat sich aus Versehen auch die Haut vollgeschmiert, deshalb hat sie sich nicht zu dir getraut und ist wieder weggefahren.»

Der Kraulfuß lächelt, als er das zu hören kriegt. «Wirklich? Emmakind, du bist ein Schatz. Mir ist es eigentlich gleich, von mir aus muss die Barbara sich gar nicht färben.» Er wühlt in einer Schublade unter der Theke und schenkt Emma einen Radiergummi in Form eines Tintenfischs. Dann rennt er zur Ladentür und hält sie für uns auf. «Ich muss zusperren, Mittag, tut mir leid. Aber danke, Emma, das hat mir echt weitergeholfen.»

«Ich sag deiner Barbara besser nichts von dem Messer und dem Streit mit dem Wickerl, oder?» So leicht lasse ich mich nicht abspeisen, auch wenn ich mit der Fischsemmel eine Woche versorgt bin.

«Streit? Das war keiner, nur eine Meinungsverschiedenheit, eine Richtigstellung unter Geschäftsleuten, ja, eine Fachdiskussion.» Er lässt mich in seine Glupschaugen blicken. Tief, sehr tief. Vermutlich glaubt er, wenn die Emma hellsehen kann, kriegt sie auch Nachnamen und Adresse von seiner Angebeteten raus.

«Jetzt sei nicht so streng mit mir. Nachdem ich umsonst zwei Stunden auf die Barbara gewartet hab, war der Reh… äh, der Braten steinhart und ungenießbar. Ich wollte noch ins Würmstüberl runter, zu Fuß, damit die Fahrerlaubnis nicht wackelt. Wie ich losgehen will, hör ich den Wickerl rangieren. Ich hab mich gewundert, dass der erst um kurz vor elf daherkommt. Sonst stellt er seinen Hendlwagen schon um neun ab. Gute Gelegenheit, hab ich gedacht, den schnapp ich mir. Bei dem läuft nachts, kaum dass er den Anhänger abkuppelt, immer so ein Gesindel rum, deshalb hab ich ein Messer mitgenommen. Ehrlich, nur zu meiner eigenen Sicherheit. Ich hab ihm gesagt, mir ist zu Ohren gekommen, dass er vorhat, ab demnächst mehrmals in der Woche hier seine Hendl zu offerieren. Sprich, ob er das für eine gute Idee hält und so weiter und so fort.» Er wedelt mit der Hand, an der Fischschuppen glitzern.

«Hör auf, mir wird's schlecht von deinem Gesülze.» Ich zupfe mir ein Stück Filet ab. Schmeckt feiner als gedacht, sogar richtig gut. «Das kannst du deinem Wolfi-Kumpan erzählen, aber nicht mir. Also, wie war es wirklich?»

«Genau so, ich schwöre.» Er klopft mir auf die Schulter und schiebt mich noch ein Stück weiter zur Tür hinaus. «Sei nicht sauer, der Wolfi und du, ihr kommt schon wieder zusammen, du wirst sehen. Er hat nur seine Pflicht getan, wie er dich, sprich, also ich mein, wie er dich ...»

«Spar dir deine saudummen Sprichsprüch. Verhaftet und vorgeführt hat er mich, ich weiß, ich war selber dabei. Lass mich bloß mit dem Grünrock in Ruh und sag lieber die Wahrheit.»

Er beißt sich auf die Lippen und sieht zur Emma. «Ich weiß nicht, ob ich ...»

Ich wende mich an meine Tochter. «Setz dich schon mal auf den Tiger, ich komm gleich nach.» Als Emma geht, dränge ich den Kraulfuß wieder einen Schritt in den Laden zurück. Die Schwartensemmel halte ich wie einen Schutzschild zwischen uns. «Also?»

«Na ja, vielleicht war es nicht ganz so ausführlich, ich hab den Wickerl halt einige Wörter geheißen. Sprich, was er sich einbildet. Seit zehn Jahren versuch ich, mir was aufzubauen, mit oder ohne Frau, und der kommt aus Murnau zu uns runter und spielt sich hier auf.»

«Und wie hat der Wickerl reagiert?»

«Gar nicht. Der hat in seiner Bude rumgewurschtelt und mir gar nicht zugehört, nur gebrüllt, dass ich mich schleichen soll. Für meine Kaulquappen würde sich eh keine Sau interessieren. Ich bin gegangen, mir war das zu blöd, und dabei hab ich dann das Messer verloren. Am nächsten Tag, gleich in der Früh, hab ich es gesucht, ich weiß noch, dass es mir bei der Hendlbude aus der Hand gerutscht und auf den Teer gefallen ist, als ich ausgeholt hab.»

«Ausgeholt?»

«Na ja, so.» Er hebt den Arm. Instinktiv reiße ich die Semmel hoch. «Dann hab ich mich geduckt und bin gestolpert, ich dachte, der Wickerl brennt mir eine auf, es war ja finster, und da weißt du nicht, wie ...»

«Also doch eine Schlägerei?»

«I wo, ich kann echt schnell rennen, sprich, auf so was würd ich mich nie einlassen. Du kennst mich doch, ich bin nicht gewalttätig.» Dem muss ich zustimmen, früher auf dem Pausenhof hat er eher eingesteckt als ausgeteilt.

Er kreist die Schultern und verzieht das Gesicht.

«Was ist?»

«Muskelkater vom Hanteltraining.»

«Steht die Barbara auf Muckies? Vielleicht solltest du die schwere Armbanduhr ablegen und Arnica nehmen, D 6. Ich hab die Kügelchen auf dem Tiger, soll ich sie dir bringen?»

Mund auf, Mund zu, ganz Fischtandler halt.

«Na gut. Du kannst auch weiter leiden.» Ich wende mich um.

«Gib mir deine Dings schon, mit dem Arm krieg ich nämlich

kaum noch einen Wasserkübel vom Boden weg. Also, der Wickerl muss das Messer gefunden und mit in seine Bude genommen haben. Ich konnte doch nicht wissen, dass der abgemurkst wird. Nett vom Wolfi, dass er es mir einfach zurückgibt.»

Wieder der Jägerbazi, ich frohlocke innerlich, lasse mir aber nichts anmerken. Den Gendarmenhundling hau ich in die Pfanne und verarbeite ihn zu ungenießbarem Wildbret! «Und wann ist der Wolfi dann von Würmstüberl weg, also um wie viel Uhr genau?»

«Lässt du die Barbara auch ganz gewiss in Ruh?»

Ich nicke.

«So kurz vor halb zwölf war das. Wir sollten eigentlich alle gehen, dein Schwiegervater und der Pflaum Willi, weil der Wirt endlich mal früher ins Bett wollte. Aber wir hatten noch nicht ausgetrunken und die Partie zu Ende gespielt. Der Wolfi hat trotzdem das Blatt hingeknallt und ist abgezischt. Mei, der hat viel um die Ohren den ganzen Tag, sprich, die Starnberger Kriminellen sind kein Zuckerschlecken.» Er späht auf seine Taucheruhr. «Du, jetzt gib mir die Medizin und sei mir nicht böse, ich tät jetzt die Barbara gern anrufen. Sie hat auch gerade Mittag und ...»

Ich suche ihm aus dem Notfallkoffer das Fläschchen mit den Globuli raus. Er öffnet brav den Mund, doch ich lasse ihn schnappen und warte, bevor ich ihm die Linderung in den Schlund kugele. «Eine Sache noch: Frag deine Barbara doch gleich einmal, ob sie dir beim Weißeln hilft.» Ich zeige auf die Tafel neben dem Eingang, wo er seine Angebote draufgeschrieben hat.

FRIESCHER HERRINGSALAT

«Das R zu viel hätte bei ‹Möder› an meine Hauswand gehört, wennschon, dennschon. Trotzdem wirst du einen Haufen Farbe und einige Schichten brauchen, bis du deine Schmiererei bei mir wieder übertüncht hast.»

Obstverhandlungen 24.

Emma schläft in der Lämmerkiste. Aus einer Decke und meinen Werkzeugkoffern hat sie sich eine Höhle gebaut. Das ging aber fix, sie hat anscheinend Schlafnachholbedarf. Als ich auf den Tiger aufsteigen will, schert der Xand mit seinem voller Werbung tapezierten Elektroauto vor *Fischers Fritzl* ein. Nur seine Reifen hörst du den Teer streifen und das Gesumme von seinem Autoradio, ansonsten ist sein Gefährt lautloser als laut.

«Falls du mit einem Hunger daherkommst», rufe ich ihm zu, wie er die Scheibe runtersurrt. «Der Kraulfuß hat schon abgesperrt.»

Der Xand winkt ab. «Mittags esse ich nichts, das macht bloß fett. Gut, dass ich dich treff. Ich hab neue Handys reingekriegt und wollte dir welche zeigen.»

Er steigt aus, dirigiert mich nach hinten und öffnet die Hecktüren von seinem Kastenwagen. In den Seitenfächern hat er Schachteln in verschiedenen Größen gebunkert. Wie ich die Auswahl sehe, merke ich, dass mir das eigentlich viel zu anstrengend ist. Nachdenken, was ich brauchen könnte. Ich sträube mich, mir einen Gegenstand zuzulegen, der über unsichtbare Funkwellen um mich herumfuhrwerkt. Mir langt der Strom und mein Respekt davor. Die Mama aus dem Jenseits, das Geblinke wegen dem Papa und meine Gedanken wegen der Gedanken um die anderen plagen mich genug. Noch anstrengender wird es jedoch, mich wieder rauszureden, vor allem der Sophie gegenüber. Lieber nehme ich, was sie von mir verlangen, der Sophie zuliebe. Außerdem komme ich ums Verrecken einfach nicht dazu, zu essen. Ich lege die Riesenfischsemmel auf eine Toasterverpackung in seinem Kofferraum ab. Wenn das so weitergeht, kriege ich noch einen nervösen Magen, und dann ist es mit meiner Ruhe vorbei.

«Hast du eins mit extragroßen Bauernpratzen-Tasten?» Ich deute auf eine längliche Schachtel, auf der so eine Art Klavier abgebildet ist.

«Das ist ein Keyboard, kein Handy.»

«Dann halt das daneben.»

«Mit dem kannst du zwar zusammenrechnen, aber telefonieren beherrscht dieser Taschenrechner noch nicht, und bevor du fragst …» Er zeigt auf ein Brett mit Kugeln. «Das ist ein Massagegerät, es wird mit eigener Körperwärme betrieben.»

«Echt, so was gibt's?» Ich staune. «Nimmer lang, und sie fliegen mit nichts als sich selbst auf den Mond oder Mars oder wo sie halt hinwollen, wenn sie wollen.»

Der Xand nickt. «Man muss schon *up to date* sein als Elektriker, auch wenn der Mensch bald aus sich selbst den Strom gewinnt.» Er greift ein schwarzes Gerät heraus, drückt darauf herum, weißblau leuchtet der winzige Bildschirm auf, anscheinend ein bayerisches Handy, immerhin. «Auf dieses hier hab ich dir schon die Schaf-App installiert.» Er wischt auf winzigen Wolken herum, als wären die voller Fliegenschisse.

«Schaf-App? Was soll das denn bittschön sein?»

«Du redest doch so gerne mit ihnen.» Er grinst mich an. «Damit kannst du jedes Tier über die Herzfrequenz überwachen, dann hast du sie alle unter Kontrolle. Falls dir zum Beispiel wieder was im Zaun hängen bleibt, wie mit dem Hirsch neulich.»

«Hirsch? Ein Reh war's und leider einfach nur ein blöder Unfall. So was wird nicht wieder vorkommen.»

Anscheinend hat Wolfis Hetze zum ausufernden Dorfgespräch geführt, wäre ja auch ein Wunder, wenn nicht. Nicht mehr lang, und ich hab angeblich den gesamten Wildbestand ausgerottet. «Sind die Waldtiere auch per Obsttaste erfasst?»

«Obst?»

«Na, diese Birn oder Äpf oder wie das heißt.»

«Auf dieser nicht, dafür gibt's spezielle Jägersoftware. Aber deine Schafe wären, auch wenn sich ein anderes Tier im Zaun verfängt, bestimmt aufgebracht. Ihr Puls erhöht sich, und du würdest ein Signal auf dem Handy kriegen, genauso wenn sie abhauen oder ein Hund oder Wolf oder eine Wildsau daherkommt.»

«Und dem Zorro kauf ich auch so ein Teil, damit er mir dann eine Nachricht schickt, oder wie?»

«Zorro?»

«Mein Schafbock.»

«Ach so, nein. Die App funktioniert über Sensoren, die an einem Spezial-Halsband angebracht sind, die messen eben den Herzschlag.»

Aha, und wie erkläre ich das meinen netten, hilfsbereiten Nachbarn? Sie rufen mich nämlich an, wenn sie von ihren Balkonen ringsum auf der Wiese sehen, dass eines der Tiere ausgekommen ist oder sich merkwürdig verhält. Da haben die doch ihren Spaß dran, Schaulust und so, das kann ich denen nicht nehmen. Außerdem, Herzschlag, ich weiß nicht. Der Zorro ist oft genug, aus ganz natürlichen Gründen, durch seine Mädels aufgebracht. Wahrscheinlich hab ich da in Zukunft nur Lauferei und störe womöglich noch unnötig beim Liebesspiel. Andererseits, mit Hunden habe ich tatsächlich oft Probleme, die hetzen mir die Herde herum, verheddern sich selbst im Elektrozaun, und zerreißen tun sie ihn mir obendrein.

«Und wie viel kostet so ein Handtelefon?» Wenn ich mir einen neuen Zaun damit erspare, wäre es eine Überlegung wert. Ich halt das Ding mal probeweise ans Ohr, höre aber nichts, kein Freizeichen oder wie das jetzt bei den Hightech-Apparaten heißt.

«Du musst erst auf die kleine grüne Telefontaste drücken und eine Nummer eingeben.» Er zeigt mir, wo und wie das geht, Schritt für Schritt und dann noch mal Schrittchen für Schrittchen für solche wie mich. «Wegen der Bezahlung, das kriegen wir schon hin, ich schreib es mit auf die Gesamtrechnung.»

«Diese Schafwanze auch?» Auf dem Bildschirm ist ein kleines Feld mit einem bayerischen Kunsthimmel samt einer Wolke mit Kopf und Beinen zu sehen, vermutlich diese Schaf-App. Mir brennen jetzt schon die Augen von dem Fitzelzeug.

«Ich hab dir von dem Sheepleader-Programm nur die Testversion draufgeladen, die kannst du ganz in Ruhe für umsonst ausprobieren, dreißig Tage lang. Danach kostet es was, steht alles dabei, wenn du draufklickst. Bestell dir noch die Halsbänder dazu und schwupp, kannst du mit der Sophie Kaffeetrinken gehen und weißt trotzdem immer, was deine Viecher tun.»

Mmh, will ich das überhaupt? Ich zögere, auch ein Schaf braucht seine Privatsphäre, und gerade der Zorro ist ein ganz Schüchterner. Wer weiß, ob die Lämmerzucht nicht stagniert mit so einem Teil.

«Jetzt nimm es mal mit.» Der Xand drückt mir das Handy samt Schachtel in die Armbeuge. «Pin und Stromkabel zum Aufladen liegen dabei. Lass es dir von deinen Kindern erklären, wenn du selbst nicht gleich zurechtkommst. Die Jungen sind heutzutage geschickt mit den mobilen Sachen. Ich komm, wie ausgemacht, in vierzehn Tagen bis drei Wochen bei euch vorbei.»

«Was? So lange sollen wir ohne Strom sein?»

«Vielleicht geht's auch schneller, aber ich geh immer vom Schlimmsten aus und bring lieber Freude, wenn ich früher einmarschiere. Es dauert halt, bis ich das ganze Material beieinanderhab. Ich muss die alten Leerrohre wegreißen, die sind noch aus Metall, und neue aus Kunststoff verlegen, und du brauchst einen ganz neuen Sicherungskasten. Bei euch fang ich quasi im Mittelalter an.»

«Hehe, jetzt mach keinen Zinnober. So lange steht unser Hof noch gar nicht. Obwohl, dass ich nicht lüge, vielleicht stimmt die Zahl mit der fünfzehn auf dem verräucherten Balken im Wohnzimmer, das früher der Stall war.»

«Na also, ich bin auch nicht auf der Brennsuppe dahergeschwommen. Überdies, ganz ohne Strom seid ihr ja nicht.»

«Aber mit auch nicht.»

«Ein bisserl mit und ein bisserl ohne, nichts Neues also. Ich beeil mich, Handschlag drauf. Gestern hab ich nichts getan, dass es nun schlechter wär. Ich hab nur die Schlitze für die neuen Leitungen gehauen und alles für die Moderne vorbereitet.»

Moderne, pfff, wie das klingt! Wenn ich könnte, würde ich beleidigt sein. Vielleicht sind wir Ortsrandige, die nicht jeden der neuesten Schreie aus dem Dorfzentrum mitkreischen, eines Tages fortschrittlicher als alle miteinander. Der Xand klappt den Schaukasten seiner Energiesparbüchse wieder zu, steigt ein und summt reifenknirschend weg. So schnell geht's. Einerseits bin ich jetzt auf dem neuesten Stand bis in die Hosentasche, andererseits muss ich womöglich weiterhin auf dem Holzofen kochen und das Kerzenlicht zur Nacht andrehen. Von mir aus, eins nach dem anderen, kommt Xand, kommt Strom. Sakradi, jetzt hab ich die Fischsemmel im Auto liegen lassen!

Von ihrem Genesungsschlaf wacht Emma auch nicht auf, als ich langsam die Hydraulik hochfahre und die Lämmerkiste lupfe, um die paar Meter die Dorfstraße runterzuzuckeln. Ich halte beim *Geschenkechakra* an. Der Klunkerchristl ihr Laden hat eine halbe Stunde länger geöffnet als dem Kraulfuß seiner. Madame selbst leiert gerade die Marquise runter, bevor die Nachmittagssonne ihre Glückwunschkarten und die extrareduzierten Sonderangebote ausbleicht. Trotz mehrerer Lagen gemusterten Seidenstoffs zeichnen sich die Knochen ihrer hageren Ein-Meter-Achtzig-Gestalt zwischen ihren Birnenbrüsten ab, die sie, auch als es noch Jakobiäpfelchen waren, nicht in einen Büstenhalter gezwängt hat. Jedenfalls als ich noch draufgeschaut hab, das war noch vor Sophies Zeiten. Und jetzt drückt mir die Obstschwerkraft direkt ins Auge. Angeblich spinnt also der Wolfi immer noch auf die Christl, wenn das Gerede stimmt. Vorstellen kann ich es mir. Für sie hat der Wolfi schon in der Schule geschwärmt, auch wenn er damals nicht der Einzige war. Hat er aus Eifersucht den Wickerl in die Spieße getrieben?

«Ja, der Halbritter schaut bei mir vorbei. Nur hereinspaziert. Ich hab dich den Prunk der Senioren wegfahren sehen. Ich wusste gar nicht, dass du auch Umzüge machst.» Ihr Haarband nach hinten schlenzend, breitet sie die Arme aus und begrüßt mich mit einem Bussi rechts und links, für das ich mich früher nie mehr gewaschen hätte. Damals war das mit ihren Pickeln auch noch nicht der Rede wert, jedenfalls kann ich mich nicht erinnern. Ins Gesicht haben wir ihr allerdings am wenigsten gesehen. Mit elf oder zwölf war die Christl von allen Mädchen am weitesten entwickelt und hatte deutlich mehr auf den Rippen und um die Mitte herum als jetzt, vielleicht weil sie noch kleiner war? Von dem, was du unter ihrer weißen Bluse erahntest, hast du sofort das Träumen angefangen. Im heißen Schaum, in der Badewanne, wo ich mit Badehose hineinmusste, weil meine Mama nichts vom Nackertsein hielt. Den Hosengummi extra stramm gezogen, um das Sperrgebiet zu sichern. Doch ich hätte zwei oder drei oder hundert Badehosen übereinander anziehen können, es hat sich trotzdem was gerührt. Bei ihrem heutigen Anblick rührt sich nur Mitleid in mir. Ihren Spitznamen hat die Christl übrigens nicht wegen dem Laden, ihren Klunkerfundus betreibt sie erst sein eineinhalb Jahren, nachdem es mit der Ich-AG in der Edelsteindiagnostik nicht geklappt hat. Einst gehörte sie zu den begehrtesten Mädchen der Pöckinger Schule, und jeder Bub wollte mit ihr gehen, wie das zu unserer Zeit noch geheißen hat, wohin auch immer. Jedenfalls hat sie ein Haufen Kettchen geschenkt gekriegt. Von oben bis unten behängt war sie bald, und sämtliche Kaugummiautomaten im Landkreis waren leer geräumt. Abgedüst ist sie dann aber mit einem fünfzehnjährigen Mofahengst. Wir durften nur noch sehnsüchtig in die Auspuffgase schauen. Na ja, auch die Schönen verwelken und verpickeln. Die Christl hat damals als eine der ersten gelichtelt, wie wir das Rauchen früher genannt haben. Ob es bei einfachen Zigaretten geblieben ist, als sie zur Bewusstseinserweiterung mit dem Schwabinger Bus angeblich bis nach Indien getingelt ist, weiß ich nicht. Ist alles endlos her. Entweder kriegen solche weiblichen Augenweiden keinen Ehemann ab, weil sie schon alle gehabt haben, oder sie müssen die nehmen, die seit Ewigkeiten im Angebot sind, wie der Wolfi. Hartnäckig ist er, das muss ich ihm zugestehen. All die Jahre hat er also laut Seniorengerede weiter an die Klunkerchristl hingebaggert.

Ich dagegen muss mich beherrschen, ihre Bussispucke nicht sofort abzuwischen. Wenn die Emma nicht so selig schlummern tät, würde ich meinen, die Windpocken sind aus der Traktorkiste rausgesprungen und auf die arme Frau drauf. Hoffentlich erbt die Amrei diese Pickerlzucht nicht. Ich weiß gar nicht, ob die Christl das zwischen ihrer Tochter und meinem Sohn weiß, aber sie kommt mir zuvor.

«Mitakwe Oyasin», sagt sie.

«Aha», erwidere ich. Die immer mit ihrem esoterischen Schmarrn.

«‹Verwandt sind wir alle› heißt es bei den Lakota Sioux, und wir beide ganz besonders.» Nicht gerade ein Perlweißlächeln bietet sie mir, eher ein Kautabakgrinsen, was mich an den Wickerl erinnert, der auch bald auf Suppe hätte umsteigen müssen. «Der Emil und die Amrei, ich freu mich für die zwei.» Sie kratzt an einem Wimmerl in der Ellenbeuge.

«Ich mich auch», stimme ich zu. Nächstes Mal bringe ich ihr was von der juckreizlindernden Milch mit, die der Emma so geholfen hat.

«Was kann ich dir Gutes tun? Möchtest du deiner Frau was Nettes schenken?» Beim Reden schaut sie mir weder in das rechte noch linke Auge, sondern auf die Stirn, als hätte ich auch so ein aufgemaltes drittes Auge wie sie, so einen indischen Punkt, den sie mit einem lila Schminkstift eingekreist hat, damit er sich von den anderen Pusteln abhebt. Gute Idee, daran hab ich gar nicht gedacht. Wenn ich schon ein vollelektronisches Wischteil kriege, soll meine Liebste einen Klunker haben. Ich nicke und folge ihr in die in eine Glitzerburg verwandelte Exmetzgerei. Ein Hauch Blut- und Leberwurstgeruch steigt mir in die Nase, wie ich an den Regalen voller Schmuck und Tüchern entlangstreife. Schlachtschüsselgeschmack. Ich überlege, was der Sophie gefallen könnte. Mein Blick fällt auf den Tisch, auf dem eine Baumwurzel mit draufdrapierten Halbedelsteinen liegt. Zwischen Meeressand und Seestern sind noch ein paar Kristalle in Tüten gehüllt, so als wäre die Christl mit der Dekoration nicht fertig geworden. Als hätte ich nichts gesehen, entscheide ich mich für einen roten Schal mit kleinen Totenköpfen drauf, das scheint mir elegant genug für eine Mordkommissarin. Die Christl packt mir noch ein paar Ladenhüter dazu, aus denen die Emma vielleicht was basteln kann. Wenn nicht, füllen wir damit die Blumenbeete auf. Jedenfalls verlasse ich mit einer Riesentüte Klunkern das *Chakra*. Die Emma schläft immer noch, wie ich auf den Traktor steige. Bevor ich den Tiger starte, halte ich inne. Mir wird heiß und kalt zugleich. Nicht mit mir! Mir macht keiner mehr was vor, ich hab's gesehen, auch ich kann eins und Dings zusammenzählen.

Unschuldsschein
25.

So schnell wie möglich muss ich schauen, dass ich die Sophie erreiche. Gefahr im Zug oder wie das heißt. Obwohl ich kaum glaube, dass die Christl jetzt zur S-Bahn runterrennt und abhaut. Vielleicht funktioniert das neue Handy bereits, und es reicht für ein ganz kurzes Gespräch? Ich muss es probieren. Mehr wie Funkstille kann nicht herauskommen. Mit schwitzigen Fingern drücke und wische ich, wie es mir der Xand gezeigt hat, und gelange tatsächlich zu einem kleinen grünen Telefonhörer. Ich fühle mich wie der erste Russ beim Raketenstart, als ich der Sophie ihre Nummer eingebe. Früher hast du ein Fräulein vom Amt um Weiterleitung bitten müssen, heutzutage musst du ein Fingerakrobat sein, damit deine Stimme rauskommt, wo du sie hin haben willst.

«Allo?» Ein Wunder, meine Liebste ist dran. Ihr verschlucktes H würde ich überall rauskennen.

«Stell dir vor ...», platze ich heraus. «Zwischen der Christl ihren Kristallen liegt Crystal.»

«Was? Jetzt mal langsam, der Reihe nach.» Und ich erzähle ihr alles, was ich gesehen hab, und überhaupt. Fast komme ich nicht zum Luftholen und kriege prompt einen Hustenanfall.

«Papa, wo sind wir?» Die Emma kriecht aus der Kiste. Ein Glück, dass ich noch nicht losgefahren bin.

Ich klopfe mir selbst auf den Rücken und komme wieder zu

Atem. «Wir ... sind noch ... im Dorf. Komm besser ... auf den Sitz neben mich.» Sie klettert nach vorne.

«Geht's wieder?», fragt die Sophie, nachdem ich mich wieder einigermaßen gefasst hab. «Ich bin sowieso im Aufbrechen, lass uns zu Hause weiterreden. Nichts überstürzen, Muggerl, die Christl haut schon nicht ab. Sich in Ruhe schicken ist doch dein Motto, oder hast du das vergessen?»

Sie hat recht, mein Hirn fährt seit Tagen Karussell mit mir, als wäre nicht meine Frau, sondern ich auf dem Frühlingsfest gewesen. Außerdem bin ich ausgehungert wie ein W..., nein, nicht der schon wieder. Jetzt schleicht der sich auch noch in meinen Magen hinein, von den Gedanken ganz zu schweigen. Ich schnalle die Emma auf dem Beifahrersitz an und drücke den Startknopf. Der Tiger rumpelt los.

Emil hockt im Wohnzimmer, rotzt und heult und erinnert mich an die tränenreiche Sophie, ein Häufchen Halbritterelend, das im Sofaeck kauert.

«Was hast du?» Erst dann bemerke ich, dass er keucht und kaum noch Luft kriegt.

«Hast du wieder Asthma?»

Emil nickt. «Es ist wegen der Amrei», flüstert mir die Emma ins Ohr. Ich renne in die Küche zum Rotkreuzschrankerl und suche seine Medizin, spüle den Inhalator, fülle ihn mit Salzwasser und den entzündungshemmenden Mitteln. Ich dachte wirklich, die Asthmazeit hätten wir überstanden. Seit Emil drei ist, leidet er an Hausstauballergie, konnte keine Kissenschlacht mitmachen oder im Wäscheberg nach Socken wühlen. Wie viele Nächte hab ich, wie der Chiller, nach Katzenart nur halb geschlafen, damit ich höre, ob der Bub Luft kriegt oder überhaupt noch atmet.

Als Emil inhaliert und seine Atemnot sich langsam legt, frage ich ihn, ob was mit der Amrei war. Er schüttelt den Kopf. Wie soll ich das jetzt deuten, mich nicht einmischen, weil's mich nichts angeht, oder es war nichts los? Die Emma hat doch noch nie mit ihren Weissagungen danebengelegen.

«Er erzählt es nachher», sagt sie und holt aus ihrem Rucksack ihr Werk, das sie in der Textilstube gebastelt hat. Ein kleines Täschchen, die Klappe ist ein Katzenkopf, die Schnurrbarthaare sind aus Pfeifenputzern, und unten wedelt sogar ein Katzenschwanz. «Hier, Papa, für dein Handy.»

Woher weiß sie …? Ich hab das Handy samt Schachtel noch auf dem Tiger. Ich hole es schnell. Filz-Chiller, Emmas Geschenk, umhüllt es wie eine zweite Haut. Total gerührt umarme ich meine Tochter.

«Der Xand hat mir das Teil aufgeschwatzt, sogar die Schafe könnte ich damit überwachen, meint er.» Auch wenn mir immer noch nicht ganz wohl dabei ist, dass ich jetzt jeden Ausfallschritt meiner Tiere kontrollieren kann, interessiert es mich, ob so was überhaupt funktioniert.

Emil, den Schlauch im Mund, nimmt mir das Handy ab und wischt darauf herum. «Was für einen Klingelton willst du?» Er hält mit dem Inhalieren kurz inne. Äh, Klingelton? Daran hab ich gar nicht gedacht. Gestern hab ich noch dem Bürgermeister Vorschläge gemacht, jetzt bin ich selbst dran. Kreissäge, Sirene oder Kirchenglocke?

«Ach, ich nehm dir später was auf, ja?», schlägt Emil vor und inhaliert weiter.

«Pfundig.» Ich überlasse ihm das Teil und überlege, was ich kochen könnte. Nudeln oder Kartoffeln? In der Kiste im Keller, wo ich mit der Taschenlampe reinleuchte, dümpeln noch ein paar Erdäpfel vom letzten Jahr vor sich hin und schauen mich aus tausend Augen an. Ich erlöse sie von ihrem erdigen Dasein.

Wie aus Gummi sind sie, kaum dass ich die Schale runterbringe. Halbwegs kriege ich eine Bratkartoffelpfanne mit Zwiebeln zusammen, koche Blaukraut auf und brutzle Schweinswürstl für uns und welche aus Soja für den Emil dazu.

Vorm ersten Gabelstich küsse ich meine Frau, die tatsächlich pünktlich um Viertel nach eins und ein paar Zerquetschten daherrauscht. Bevor wir uns zum Essen niedersetzen, zeige ich ihr das Rotztuch, das mir der Rossi gegeben hat.

«Muss das sein, Muggerl?» Nach einem Blick in die Pommestüte verzieht Sophie das Gesicht. «Willst du mir den Appetit verderben?»

«Niemals. Kannst du das bitte untersuchen lassen? Ob das vielleicht dem Wickerl sein Blut ist?» Und ich erzähle ihr, wie die Alten beobachtet haben, dass sich der Wolfi die Schuhe abgeputzt hat, bevor er am Tatort eingetroffen ist.

«Wieso der Wolfi? Glaubst du etwa, er hat den Wickerl ermordet?»

«Nicht direkt. Unschuldig ist auch er noch, so lange, bis er schuldig ist, oder wie geht dieser Spruch?»

Sophie geht nicht drauf ein. «Soviel ich weiß, hat er mit Papa und ein paar Kartenspezies, der Kraulfuß Fritzl war auch dabei, das Würmstüberl um jede Menge Flüssigkeiten erleichtert.»

«Schon, aber ich hab rausgefunden, dass der Wolfi früher weg ist als die anderen. Bitte tu mir den Gefallen und lass es untersuchen, damit ich den Jägerlateiner abhaken kann. Sonst krieg ich den nie von der Backe.»

«Ein Polizeikollege, ich weiß nicht.» Sie zögert. «Meinetwegen, aber nur weil du's bist. Morgen frag ich beim Erkennungsdienst, ob jemand dafür Zeit hat und ob das überhaupt Blut ist, ja?» Sie steckt die Pommestüte in einen Gefrierbeutel.

Beim Essen reden wir über den Fidl. Sophie hat vorhin im Krankenhaus angerufen. Ihr Vater wurde gleich nach unserem Besuch operiert. «Es ist alles gut verlaufen, ich hab schon mit ihm gesprochen, ganz der Alte. Er mosert bereits umeinander, weil er immer noch nicht rauchen darf.» Sie schluckt eine Bratkartoffel runter und küsst mich. «Wie hast du das bloß hingekriegt?»

«Zusammen, meine Liebe, haben wir es geschafft – und dank einer kleinen List.» Und ich erzähle, wie ich durch die Betthydraulik auf die Idee mit der Fernbedienung gekommen bin. Emmas Todesengel lasse ich vorsichtshalber weg. Nachdem unsere Teller leer geschleckt sind, wende ich mich an den Emil, der fast wieder normal schnauft. «Ich hab gehört, dass du auch öfters nachts am Hendlwagen warst?»

Er druckst herum, wendet sich an seine Schwester. «Emma?»

«Deine Schwester lässt du jetzt mal in Ruhe und sagst es selber. – Und du, Emma, kannst aufstehen und spielen, wenn du magst.» Vorhin hat sie gesagt, dass ich Antworten kriege, also kann ich warten.

Sie rutscht von der Bank. «Ihr dürft ihn aber nicht schimpfen, er hat es nicht für sich getan.»

«Ist gut.» Ich drücke sie noch mal, bevor sie aus der Küche läuft.

«Leg los, Émile, mon cœur», drängt Sophie. «Falls du in eine krumme Sache hineingeraten bist, dann sag es uns. Du weißt, dass der Wickerl ein Drogendealer war?»

Emil nickt fast unmerklich, ringt eine Weile mit sich, dann sagt er: «Ich war nur wegen der Amrei dort.»

«Die Amrei nimmt Drogen?»

«Nein, ganz bestimmt nicht», platzt er raus. «Ich hab ihr aber eigentlich versprochen, dass ich es nicht verrate, vor allem dir nicht, Mama.»

«Denkst du, ich frag als Polizistin? Bitte glaub mir, jetzt bin ich ganz deine Mama, ehrlich. Du kannst mir vertrauen.»

Emil zieht die Beine auf die Eckbank, nach Sophies Art, seine nackten, knochigen Knie werden unter der Lederhose sichtbar. «Es stimmt. Letzte Woche, als der Wickerl seine Bude geparkt hat, war ich abends dort und hab die Amrei gesucht. Eine von den Textilstubenzwillingen hat mich angesprochen, die Erna oder Berta, ich kann die nicht auseinanderhalten. Sie hat mich gefragt, ob ich nicht friere, so barfuß. Für eine Sockenverkäuferin ist das schwer verständlich. Ich hab mich nicht getraut zu fragen, ob sie die Amrei wo gesehen hat. Ich wollte nicht, dass sie es gleich herumerzählt. Das mit der Amrei und mir, da war es noch nicht …, also ich mein, wir … Ich war mir jedenfalls noch nicht sicher, ob mich die Amrei überhaupt leiden kann.» Er holt tief Luft. «Ich hab sie jedenfalls an dem Abend gesucht, sie wiederum hat ihre Mutter gesucht. Die Christl hat so ihre Touren, ihr könnt euch das gar nicht vorstellen. Ich hab das am Anfang auch nicht begriffen, und die Amrei wollte nicht drüber sprechen.» Er schnieft. Tränen tropfen. «Ach, alles ist so schwer, wenn ich dran denke, glaub ich, das war gar nicht ich, das war wer anderer.» Was für ein Geständnis erwartet uns? Ich rutsche neben ihn und lege ihm den Arm um die Schulter. «Am Dienstagabend, also in der Nacht, als das mit dem Wickerl passiert ist, bin ich zur Amrei. Erst hat keiner aufgemacht, und ich hab mich gewundert, dass der Laden noch offen ist, und bin über die Innentreppe nach oben. In der Wohnung war alles durcheinander, das Sofa aufgeschnitten, als wenn wer was in der Sitzfläche gesucht hätte. Ein Küchenstuhl war in lauter Stücke zersägt. Die Amrei hat nicht gesagt, was passiert ist. Anfangs hatte ich echt Angst, wollte dich anrufen, Mama, oder zumindest wieder herkommen, nur fort von dort. Aber die Amrei ist am Fenster geklebt. Sie wollte nicht weg. Sie glaubte, dass ihre Mutter gleich zurückkäme. Sie sagte, die Christl schiebe einen Affen und habe deshalb die Möbel zerhackt.‹Zum Raben noch einen Affen?›, hab ich gefragt. ‹Vertragen sich die beiden Tiere?› Die Amrei schaute mich nur an. Sie hat es mir dann erklärt. Da seht ihr es, der Sohn einer Drogenfahnderin hat von nichts eine Ahnung.»

«Ich bin froh, Emil, dass du den Drogenslang nicht kennst und mein Beruf nicht auf dich abgefärbt ist.»

Sophie hat immer Wert darauf gelegt, dass unsere Kinder nichts von den grausamen Geschichten, die sie bei der Fahndung erlebt hat, mitkriegen. Trotzdem hatte sie immer das Gefühl, es würde etwas durchsickern, vor allem, weil sie es ja nicht alles für sich behalten konnte und es mir erzählt hat. Emil hat bestimmt mal heimlich gelauscht. «Dann hat die Christl Entzugserscheinungen?»

Emil nickt. «Die Amrei hat mich schon ein bisschen ausgelacht, und ich hab gewitzelt, wann ihre Mami denn ins Bett müsse. Ich fand es komisch, dass sich eine Fünfzehnjährige um die Mutter sorgt, die zu spät nach Hause kommt, normalerweise ist es doch andersherum, gell, Papa?» Er schickt mir einen Seitenblick. «Jedenfalls ist die Amrei ausgerastet, als ich das gesagt hab. Sie wollte, dass ich verschwinde. Ich bin auch gegangen und dachte, jetzt ist es aus zwischen uns, kaum dass es angefangen hat. Bei der Ampel habe ich den Schorschi gefunden, in dem ganzen Chaos muss der Rabe rausgehüpft sein. Er saß mitten auf der Straße, ich glaubte schon, der ist angefahren worden, aber er hat geplappert wie immer. Ich konnte ihn mit einem Kaugummi herlocken und zurücktragen. Mit Schorschi im Arm musste mich die Amrei wieder reinlassen. Wir haben ihm Katzenfutter gegeben und ihm beim Mampfen zugesehen und selber Hunger gekriegt. Ich hab vorgeschlagen, dass wir was kochen könnten.

Nudeln oder irgendwas in der Art. Ich dachte, vielleicht würde sich die Amrei dann mal hinsetzen und etwas beruhigen. Ihre Mutter isst so gut wie nichts, schläft kaum und räumt nachts den Laden um, sodass die Amrei natürlich auch nicht gescheit schlafen kann, so laut, wie es dann ist. Der Kühlschrank war leer, im Schrank hab ich H-Milch und Puddingpulver gefunden, zwar abgelaufen, aber es ging noch. Beim Essen hat sie mir endlich alles erzählt. Ihre Mutter macht öfter so krasse Sachen wie das mit den Möbeln. Sie vergisst die einfachsten Sachen, geht ohne Rock, nur in der Unterhose, in den Laden und so Zeug. Oder sie weckt die Amrei mitten in der Nacht und labert sie voll. Sie würden wegziehen, nach Kanada oder Malaysia auswandern, dort würde alles anders werden. Sie streiten viel, denn die Amrei will nicht schon wieder weg. An anderen Tagen ist die Christl kaum ansprechbar, liegt nur im Bett rum, wäscht sich nicht, die Amrei muss sich um alles kümmern. Essen, einkaufen, den Laden. Am Dienstagabend ist sie wieder ausgetickt, da hat die Christl nach Ladenschluss den Stuhl zersägt. Irgendein nerviges Schaben oder Scharren hätte sie in dem Holz gehört, und als der Stuhl kaputt war, doch das Geräusch immer noch da war, hat sie mit dem Sofa weitergemacht. Und an allem wäre der Wickerl schuld. Der ist nämlich an dem Tag nicht pünktlich in Pöcking gewesen.»

«Dann waren das Entzugserscheinungen, weil die Christl dringend Drogen vom Wickerl gebraucht hat?», fragt Sophie.

«Ja. Sie ist dann doch heimgekommen und hat sich im Bad eingeschlossen. Die Amrei hat versucht mit ihr zu reden und hat befürchtet, ihre Mutter tue sich was an. Der Wickerl würde ihr nichts mehr geben, hat sie dann gesagt, sie hätte noch von letztem Mal Schulden. Die Amrei sollte doch hochgehen und was beschaffen. Aber die Amrei hatte Angst und wollte nicht. Und ich wollte sie überreden, dass sie es überhaupt nicht tut, dass wir besser Hilfe holen.» Er macht eine Pause, reibt sich die Augen und sagt leise: «Ich konnte euch das nicht erzählen, ich finde es auch jetzt noch beschissen, der Amrei gegenüber.»

In seinem ganzen Leben hat unser Sohn noch nie so viel an einem Stück mit uns gesprochen, von seinen Problemen schon gar nicht. Ich muss mich beherrschen, nicht loszuheulen. «Und wo ist deine Freundin jetzt?», frage ich ganz vorsichtig, nicht dass er das Reden einstellt.

«Sie hat heute länger Schule.» Er wischt sich die Nase, dreht sich um und sieht auf unsere Wanduhr. Halb zwei. «Ich wollte sie um zehn nach zwei von der S-Bahn abholen.»

«Einverstanden. Aber wie ist es an dem Abend weitergegangen?» Sophie schickt mir einen Blick, den ich so deute, dass auch sie sich freut über Emils Offenheit, und rutscht nun auch zu ihm auf die Eckbank. Ein bisschen Zwickmühle, ein bisschen Halt rechts und links. Ich wüsste nicht, wie ich mich so eingepfercht zwischen meinen Eltern fühlen würde.

Emil lehnt sich zurück. «Ich bin dann zur Hendlbude gegangen.»

«Du? Du warst beim Wickerl als er, wie er ...?» Sophie springt auf, es hält sie nicht mehr.

«Ich weiß auch nicht, warum ich nicht in die andere Richtung gelaufen bin und euch Bescheid gesagt habe. Ich wusste nicht mal, wie ich es überhaupt anstellen soll, ob man nach Drogen genauso bettelt wie nach einem Euro. Der Wickerl würde mich doch nur auslachen und wegschicken. Also bin ich erst mal hingeschlichen. Von weitem hab ich ihn mit jemandem reden gehört.»

«Hast du gesehen, mit wem?» Nun hält es mich nicht mehr. «Hatte der was Grünes an, eine Uniform oder so?»

«Es war dunkel, Papa. Bei der Apotheke sind doch sogar die Straßenlampen gedimmt. Nur dem Wickerl seine Hendlbude war innen beleuchtet. Erst bin ich geduckt hinter der Bude gestanden und hab gelauscht. Der eine hat gewinselt, ich konnte nichts verstehen. Dann ist der Wickerl rausgestürmt und hat rumgebrüllt. Ich hab mich zusammengekauert, hab schon geglaubt, er hat mich entdeckt. Gezittert hab ich, dass ich dachte, der Teer vibriert. Wie ich den Wickerl unter den Rädern durch weglaufen seh, bin ich schnell ums Budeneck und durch die Tür reingekrochen. Es war wie so ein innerer Zwang, ich musste das tun. Wenn der Wickerl mich bemerkt, bringt er mich um, war mein einziger Gedanke. Ich wusste ja nicht mal genau, nach was ich suchen soll. Das Licht war an, die Tiefkühlhendl lagen auf der Ablage. Und dann hab ich was auf der Straße scheppern hören, wie wenn ein Schraubenschlüssel runterfällt. Mein Herz hat gebumpert, dass mir schon ganz schlecht war. Ich hab die Schiebetür unter der Theke einen Spalt weit aufgezogen und hineingegriffen, bis ich endlich kleine Tüten mit dem Crystal zu fassen kriegte. Davon hab ich eine Handvoll genommen und bin wieder rausgelaufen, die Straße runter, so schnell wie noch nie im Leben. Die ganze Zeit hab ich gemeint, der Wickerl rennt hinterher.»

«Schau, Papa, wen ich gefunden hab.» Emma kommt in die Küche. Vor lauter Schorschi vorhin denke ich zuerst, sie trägt einen aufgeplusterten Raben im Arm, aber dann sehe ich, dass es ein Huhn ist. Nicht irgendeins, es ist die schwarze Bina, eine meiner Glucken. Ich kann's nicht glauben. Sie lebt! «Wo hast du die denn gefunden?»

«Überm Schafstall. Du brauchst ja noch hunderttausend Stunden, bis wir endlich mit dem Fallenbauen anfangen, und da wollte ich selber schon mal das Material holen. Dabei hab ich sie gefunden. Sie hat ein Nest mit drei Eiern drin, in der kaputten Kraxe.» In dem kleinen Verschlag unterm Schafstallgiebel, den man nur über eine Leiter oder als Kletterakrobat erreichen kann, liegen uralte Bretter und Grusch, der noch von meinen Eltern stammt. Auch ein alter Überseekoffer steht dort herum. Ich werfe jedes Jahr das Restheu hinauf, das ich dann zum Einstreuen nehme, wenn ich gar nichts mehr hab. Welch ein Wunder! Die Bina ist zwar öfters über den Zaun geflogen und hat in den Blumenbeeten gescharrt, aber dass sie sich in der Abmurksnacht in Sicherheit gebracht hat, das hätte ich mir nie erträumt! Ich bin mir mittlerweile sicher, dass ich den Hühnerstall zugemacht habe, aber ob ich vorher die Hühner gezählt habe, die da teils auf der Stange, teils in den Nischen hockten, das kann ich nicht mehr beschwören. Die Bina war vielleicht gar nicht drin – und das hat ihr das Leben gerettet.

Die Sophie will kurz allein mit dem Emil reden, ich soll doch derweil mit der Emma rausgehen. Mir ist es recht, denn ich wüsste jetzt gar nicht, was tun. Also streichle ich die Fuggerin, kraule ihr Kamm und Gurgel und helfe der Emma, sie gleich wieder an den Platz zurückzubringen, damit die Eier in ihrem Gelege nicht kalt werden. Vielleicht hat der Jakl noch seinen Teil dazu beigetragen, und sie sind befruchtet, und die Bina brütet schon. Draußen beratschlage ich mich mit meiner Tochter wegen der Falle. Sollen wir eine Grube ausheben und mit Zweigen abdecken oder ein Netz vor dem Hühnerstall aufspannen, das hochschnalzt, wenn der Täter drauftritt? Die beste Falle nützt nichts, wenn du keinen Köder hast. Eine Maus fängt man mit Käse oder Speck. Einen Marder mit Hühnereiern. Und einen Hühnermörder fängst du mit einem Huhn. Kaum aufgetaucht, schon im Einsatz. Die Bina wird unser Lockvogel werden, ruhig auf den Eiern brütend. Wir bauen die allerbeste Falle, in die jeder, Tier oder Mensch, tappen muss.

Ausgelichtet
26.

Sophie parkt ihre *chaise chaude* vorm *Geschenkechakra*. Hinter den Schaufensterscheiben ist niemand zu sehen, auch die Vogelvoliere am Balkon ist leer. Emil holt die Amrei vom Bahnhof ab. Wir wollen mit der Christl reden. Wenn's klappt, setzen wir uns danach alle bei uns zusammen und schlagen Amreis Mutter eine Entziehungskur vor, so lautet unser Plan. Dem Emil ist eben eine Last von den schmalen Schultern gefallen, was hat der Bub nicht alles mit sich herumgetragen! Die Emma ist solange allein zu Hause. Von Emils Zimmer aus will sie den Hühnerstall bewachen, falls sich dort was rührt.

Mist, ich hab die Tannenmilch vergessen, fällt mir ein, wie ich die Isetta aufklappe und wir aussteigen. Davon wollte ich doch der Christl gegen ihre Kratzerei was abfüllen! Eine Türharfe spielt uns einen vermutlich ostindischen Schnaderhüpferl auf. Wir treten ein und rufen nach der Christl, hören ein Getrappel und Geraschel im hinteren Teil des Ladens. Ich gehe nachsehen, wandle vorsichtig um die überladenen Tische und Regale und verheddere mich fast in einem Seidentuch, um nur ja nichts runterzureißen. Sophie folgt mir. Wie zu erwarten, ist zwischen den Kristallen kein Crystal mehr versteckt. Ich hab wohl doch zu fest hingeschaut, und die Christl hat's verräumt. Ob das ein Rest von Emils Raubzug war, oder ob die Drogensüchtige ihren Vorrat einfach selbst nicht mehr gefunden hat?

Im Aufgang zur Wohnung hockt der Schorschi. «Kooontakt-Koontaktanzeige. Nicht billig», krächzt er und flattert ein paar Stufen höher.

«Die Amrei hat erzählt, dass der Rabe nur rausdarf, wenn jemand im Haus ist, also muss wer da sein.»

«Kundschaft, Christl, Kuuundschaft», ruft der Schorschi. Wir steigen ihm nach, die Stufen hinauf, bis zur Wohnungstür. Ich klopfe und rufe «Hallo» und dann noch mal «Haaallo» und zuletzt «Halloooo», bevor ich die Tür ganz aufschiebe, hinter der der Rabe verschwunden ist. Emil hat nicht übertrieben, die Wohnung wirkt immer noch, als hätten Einbrecher was gesucht. Die Perlenfäden an den Zwischentüren sind verwurschtelt, ein Küchenvorhang ist heruntergerissen. Die Sitzfläche des kleingeschnittenen Stuhls lehnt an einer Ecke, die Stuhlbeinstücke liegen wie Käsescheiben gestapelt auf einem Kehrblech. Die Flügel auf dem Rücken verschränkt, stolziert der Schorschi wie ein Immobilienmakler voran, als wollte er uns die Räume zeigen. Pech, Schorschi, kein Interesse.

«Riechst du das auch?», fragt Sophie.

Ich schnüffle, und ein bekannter Geruch steigt mir in die Nase. «Von einer Katze hat der Emil nichts gesagt, oder? Ich weiß zwar nicht, wie Rabenurin riecht, aber hier stinkt es wie bei uns, wenn der Chiller aus Versehen über Nacht eingesperrt war.»

«Flüssiges Crystal riecht genauso.» Klar, meine Frau hat eine Nase dafür.

In der Küche ist der Mülleimer umgekippt, der pappige Inhalt auf den Fliesen verteilt. Rabenfußspuren und ein paar menschliche Zehenabdrücke auf dem Boden. Schorschi fliegt auf die Spüle, in einen eingeweichten Milchtopf, senkt seinen Schnabel und bespritzt sich mit Wasser.

«Ui schau, ein Glasschädel.» Sophie fischt eine gebogene

Scherbe aus dem Müll und hält sie ins Licht. «Der abgebrochene vordere Teil einer Glaspfeife. Damit schmilzt man das Crystal über einer Kerze oder einem Feuerzeug und raucht es dann.» Sie stibitzt einen Kochlöffel aus dem Schorschi seiner Badewanne und stochert in einem gebrauchten Kaffeefilter nach dem Pfeifenstiel.

Derweil geh ich ins Wohnzimmer, wo mir das aufgeschnittene Sofa seine Sprungfedern präsentiert. Die Schublade unterm Fernsehschrank ist ein Stück aufgeschoben. Als ich einen Blick hineinwerfe, will ich ihn eigentlich auch gleich wieder rauswerfen, aber meine Augen bleiben auf dem Familienstammbuch kleben. Wissen täte ich schon gern, was sonst keiner im Dorf weiß, nämlich wer eigentlich der Vater von der Amrei ist. Aber ob das da überhaupt drinstände? Und außerdem gehört es sich nicht, in anderer Leute Privatsachen herumzuschnüffeln. Andererseits liegt es in meinen Genen, ich kann nichts dafür. Wie Gelegenheit Diebe, so macht Hilfsbereitschaft neugierig. Das hat meine Mama ausgenutzt, als sie den Briefträger auf dem Heimweg vom Einkaufen getroffen hat. «Ist was für uns dabei?», hat Anni Halbritter gefragt und angeboten, die restliche Post an seiner Stelle die Starnberger Straße entlang einzuwerfen. Sie müsse sowieso den Berg hinauf, dann würde er sich den Weg sparen. So konnte sie in Ruhe die Absender der Briefe studieren, die Postkarten lesen und war über die Nachbarschaft ringsum auf dem neuesten Stand. So ein Erbe kriegst du nicht los, Widerstand zwecklos. Ich gebe auf und blättere in dem Familienbuch. Viel steht nicht drin, die meisten Seiten sind noch leer und der Christl ihre Herkunft ist mir bekannt. In der hinteren Falttasche liegt ein dünnes Blatt, vermutlich eine Dokumentenkopie. Ich zieh es heraus. Treffer. Schnell winke ich die Sophie zu mir her.

«Na, das ist doch mal was.» Sie liest meinen Fund und stößt

einen leisen Pfiff aus. «Aber lass uns das besser vorerst für uns behalten, ja? Das könnte ein Tatmotiv sein.»

«Was, du meinst, dass der ...?»

Sie legt den Finger an die Lippen. Zähneknirschend stimme ich zu. Sonst die Verschwiegenheit selbst, würde ich dieses Geheimnis am liebsten sofort in die Gemeindeschaukästen tackern. Schorschi hat sein Bad beendet, hockt aufgeplustert auf dem Fernseher und kratzt sich mit dem Schnabel unter den Achseln. Wir folgen dem Gestank der Katzenkloessenz weiter und gelangen ins Schlafzimmer. Auf dem Nachtkästchen schwelt ein Kerzenstummel, ein Löffel mit klebriger Substanz liegt daneben. Die Christl liegt auf dem Bettvorleger. Den linken Oberarm hat sie mit ihrem Haarband zusammengezurrt, in ihrer Armbeuge steckt eine Spritze. Ich bücke mich zu ihr und streiche ihr die graublonde Mähne aus dem Gesicht. Die Augen sind offen, die Pupillen verdreht. Ich taste nach ihrer Halsschlagader. Nichts. Kein Puls mehr. Ihr Atem steht still. Ausgelichtelt.

Bavariazuckerl
27.

Ohne weiter irgendetwas anzulangen in der Christl ihrer Wohnung, verständigt Sophie die Kripo-Kollegen. Sie ruft auch in München in der Rechtsmedizin an und bestellt diese Carina Kyreleis her. Trotz Spritze und Fixerbesteck ist es ein ungeklärter Todesfall, und die Leiche muss obduziert werden. Den Schorschi sperre ich in die Voliere auf dem Balkon, dann warten wir draußen vorm Haus auf das Ermittlerteam. Ausnahmsweise ist es ein Vorteil, dass keine Kundschaft vor dem *Chakra* in den Laden drängt. Wir beschließen, dass ich am besten der Amrei und dem Emil entgegenlaufe. Das arme Mädchen. Mit einem mulmigen Gefühl gehe ich durchs Dorf. Womöglich war ich der Letzte, der die Christl noch lebend gesehen hat. Hätte ich ihren Tod verhindern können? Von wegen halber Doktor und Wehwehchen kurieren. Nichts da. Doch wem nützt es, wenn ich mich deswegen zerfleische. Meine Aufgabe ist es jetzt, die Kinder zu schützen, vor allem die Amrei, die ihre Mutter verloren hat. Dankbar, dass mir niemand begegnet und ich mit keinem reden muss, biege ich in die Hindenburgstraße ein. Auf Höhe der Habsburgvilla kommen mir die beiden Frischverliebten entgegen. Arm in Arm stapfen sie den Berg hoch und winken mir. Als sie ein paar Schritte näher sind, sehe ich an ihren plötzlich besorgten Gesichtern, dass sie ahnen, dass etwas Schlimmes passiert ist. Wie ich bei ihnen bin, bring ich's kaum raus, sofort rinnen mir die Tränen herunter. Alle drei hocken wir uns einfach aufs Trottoir und heulen. S-Bahnfahrer in schnellen Schritten trampeln um uns herum, weiter in Richtung Bahnhof oder ins Dorf rauf. Eine dreifarbige Katze flitzt knapp vor dem Linienbus über die Straße. Eine Kindergartengruppe wird von zwei Erzieherinnen über die Straße an der Habsburgvilla vorbei in den Keferweg geleitet. Wir werden beäugt, aber keiner redet uns an. Ein kleines Mädchen bleibt stehen, kramt in seinem Rucksack und reicht uns eine Packung Taschentücher mit aufgedruckten Bärenköpfen. Diese Freundlichkeit rüttelt uns auf. Wir schnäuzen uns. Ich schlage der Amrei vor, sie zu ihrem Opa zu begleiten. Auf dem Weg nach Possenhofen hinunter erzähle ich den beiden, wie ich die Christl gefunden hab und vom Schorschi, der uns in die Wohnung geführt hat. Als uns dann der Früchtl Walter das Schlossportal öffnet, fall ich ihm, kaum dass ich die Todesbotschaft überbringe, in die Arme und dingse ihm mein Beileid, wünschen kannst du da ja nicht sagen. Zweiundzwanzig Jahre war er evangelischer Pfarrer in Pöcking, für jeden hatte er immer so schön-tröstende Worte parat, und auch jetzt klopft er mir auf den Rücken und gibt mir, als wir die breiten Stufen in die zweite Schlossetage raufgestiegen sind, eine frische Packung Taschentücher. Seinen Lebensabend verbringt er unterm Walmdach vom Sisi-Schloss mit den vier quergestellten Ecktürmen, wo die spätere Kaiserin Elisabeth von Österreich und Ungarn aufgewachsen ist. Wenn du dran denkst, wer dort nach der Sisi alles gehaust hat! Unterm Zweiten Weltkrieg die Sanitäter der Luftwaffe, dann war es ein Lazarett und danach eine Fahrrad-Hilfsmotoren-Fabrik. Zuletzt diente es als Schafstall. Da war aber die komplette Inneneinrichtung bereits ausgeräumt oder zerstört. Höchstens noch die ein oder andere goldene Quaste hing zum Knabbern vor den zerbrochenen Fensterscheiben. Als das Schloss 1981 komplett renoviert wurde, hat der Fidl das Ziffernblatt der Uhr am Türmchen der Schlosskapelle neu malen dürfen, trotz Höhenangst. Der Fidl malt die Berge lieber von unten und aus der Ferne, als dass er sie besteigt. Der Früchtl Walter bewohnt drei Zimmer, plus Wohnküche, Bad und Bibliothek in einem der vier Zinnentürme. Seine Frau, die Carmen Früchtl, eine bekannte Bildhauerin, die sogar im Buchheim-Museum der Phantasie in Bernried ausgestellt wird, ist vor acht Jahren an Krebs gestorben. Jetzt muss er auch noch den Tod seiner Tochter verkraften. Die Amrei besteht darauf, dass der Emil bei ihr bleibt. Erst wie ich allein wieder zurück nach Pöcking hochlaufe, fällt mir auf, dass ich mit Trösten dran gewesen wäre, nicht der Herr Pfarrer außer Diensten.

So ist der Höhepunkt des Jahres, zwei Tage später, von Trauer überschattet. Zwei Tote in einer Woche. Nach einiger Diskussion zwischen den drei Bürgermeistern, den vierunddreißig Vereinsvorsitzenden und den achtzehn Gemeinderäten wird die Lange Tafel nicht abgesagt. Das Wetter soll in einer Woche schlechter sein und in zwei Wochen auch, noch dazu rücken dann die Starnberger mit ihrer Nachmacherei wieder an. Zwei Lange Tafeln in zwei Orten, da könntest du fast eine ganz, ganz lange daraus machen und die sechs Kilometer zwischen den zwei Ortsschildern überbrücken. Dazu kommt noch der Kreisverkehr bei der Kaserne, so viele Tische kriegst du beim besten Freundschaftsgedanken nicht zusammen. Also bleibt es beim Sonntag. Bis dahin hat die Sophie jede Menge zu tun: Besuch in der Rechtsmedizin, im Wickerlmord und der Drogengeschichte weiterermitteln, und auch das mit dem Tatmotiv, das wir im Familienstammbuch der Früchtls entdeckt haben, muss sie auswerten. Das dauert. Derweil kümmere ich mich um alles zu Hause.

In der Nacht vor der Feier hat Emma erneut einen Albtraum. Das Kind ist aber auch geplagt, wenn ich sie doch nur besser schützen könnte! Ich weiß gar nicht, ob ich überhaupt schon geschlafen hab, aber meinen Armen und Beinen nach, die bleischwer ins Laken gedrückt sind, muss ich kurzzeitig weg gewesen sein.

«Paaaaapaaaa! Der Kohl ist in den See gefallen, er ertrinkt, komm schnell.»

Ich stolpere halb aus dem Bett und geh mit Emma in ihr Zimmer zurück.

«Ich wollte ihn rausfischen, aber immer wenn ich hingeschwommen bin, ist er auf einer Welle weggeflutscht.» Sie heult, und ich suche das Schaf, allein kann es nicht zum See mitten in der Nacht gelaufen sein. Bestimmt hängt der Traum mit dem Schwimmenlernen zusammen. An Emmas Badeanzug prangt zwar inzwischen ein Seepferdchenabzeichen (in Form des Starnberger Sees), aber ihre Finger wollen beim Paddeln noch nicht so recht zusammenbleiben, also platscht sie mehr wie ein junger Hund, um über Wasser zu bleiben. Schließlich finde ich das Stoffschaf unter ihrem Kopfkissen und drücke es ihr wieder in den Arm. «Hier, deinem Kohl ist nichts passiert. Trocken und gerettet ist er», versuche ich, sie zu beruhigen, und wie ich auf der Bettkante warte, bis sie wieder eingeschlafen ist, fällt mir ein, dass ich anscheinend doch geschlafen hab, denn ich hab schon was geträumt. Ein Klingeln hat mich verfolgt, in sämtlichen Taschen hab ich gesucht, sogar im Restmüll gestochert und die Papiermülltonne geleert. Als ich das Handy endlich entdeckt habe und zwischen den vielen Zettel greifen konnte, hab ich mir fast die Finger verbrannt, so heiß war das Teil. Wieder ist es mir entglitten, auf die Wiese gefallen und zwischen den Halmen davongehuscht wie eine Maus. Ich bin ihm nachgekrochen, mit der Nase auf der Erde über den Enzianberg drüber bis zum Prinzenweg. Dort steht noch der hohle Baum, in den meine Oma eine Madonna reingestellt hat. Zwei Generationen später ist das Baumloch fast zugewachsen, aber die Marienbuche gibt es wirklich, bei uns hinten im Wald. Im Traum hat sich die Öffnung schneller und schneller geschlossen und meine Hand fast abgezwickt, wie ich nach dem Handy greifen wollte, das die Madonna bewachte. In der Baumkrone keckerten die Eichelhäher, sodass ich nichts verstehen konnte. Wie ich hochschaue, hockten da der Bene, der Rossi und der Melcher in den Ästen und lachten mich aus. Was das wohl alles bedeuten soll? Aber darum kann ich mich nun nicht kümmern.

Trotz gerettetem Kohl findet die Emma einfach nicht in den Schlaf zurück und schluchzt weiter. Ich hebe sie hoch und trage sie ins Erdgeschoss, damit die Sophie nebenan wenigstens eine Haube voll Schlaf kriegt. In der Küche mache ich uns Milch warm und schmiere drei bis vier Honigbrote.

Beim Essen erzählt mir Emma endlich den Rest von ihrem Traum. Dicke Tränen kullern in die Kabatasse und machen aus der Voll- eine Magermilch.

«Ich bin übers Wassers geflogen, das mache ich oft, wenn ich schlafe. Ich rudere einfach mit den Armen, stoße mich vom Boden ab und fliege durch die Luft. Ich wollte den Kohl retten, aber dann …» Sie schluchzt ganz tief von innen heraus. «Dann war es gar nicht der Kohl, sondern du.»

«Ich?»

Sie nickt. «Und du warst ganz tot, so wie die Mama von der Amrei.» Oje, meine kleine Emma, das ist alles zu viel für sie. Ich halte sie ganz fest. «Schau, Träume müssen fei nicht wirklich werden. Du weißt doch, dass mir der Starnberger See noch viel zu kalt ist. Ich gehe erst ab dreiundzwanzig oder vierundzwanzig

Grad ganz zaghaft mit dem großen Zeh rein, und so warm wird der See so gut wie selten oder sogar fast nie. Du brauchst also keine Angst haben, ich ertrinke nicht.» Irgendwie bringen wir dann die Nacht noch mit einer Partie Katzenquartett zu Ende, und bei einem Mittagsschlaf am Sonntagnachmittag erhole ich mich dann, um für die Lange Tafel fit zu sein.

Eine schwarze Tischdecke auf Höhe vom *Geschenkechakra* und noch mal ganz oben eine weitere, wo dem Wickerl seine Bude stand, markieren die Trauer auf der ansonsten weißen meterlangen Tafel. Auch wenn der Aigner Ludwig, wie er richtig hieß, ein Dealer war und die Klunkerchristl sein Opfer, über einen Toten soll man nicht richten. Immerhin hat er die meisten Dorfbewohner mit legalem Masthendlfleisch ernährt, das eigentlich genauso verboten gehört wie die illegalen Kristalldinger, die dir das Hirn verbrennen und einen Schlaflosen aus dir machen. Die Sophie hat rausgefunden, dass das Crystal, an dem die Christl gestorben ist, und was auch im Wickerl selbst und in seinen Hendln drinsteckte, identisch ist mit dem Crystal vom Münchner Frühlingsfest. Jetzt verfolgt sie den genauen Verteilerweg zurück, quasi vom kleinen Hendldrogenstopfbetreiber bis zu Hintermännern oder -frauen von dem Rauschgiftring. Das kann der Anfang einer langwierigen Geschichte sein, an der sie weiterhin mit dem Schubert zusammenarbeitet. Unter Umständen und bei der Gründlichkeit, mit der die Drogenmafia vorgeht, wird der Mörder vom Wickerl vielleicht nie gefasst. Weil Pöcking in letzter Zeit so viele Schlagzeilen macht, überlegen der Merkur und die Süddeutsche sogar, einen Redaktionsableger in Pöcking aufzumachen, aber sie wollen noch das Sommerloch abwarten, heißt es im Kleingedruckten. Mein Schwiegervater hat die Operation übrigens gut überstanden und darf Anfang der Woche wieder heim. Jetzt hat er Zeit zum Zeitungslesen und berichtet uns, was sie schreiben. Der Emil ist zur Amrei runtergegangen. Sie wohnt jetzt bei ihrem Opa in Possenhofen.

Zur Langen Tafel hat jeder was zu essen mitgebracht, die Tische biegen sich voller Köstlichkeiten. Kerzen, Windlichter und dem Xand seine lüsterhafte Festbeleuchtung, die sich im Zickzack zwischen den Häusern spannt, sorgen zusätzlich für Stimmung. 𝕾𝖎𝖘𝖎-𝕭𝖎𝖊𝖗 steht auf dem Fass im Leiterwagen, das der Melcher senior und der Pflaum stolz herumziehen. Eine erste Kostprobe des Selbstgebrauten.

«Auf unseren Dorfpicasso! Auf dass sich der Fidl nur ja gut erholt, wir brauchen ihn hier.» Der Rossi, der mit seinem Rollstuhl mitfährt, prostet mir zu.

Ich wage es gar nicht, in die Töpfe zu schauen, nicht, dass noch eines von meinen Fuggern drin schmort, retten kann ich sie nicht mehr, aber vielleicht rächen. Ob der Hühnermörrrrder in unsere Falle tappt, muss sich noch herausstellen. Zeit, den Köder auszulegen. So gehe ich von Tisch zu Tisch, lupfe die Deckel und schnuppere, ob es nach exquisitem Huhn riecht. Ehrlich gesagt, rieche ich keinen Unterschied, Gewürze und Soßen vertuschen alles. Dafür jammere ich lautstark und beklage meinen Verlust. Bald habe ich viele Verdächtige, Hendl finde ich in jedem zweiten Topf, auch ein paar Halbtagsvegetarier laben sich daran. Angeblich essen sie nur hier und heute ein bisschen Fleisch, weil's gar so köstlich duftet. Der Schulsekretärin Frau Mörwald ihren pausbackigen Zehnpfünderbuben darf ich auch schon beglückwünschen, also hat sich die Warterei gelohnt. Der Bürgermeister führt mir seine neue Klingel vor, eine chinesische mit zwei Klangschalen, die am Lenker rotieren und so durchdringend schrillen, dass sich alle ringsum die Ohren zuhalten.

Danach stelle ich mich wieder an den Anfang der Tischreihe und eröffne dem Dorfschmied, der Wirtin vom *Schaumichan* und noch ein paar Bier- und Weinseligen den Plan, den Emma und ich ausgeheckt haben. «Jetzt geht's doch weiter mit meiner Hühnerzucht. Aber das verrat ich nur euch, ganz persönlich, passt auf. Eine Bruthenne samt Gelege ist mir geblieben, ein Wunder, aber bitte sagt es nicht weiter, es soll sich nicht gleich rumsprechen.» Nun kann ich sicher sein, kaum dass ich kehrtmache, dass es jeder an diesem Abend erfährt. Von einem Ohr durch den Mund ins nächste Ohr, sogar ohne aufzustehen, bequem im Sitzen. Hoffentlich ist es nicht wie bei der Stillen Post, dass ganz was anderes am Ende der Langen Tafel herauskommt. Aber wie ich meine Pöckinger kenne, denkt der Hühnermörder am Ende, ich hab eine ganze Legebatterie dazugekriegt, und sabbert bereits.

Vielleicht schreibt der ein oder andere sogar noch eine SMS, damit es die im Oberdorf bei St. Ulrich noch schneller erfahren. Nachrichten per Handy verschicken kann ich jetzt auch, theoretisch. Der Emil hat's mir gestern gezeigt, und ich habe mich anscheinend bis in den Schlaf hinein angestrengt, dass ich kapiere, wie das geht. Sonst hätte ich doch nie so einen Schmarrn zusammengeträumt. Sehr süße Worte hat mir meine Liebste zur Übung reingetippt, die trage ich jetzt bei mir in der Hosentasche auf dem Bavariahandy. Nur was eine Klammer mit Doppelpunkt bedeuten soll, hab ich nicht verstanden. :)?

Blöd bloß, dass es doch relativ dunkel ist und ich nicht die ganze Dorfstraße überblicke, wer wann wohin verschwindet, sosehr ich mich auch strecke und hinausspähe. Sonst könnte ich den Täter gleich entlarven. Wer in der nächsten Stunde unbemerkt abhaut, ist potenziell verdächtig. Andererseits drückt mir die Apfelschorle auch auf die Blase, und ich sage der Sophie, dass ich kurz wo hinmuss. Einer hat so eine Kamera auf einen ferngesteuerten Flieger montiert. Der surrt über unseren Köpfen die Dorfstraße entlang und hält das historische Ereignis für die Ewigkeit fest. Wenn der alles filmt, bräuchte ich es nur noch auswerten. Das Material soll die Sophie nachher einfach beschlagnahmen, jetzt will ich sie nicht damit belästigen. Sie trägt der Christl ihren Totenkopfschal, den ich ihr geschenkt habe, redet mit der Lisa ihrer Mama über das, was Emma in den drei Tagen zu Hause in der Schule verpasst haben könnte und überhaupt. Es freut mich, meine Frau entspannter zu sehen, weg von der Arbeit. Die Ermittlungen in Sachen Mord und Drumherum laufen erst morgen wieder an.

Neugierige Fragen muss sie dennoch genug beantworten. «Nein, der Mörder vom Wickerl ist noch nicht gefasst, die Untersuchungen laufen noch. – Ja, die Christl ist an einer Überdosis Methamphetamin gestorben, im Volksmund Crystal genannt.» Emma und Lisa schlendern mit ihren Tellern von Tisch zu Tisch und picken sich aus den dargebotenen Speisen die Leckereien heraus. Nur, wohin jetzt mit meinem Harndrang? Aufs Klo beim Postwirt? Wie ich den kenne, hat der seine Toiletten zugesperrt, damit er nicht noch ein Klofräulein hinstellen muss. Bevor ich aufs Chemieklo gehe, das im Oberdorf steht, wo mit vorgerückter Stunde geschätzte zweitausend andere ihre Flüssigkeiten abgelassen haben, schwitze ich es lieber raus. Einen Baum gibt es nicht in der Nähe, auch keine Büsche. Ich könnte es bei der Friedhofsmauer versuchen, dabei muss ich an mindestens weiteren zwanzig Tischen vorbei und werde vor lauter Krankheitsgeschichten und Fragereien in die Hose pieseln. Dann eben hintenherum, die Hindenburgstraße hinunter, an der Textilstube vorbei. Auch wenn's der längere Weg ist, fast könnte ich zu Hause aufs Klo gehen. Aber vielleicht finde ich vorher eine Hecke, an der ich mich erleichtern darf. Leicht gesagt, die Idee scheinen mehrere zu haben. Morgen wird die Straßenreinigung den Teer in Pöcking umdrehen müssen, ausnahmsweise sind es dann nicht die fahrlässigen Hundebesitzer gewesen, die die Scheißbeutel ihrer Lieblinge über die Gartenzäune geworfen haben, weil die Manteltaschen voll waren.

«Einstechen», ruft die Berta, nein, die Erna, wie ich an der Textilstube vorbeikrümme. Ich drehe mich zur Seite.

«Faden holen.» Keine von beiden ist zu sehen.

«Durchziehen.» Täuschend echt imitiert der Schorschi bereits die Fistelstimmen der Zwillinge, die ihn in Pflege genommen haben, weil Christls Vater eine Katze hat. Ausnahmsweise waren sich die Textilschwestern mal einig. Nur als es darum ging, auf welcher Seite ich gestern die Voliere anbringen sollte, haben sie wieder gestritten. Schließlich habe ich das Netz gleich bei der Eingangstür aufgehängt, mit einem Schlupfloch zur Woll- und einem zur Stoffseite des Ladens. Auch wenn die ein oder andere Kundin jetzt vielleicht gezwickt wird, der Schorschi ist vor Wind und Wetter geschützt und kriegt alles mit, das ist die Hauptsache.

«Häkeln kann ich, wenigstens heiße Luftmaschen», erkläre ich dem Raben kurz und will mich weiter vorwärtsdrücken, da fällt mir der Kirchbach Gretl ihr Rollator auf, der halb im Gebüsch steht. Ich schiebe ihn zurück auf den Bürgersteig und werfe einen Blick in die Pommesstranitze, die sie im Körbchen vorne drin hat. Als würde mir das, was sie mir geschildert hat, noch mal in echt vor Augen geführt. Ein zweifarbiges Bonbon liegt darin, in Zellophanpapier eingewickelt. Ich nehme es heraus und halte es gegen die Straßenlaterne. Es schimmert halb blau, halb weiß, in Rauten. Ich fang an, es auszupapierln, und schnuppere daran. Fruchtig riecht es nicht gerade. Kunstvoll gefärbter Kandiszucker, hätte ich noch vor ein paar Tagen gedacht, wenn ich es inzwischen nicht besser wüsste.

«Finger weg, lass meine Sachen in Ruh!» Die Gretl eilt über die Straße vom *Schaumichan* und entreißt mir mit einem zackigen Griff das Bavariazuckerl oder wie auch immer du das Erzeugnis nennen willst. Hastig steckt sie es in den Mund. Ohne mich weiter zu beachten, schlurft sie, laut schmatzend, mit ihrem Rollator, gebrechlich wie gewohnt, in Richtung Lange Tafel. Ich sehe ihr nach, und meine alten Zweifel kochen wieder in mir auf. 𝔖𝔦𝔰𝔦-𝔅𝔦𝔢𝔯, ha, die Alten wollen mich für dumm verkaufen! Meine Blase meldet sich zurück, als hätte sie sich für ein paar Minuten selbst verzwickt. Mit kurzen Schritten arbeite ich mich weiter voran, biege endlich in den Piusweg ein. Dort, hinter der Post, der ehemaligen Milchzentrale, wo die Pöckinger im vorigen Jahrhundert noch frische Milch von den Bauern aus dem Dorf, aus einer Pumpe gezapft, kaufen konnten, beginnt die Friedhofsmauer. Wenn ich schon nicht balancieren darf, dann will ich wenigstens einmal hinpieseln. Die Anwohner in den Häusern neben dem Friedhof werden hoffentlich alle auf der Langen Tafel sein, und keiner wird mich bemerken. Ich schleppe mich noch etwas weiter weg von der Straße, um die Kurve bis zum Maibaum. Mit dem Rücken zur einzigen Straßenlaterne öffne ich das Hosentürl und warte. In der Öffentlichkeit, nebeneinander auf einem Männerklo, das ist nicht so meins. Schon als Kind hab ich mich nie für den richtigen Baum entscheiden können, lieber gesucht und gesucht, bis es zu spät war. Also dauert es auch jetzt, bis es richtig fließt. Aber nun hab ich doch Zeit, und keiner stört mich, rede ich mir ein. Versuche mich zu entspannen und die Aussicht von hier über den Friedhof zur festlichen Dorfstraße hinauf zu genießen. Und lausche den gedämpften Tönen der Bluesband von der einen und der Blasmusik von der anderen Seite. Vereinzelt flackern Lichter auf den Gräbern, als bewegten sie sich im Takt der Musik. Endlich rinnt es, ich atme auf.

«Da schau an, hierher hast du dich verdrückt.» Jemand stellt sich neben mich. Augenblicklich dreht es mir den Urinstrahl zu wie bei einem Wasserhahn. Hastig ziehe ich den Reißverschluss rauf. Es plätschert nebenan, und knapp neben meinen Haferlschuhen ergießt sich ein Strahl. Im Kies bildet sich ein kleiner See, in Form vom Chiemsee, mit Schaumkronen drauf. Der alte Angeber! «Funktioniert das Klo auf eurer Polizeistation etwa immer noch nicht?», fauche ich ihn an.

«Ich kann mein Revier markieren, wo ich will.» Der Jäger Wolfi lässt vom Boden ab und pieselt stattdessen eine Schlangenlinie direkt an die Mauer. Bei so viel Flüssigkeit muss er eine zweite Blase haben. Erwartet er nun Applaus von mir? Er schafft noch einen Punkt unten drunter, und endlich versiegt es auch bei ihm. Sieht nach feuchtem Fragezeichen aus. Aber da kann er lang warten, dass ich frage, was er fragen will, geschweige denn, dass er eine Antwort von mir kriegt. Ich wende mich zum Gehen.

«Sag schon, wie habt ihr das gedeichselt?» Er hält mich am Arm zurück. «Lasst ihr es etwa unter den Tisch fallen, dass du, der Mann einer Drogenfahnderin, selbst mit Crystal schmuggelst?»

«Wie bitte?» Sosehr ich mich beherrschen will, rutscht mir doch was heraus. Ich entwinde mich seinem Griff und versuche mich zu sammeln, nicht, dass er noch denkt, er hätte mich aus der Reserve gelockt. Das gönne ich ihm nicht! Zu spät, er grinst blendend breit im Schein der Laterne, eine Geisterbahnsonderfahrt ist ein Dreck dagegen. «Kümmere dich besser um deine eigenen Angelegenheiten», erwidere ich. Dürftiger hätte meine Antwort nicht ausfallen können.

«Aha, fällt dir nichts anderes ein? Sonst hast du doch auch

immer einen witzigen Spruch auf Lager. Was ist, kränkelst du?»
Er fädelt sein Jägerlatein wieder ein, ich schließe kurz die Augen.
Er rückt mir auf die Pelle. Doch bevor er mir noch mit seinen
Brunzpratzen das Gesicht tätschelt, schlage ich einen Haken und
weiche aus. Auch ich hab Geschmacksgrenzen. In mir fängt es
zu brodeln an. Sämtliche Abwehrblutkörperchen fahren ihre Geschütze auf. «Dein Versteckspiel funktioniert bei mir nicht. Ich
weiß was über dich, was sonst niemand weiß.» Absichtlich rede
ich nicht weiter, gebe ihm Zeit zu grübeln.

«So, und was soll das sein? Wenn du auf meinen Jagdschein
anspielst, hast du dich geschnitten. Das Jagdrecht hab ich von
meinem Vater geerbt, da kann deine Frau behaupten, was sie
will.»

«Ach ja?» Daran hab ich gar nicht mehr gedacht. Er liefert mir
zusätzlich Futter. «Ich mein was anderes, denk nach, falls möglich.» Aber bis der das Stroh in seinem Schädel gewendet hat und
vergeblich nach einem Goldfaden sucht, helfe ich ihm auf die
Sprünge, sonst stehen wir uns hier noch bis zum Morgengrauen
die Beine in den Bauch. «Soll ich Papa Wolfi oder Wolfipapa zu dir
sagen? Oder sogar Rängodaddy?»

«Wie jetzt?» Er lacht auf. Ein befremdlicher Klang aus seinem
Rachen.

«Du hast eine Tochter.»

«So ein Schmarrn, ich hab keine Kinder.» Aber dann verebbt
seine neugeborene Lache, fast verschluckt er sich daran.

«In der Fernsehschublade von der Klunkerchristl stand es
schwarz auf vergilbt. Jäger, Wolfgang. Auf der Geburtsurkunde
von der Amrei.» Sein verkniffenes Geschau erschlafft. Gerade
will ich ihm die Kinnlade auffangen, nicht, dass die noch auf den
Teer knallt, doch in meiner Hinterntasche vibriert es, und gleichzeitig höre ich meine Schafe blöken. Ein ganz neues Gefühl, jetzt

verstehe ich, warum jeder so ein Handy dabeihat. Alltagserotik o, là, là. Emil hat mir als Klingelton das Geplärr meiner Herde aufgenommen, wenn sie morgens darauf wartet, auf die Weide zu dürfen. Aber kein Anruf erwartet mich in dem Leuchtkästchen, nein, das Wolkenschaf zappelt im bayerischen Miniaturhimmel! Wie das denn? Bisher hab ich doch noch keine Zeit gehabt, diese Herzfrequenzhalsbänder zu bestellen, und der Emil hat auch noch nichts installiert, oder doch? Außerdem sind meine Tiere sicher im Stall. Sie schlafen bestimmt, dösen, wiederkäuen oder alles zusammen. Entweder spinnt das Teil, oder es ist wirklich was los. Ich schüttle es, aber widerstehe dem Drang, das Handy einmal kräftig an die Mauer zu schlagen. Früher hat das bei manchen Geräten funktioniert, bei manchen auch nicht, aber es war immer den Versuch wert. Das Schäfchen zappelt unentwegt, es blökt und meckert weiter vielstimmig, und vibrieren tut es auch noch. Jetzt hab ich keinen Frieden mehr. Der Jäger Wolfi scheint sowieso seine Zeit zum Luftholen und Verdauen zu brauchen, den finde ich wahrscheinlich morgen um dieselbe Uhrzeit noch genauso vor, also stapfe ich nichts wie heim.

Fünfzigtausend
28.

Wie ich zum Hof komme, ist alles ruhig. Ich lausche in die Dunkelheit. Schafe drängen sich bei Gefahr zusammen, um so die Lämmer in der Mitte zu schützen, und halten dann ganz mucksmäuschenstill. Außer, die Herde wird von einem Raubtier auseinandergesprengt, dann flüchten sie einzeln in alle Richtungen. Deshalb mache ich am besten mal das Licht an, um zu sehen, ob alle da sind und ob's ihnen wirklich gut geht. Ich drehe am Schalter, und augenblicklich jagt mir ein Stechen den Arm hinauf bis ins Hirn, als würde ein Schwert mich mittendurch teilen. Ich höre mich selber schreien, sehe mich sogar, wie ich den Mund aufreiße. Komisch, bin ich etwa mein eigener Spiegel geworden? Also, so fesch schaue ich nicht aus, dass ich mich in meiner eigenen Schönheit suhlen könnte. Auch wenn die Sophie mich gelegentlich zum Anbeißen findet. Außerdem wundere ich mich über die plötzliche Helligkeit, nicht nur das Licht ist angegangen, das wäre ja ein gutes Zeichen, schließlich hab ich Licht machen wollen. Es strahlt überall, als sei es schon Tag geworden. So klinisch weiß ist es, als hätte der Kraulfuß an der falschen Stelle mit dem Weißeln angefangen und die ganze Welt übertüncht. Mehr und mehr entferne ich mich von meinem Körper, von allem, sehe gerade noch, wie mich jemand wegschleppt. Ich würde gern helfen und mir selbst oder vielmehr der leblosen Schlenkerpuppe, die meine Visage trägt, unter die Arme greifen, aber es gelingt mir nicht. Nur mehr aus Augen und Gedanken scheine ich zu bestehen. Heller und heller wird's, sodass ich nicht mal erkennen kann, wer mich da wohin zerrt. Wie ich wieder zu mir komme, läuft es mir kalt den Buckel runter. In echt, nicht nur so dahingesagt. Das Wasser rinnt mir in den Strickpulliausschnitt. Bei Stromschlag abklemmen und unters Wasser halten. Welcher Idiot hat denn diese Erste-Hilfe-Empfehlung angewandt? Ich spüre weder den linken Arm, wo mich der Schlag getroffen hat, noch den rechten. Als Bub hat es den rechten Arm erwischt. Ausgleich.

Ich kann mich überhaupt nicht rühren. Bin ich gelähmt? Ich versuche, die Muskeln anzuspannen. Ein Kraftakt, tausend Nadeln scheinen mich zu stechen, aber wenigstens regt sich wieder was in meinen Gelenken. Unscharf durch die Wimpern meiner halbgeschlossenen Augen sehe ich, dass ich gefesselt bin. Rundherum mit der blauen Schnur umwickelt und x-fach verknotet wie eine Rindsroulade. Dabei hatte ich doch gar keine Schnüre mehr in der Hosentasche, die muss der Fesslungskünstler von der Rolle im Schafstall genommen haben. Ich sollte auch keine Schnüre mit mir herumschleppen, Schnüre führen in Versuchung. Bei anderen Leuten ist es der Messerblock zu Hause, beim Fritzl die Metallschiene im Fischladen, und beim Wickerl waren es die Spieße neben der Eingangstür, zack, und schon pikst es, wenn dir einer dumm daherkommt. Aber wem hab ich was getan? Mir fällt es unendlich schwer, die Augen offen zu halten. Ein Schläfchen wäre recht, unsere Badewanne ist ja ganz kommod, wenn ich mir das so überlege. Ich selbst hab sie damals kurz vor unserer Hochzeit im Badewannenfachgeschäft beim Probeliegen ausgesucht. Aber in dem Vorführraum war sie noch nicht ans Wasser angeschlossen. Nach der Hetze vorhin, weg vom Wolfi seinem Hosenstall, der Rennerei nach Hause, erfrischt die Abkühlung sogar ein wenig. Abgesehen von den Schmerzen natürlich. Mein Pulli saugt sich voll, wird schwerer und schwerer und drückt mich nach unten. Nicht mehr lange, und ich ertrinke in meinem eigenen Gewand. Ich zwinge mich, ins Licht zu schauen. In unserer Badezimmerleuchte, einer milchigen Halbkugel, liegen tote Fliegen und unterbrechen die Helligkeit mit ihren Leibern. Wenn schon fest verschnürt, so bin ich wenigstens daheim, hier kenne ich mich aus. Trotzdem bade ich selten in Anziehsachen, auch nicht mehr in der Badehose, seit mich die Sophie vom Schlechten beim Geschlechtlichen befreit hat. Herrschaft, warum liege ich dann in der Wanne und lasse mir den Kragen volllaufen? Meine Hirndrähte scheinen wirklich angekokelt. Ich höre jemanden rumoren. Schranktüren fallen zu.

‹Hallo› will ich rufen, mir gelingt nur ein Krächzen, als wäre ich der Schorschi. Meine Zunge scheint aus Kaugummi zu sein, bewegt sich nur in Zeitlupe, und mein Schädel pocht wie die alte Uhr ohne Zeiger in meiner Werkstatt. Zum Davonlaufen, wenn ich noch könnte.

Ich staune nicht schlecht, wer da um die Badezimmertür biegt. Mit roten Gummihandschuhen bis zu den Ellbogen hält er Sophies Reiseföhn, den er im Schlafzimmerschrank gefunden haben muss. Oha, ich ahne, was er vorhat.

«Wüso?», drücke ich mir mühsamst ab. «Wüüst du mi uumbringn?» Beim Sprechen treibt es mir den Schweiß aus den Poren, trotz kaltem Wassergerinnsel im Genick. Wie gut, dass ich die Leitungen noch nicht entkalkt habe, denn das Wasser tröpfelt eher in die Wanne, als dass es fließt. Es wird dauern, bis die Wanne voll ist. Ich hole Luft, versuche meinen Kiefer zu lockern. Jeder Nerv brennt und schmerzt, der vermaledeite Strom, auf den du dich sonst nie hast verlassen können in unserem Haus, hat mir sauber eine draufgezündet. «Ich hab gedacht, wir verstehen uns, so von Türhalter zu Türhalter, äähmm, Tierhalter zu Tierhalter.» Langsam gelingt mir das Formulieren wieder, auch wenn meine Zunge Saltos schlägt wie ein Hochseilartist. «Wie guueeht es deinen ...» Verdammt, jetzt fallen mir die Namen von seinen Scheißfischen nicht ein. «Hokus und Pokus, Hui und Buh, Schatzi und Bärli, Quälgeist und Engel, Starnberg und Pöcking?»

«Schnauze.» Er steckt den Föhn in die Steckdose. «Sonst bind ich dir den Mund auch noch zu.»

Sofort presse ich die Lippen zusammen und schweige lieber. So fest, wie der mich zusammengezurrt hat, müsste die blaue Schnurrolle eigentlich leer sein. Aber nicht, dass er noch die Zahnseide nimmt, die im Schrank unterm Waschbecken liegt.

Er setzt sich zu mir auf den Wannenrand und dreht am Wasserhahn. Heiß geht nur, wenn ich eingeheizt hab, und das hab ich nicht, soweit ich mich erinnere. Auf Kalt kann er bis zum Anschlag drehen und wieder zurück, es bleibt bei dem mageren Rinnsal. Pech für ihn, Glück für mich. Außer, er holt eine Rohrzange und schraubt die vordere Kappe vom Wasserhahn ab, aber mit Tipps halte ich mich besser zurück.

«Reicht es nicht, was der Hendlwickerl meinem Schatz angetan hat, musstest du Drecksack dich auch noch einmischen?» So wie er mit seinen glibberigen Handschuhen über der Wanne herumfuchtelt, fällt ihm noch der Föhn aus der Hand. Von wem redet er? Der Drecksack bin ich, das kapiere ich, aber wer ist sein Schatz? Ich kenne doch nicht alle Junkies, die der Wickerl beliefert hat. Langsam steigt das Wasser bis zu meinen Zehenspitzen in den Stricksockenschichten. Wo sind eigentlich meine Schuhe? Hab ich die verloren, oder hat er sie mir abgestreift? Meine Hose weicht unterseitig durch. Von oben läuft mir das Rinnsal aus dem Hahn in den Pullikragen, von unten steigt langsam der Wasserspiegel. Ganz unangenehm fand ich das zwar schon als Bub nicht, anfangs fühlt sich Reinpieseln schön warm an, aber peinlich ist es auch.

Der Xand fingert mit der Rechten in seine Brusttasche, wie der Fidl auf der Suche nach dem nächsten Glimmstängel. Nur ist er nicht so geschickt, seine rosa Gummihandschuhfinger sind fast zu breit dafür und er muss ordentlich herumwurschteln. Dabei entgleitet ihm der Föhn. Ich zucke zusammen und rutsche tiefer in die Wanne. Ganz knapp vor meinen Knien fängt er ihn noch am Kabel auf. Mir bleibt fast das Herz stehen.

«Ist sie nicht wunder-, wunderschön?» Er hält mir ein Foto vor die Nase und schnieft. Das Bild ist mehr ein Lappen als festes Papier, voller weißer Knicke, vielleicht hat er es auch schon mal mitgewaschen. Ein Passfoto von einer Blondine in den besten Jahren, soviel ich erkennen kann. Ich kneife die Augen zusammen: Mit etwas Phantasie könnte das die Ding sein. «Ist das ... ist das die Klunkerchristl?», entfährt es mir.

Er nickt. «Bevor sie der Wickerl mit seinem Zeug zerstört hat.»

«I wo, ich glaub nicht, dass das die ersten Drogen waren, die die Christl geschnupft hat.»

«Woher willst du das wissen? Hat sie dir das erzählt? Wann?»

Was fasele ich überhaupt, ich rede ich mich noch um Kopf und Kragen.

«Du hast ihr die letzten Drogen gebracht, ich weiß es genau. Ich hab mich immer um sie gesorgt, sie war so ..., so ..., zerbrechlich.» Er streicht mit dem roten Gummidaumen über das Foto. «Ich bin zu Fuß zu ihr, kurz nachdem ich dir das Handy gegeben habe, weil ich sie besuchen wollte. Da hab ich deinen Traktor vor ihrem Laden stehen sehen und beim Blumenladen gewartet, bis du endlich wieder weggefahren bist. Sie hatte die Drogenpäckchen noch in der Hand. Woher hast du das schon wieder, hab ich sie gefragt. Erst wollte sie es nicht sagen, dann ist sie ausgeflippt. Wir haben gestritten, und sie hat mich angeschrien. Und das alles nur wegen dir, du miese Sau. Schleich dich, das war das Letzte fei, was sie zu mir gesagt hat. Du kannst dir nicht vorstellen, wie weh das tut. Zuvor hat sie mir bestätigt, was ich ohnehin schon vermutet habe: Das Crystal hat mir der Halbritter gebracht, der kümmert sich richtig um mich. Der ist nicht so ein Energiesparheini, wie du einer bist. Der Halbritter hat sogar für mich gestohlen, hat sie gesagt. Der Mann einer Drogenfahnderin und ein Dealer und Dieb dazu! Welch perfekte Tarnung! Weiß deine Frau davon, oder steckt sie auch mit drin? Aber egal, ist nicht mehr wichtig, jetzt ist Schluss mit allem. Jetzt räum ich auf, das bin ich der Christl schuldig. Erst ist mir der Wickerl in den Spieß reingelaufen, und jetzt bist du dran.»

«Reingelaufen? Dreimal hintereinander?»

«Nein, dass ich nicht lüg, vier oder sogar sechs Spieße waren es.» Zählen war schon in der Schule nicht seine Stärke. «Ist auch egal, sie geben sowieso dir die Schuld.»

«Mir?»

«Eigentlich hast du doch den Wickerl umgebracht, das weiß jeder im Dorf, steht ja sogar an deiner Hauswand. Da ist es verständlich, dass du deswegen deinem Leben selbst ein Ende setzt.»

Mich fröstelt es langsam doch ein wenig, und es dämmert mir, was er vorhat. «Ach, und vor meinem Selbstmord hab ich mich noch gschwind selber gefesselt, oder wie?»

«Gut, dass du es sagst! Aber das braucht dich gleich nicht mehr zu kümmern. Was bist du überhaupt für ein Handwerker? Nicht mal einen einfachen Wasserhahn bringst du zum Laufen.» Er springt auf und drückt mich nach unten. Ich winde mich unter den Fesseln, versuche mich mit den Socken hochzudrücken oder wenigstens meine Zehen durch die Löcher im untersten Sockenpaar zu stemmen, damit ich mich wo einkrallen kann. Vergebens. Wie er mein Gesicht mit einer Hand unter Wasser presst, kann ich den Aufdruck von seinem Latexhandschuh sehen. Ein paar Dreiecke übereinander sind draufgemalt, daneben eine Fünf mit mehreren Nullen. Fünfzigtausend Volt halten die Dinger aus? So viel hat zwar der Föhn niemals, aber ich kapiere immer mehr. Gleich werde also nur ich schmoren, und der Elektriker mit seinen Isolierhandschuhen ist fein raus. Deshalb konnte er mich auch vorhin vom Strom wegziehen und ist nicht an mir pappen geblieben wie ein siamesischer Zwilling. Er schaltet den Föhn ein. Ich pruste und schlucke, das Wasser umspült meine Mandeln.

Adieu Pöcking, du schönster Fleck auf Erden, bald sehe ich dich mit anderen Augen oder überhaupt nicht mehr!

Jemand brüllt etwas. Nie hätte ich gedacht, dass ich den Spruch in so kurzer Zeit gleich zweimal hören werde und er mir überhaupt jemals wie der allerschönste Engelsvers in den Ohren erklingen würde. Im Wickerl seiner Hendlbude und jetzt hier.

«Hände hoch oder ich schieße!»

Der Xand lässt einen Moment lang meinen Kopf los, es knallt, die Deckenlampe zerspringt. Erst ist es finster, dann erkenne ich ganz vage im Ganglicht einen Schatten. Jemand stürzt auf den Xand zu. Prustend und spuckend versuche ich mich an der Wasseroberfläche zu halten, rutsche in meinen Fesseln aber immer wieder ab. Mein Peiniger schreit auf, lässt seine Presspratze nun richtig locker, und ich kann auftauchen. Mit einem kräftigen Schlag seiner Waffe gegen den Xand seinen Dickschädel hat ihn mein Retter außer Gefecht gesetzt. Ich höre das vertraute Klicken der Handschellen. Plötzlich ist es fast ein liebliches Geräusch für mich. Fürs Handschellenanlegen muss der Jäger Wolfi eine

Extra-Eins auf der Polizeischule gekriegt haben, so schnell und fast geschmeidig, wie der das kann, ich spreche ja aus Erfahrung. Werde ich ihn bitten müssen, dass er mich losbindet? Doch er zückt schon sein Jagdmesser und befreit mich von den Schnüren. Er dreht den Wasserhahn zu, beugt sich über mich. Beinahe ist mir das dann doch schon wieder zu nah. Will er mich noch wachküssen? «Ich leb schon», röchele ich und reiße zur Sicherheit noch die Augen auf, damit er nicht in Versuchung kommt.

«Ich merk's, jetzt rutsch ein Stück.» Will er sich etwa zu mir in die Wanne begeben? Doch er tastet unter meinem Hintern nach dem Wannenstöpsel.

Ach, wie hätte alles so idyllisch sein können: Der Mörder vom Wickerl überführt und zur Strecke gebracht. Der Wolfi mein Zeuge. Ich, gerettet. All das bedeutet, dass ich noch eine Weile die frische Pöckinger Luft einschnaufen darf, wenn ich mich nicht direkt unter die Dunstabzugshaube von den Senioren stelle.

Nur eine Sache erschwert mir die Freude. Der Jägerrängo ist zur Abwechslung mal nicht grün, sondern vom Scheitel bis über die Uniform und in den Hosenbund hinein lila. Sogar von seinen Nasenhaaren tropft Farbe. Nur sein Gebiss ist tadellos wie immer.

«Das war knapp, oder?» Er will mir die Hand reichen und aus der Wanne helfen. «Hätte ich mir nicht hinterm Haus versucht, die Farbe abzuwaschen, hätte ich dich nicht schreien hören.» Lila-perlweiß bleckt er mich an, nimmt sich ein Handtuch und wischt sich die Augen aus. «Das brennt vielleicht, das Zeug.» Soll es auch. Ich weiß zwar nicht genau, was Emma alles in ihre Spezialmischung für die Falle getan hat, aber ich selbst habe den Farbkübel auf das Brett überm Hühnerstallfenster gestellt. Zittrig, aber zügig klettere ich, natürlich ohne seine Hand zu nehmen, aus der Wanne.

«Was sagst du, Zeit, die alten Gräben zu schließen und neu anzufangen?» Der Wolfi steckt die Waffe zurück in den Halfter.

«Mersse fürs Lebenretten», ringe ich mir ab. «Aber das ...» Ich hole aus und verpasse dem Jäger Wolfi einen saftigen Kinnhaken, dass es mir die Handknöchel prellt. «... ist für den Fuggerjakl, den du abgemurkst hast.» Zu weiteren Schlägen reicht es nicht mehr, ich stolpere rückwärts auf den Xand, der sich immer noch benommen auf unserem Badvorleger wälzt.

Die Klingelleuchte
29.

Wir alle brauchen eine Zeit, um uns von der letzten Woche zu erholen. Der linke Arm zieht mir noch von dem Stromschlag, den der Xand mir verpasst hat. Ich kriege kaum die Kakaoziegenmilchtasse in die Höhe. Meine Hand zittert, wie ich ein Apfelkücherl aufspießen will. Aber wer braucht schon eine Gabel, wenn du ohne zulangen kannst! Die Sophie und ich genießen den Frühling im Garten, besprechen die allerletzten Details, die wir uns noch nicht erzählt haben. Der Kirchbach Gretl ihr Rautenbonbon sollte ich erwähnen. Von wegen **Sisi-Bier**. Das hat sehr nach einem Crystalkristall ausgesehen. Hat sie den vom Wickerl aufgehoben, oder produzieren die Alten nun doch selber Drogen, raffiniert als Lutschpastillen verpackt, und das Bier dient nur als Tarnung? Aber selbst wenn, das Beweisstück, dieses Gutti, hat die Gretl längst aufgelutscht. Also sag ich erst mal nichts zur Sophie und werde die Sache selbst im Auge behalten. So einfach lasse ich mich weder in meine eigenen blauen Schnüre noch in die von den Senioren geschickt eingefädelten Machenschaften einwickeln. Vielleicht werde ich doch ihr Pfleger und ermittle gegen die *Gemeinsam Dabeiseier* als Undercoverdrogenfahnder? Sophie beunruhige ich damit lieber nicht. Ob Stuhlgang oder Gedankengang, alles brauchen und wollen die Frauen gar nicht wissen. Nicht, dass ich noch wie der Burgl ihr Mann werde.

Schlürfend und schmatzend schauen wir auf die Wiese zur Emma und ihrer Freundin Lisa, die den Hühnerstall für die Bina und ihre zukünftigen Küken bemalen. Der Wolfi in seiner Gier hat, als er in die Falle gedackelt ist, so viel Farbe verspritzt, dass sich ein Neuanstrich lohnt. Die Mädchen benutzen die ganze Farbpalette, auch das Rot von der *Möder*-Schrift, die ich mit einem Bettlaken abgehängt habe, bis der Kraulfuß mit seiner Barbara zum Weißeln anrückt. Meine letzte überlebende Augsburgerin war übrigens nie in Lebensgefahr. Fern vom Wolfi und seinem Jagdmesser blieb sie die ganze Zeit oberhalb vom Schafstall in ihrem selbstgebauten Nest in Sicherheit. Anscheinend hat der Unfall mit dem Reh am Sonntag bei uns im Schafzaun seine Wut auf mich so angestachelt, dass er zwei Tage später, Dienstagnacht, als am anderen Dorfende der Wickerl dran glauben musste, meine schönen Schwarzgefiederten niederstechen musste. Vermutlich hat ihn der Fidl noch draufgebracht, mir was anzutun, was mich wirklich schmerzt, als mein Schwiegervater ihn im Würmstüberl wegen dem Reh ausgequetscht hat. Aber dem Fidl gebe ich keine Schuld, im Wolfi seinem Hirn steigt keiner durch. Ich bin froh, dass es dem Fidl besser geht und er endlich wieder zu Hause ist.

Wir konnten ihn nicht überreden, sich zu uns nach draußen zu setzen. Nachdem er uns den Packen Kalenderwitze der letzten Tage hintereinander vorgelesen hat, döst der Fidl seit seiner Rückkehr aus dem Krankenhaus die meiste Zeit im Bus, skizziert Frauen in weißen Kitteln (aus dem Gedächtnis) oder probiert die Fernbedienung mit neuen Batterien für seinen Herzschrittmacher aus. Zum wiederholten Male ruckelt das Gartentor. Auf. Zu. Auf. Zu. Er testet anscheinend, ob er seine Lebensuhr wirklich an- und abstellen kann. Zu uns ins Haus umziehen und in einem normalen Bett kampieren, wollte er nicht. Er braucht die Bewegung unterm Hintern, sagt er, obwohl ihm der Arzt das Selberfahren noch verboten hat. Mein Verdacht ist, dass mein Schwiegervater lieber unkontrolliert von seinen eigenen flüssigen und festen Sachen umgeben sein will. Ich kann ihn verstehen, unseren Strom vertraue ich jedenfalls nicht mehr einem Nicht-Halbritter an. Der Emil versucht es jetzt mit der Reparatur, zusammen mit mir. Erst haben wir das Licht im Schafstall umgepolt. Das hat der Elektriker absichtlich falsch angeklemmt, damit es mich erwischt. Mamaseidank, hat der Xand nicht dran gedacht, dass es zwei Halbritter gibt und die Christl eigentlich den Emil gemeint hat. Wie wir hier so unter Holzgittern im Pavillon, von Rosenknospen umrankt, von Mücken umschwärmt beim Kaffeetrinken sitzen, muss ich an den Xand denken. Wie lang das schon in ihm gegärt hat, mir den Garaus zu machen. Ein Glück, dass ich wenigstens den Emil schützen konnte. Der Bub wollte doch nur die Amrei aus der Drogen-Zwickmühle retten, weil ihre Mutter so gesponnen hat. Vor lauter schlechtem Gewissen hat er sogar wieder Asthma gekriegt. Der Rächer glaubt sich immer im Recht und schiebt alles andere beiseite. Der, der sich so perfekt unter der hilfsbereiten Fassade getarnt hat, war nicht ich, wie er behauptet hat, sondern er selber. Ein Meister im Verdrängen, sodass er sich nicht mal als «Hendlmöder» angesprochen gefühlt hat, als er es auf meiner Hauswand gelesen hat. Und als die Sophie mir ein Zwangshandy verordnet hat und er geglaubt hat, ich hätte der Christl das Crystal besorgt, hat er die Schaf-Äpf manipuliert. Prompt bin ich drauf reingefallen. So hab ich mir das gedacht, als ich mir noch mal die Mistgabelwickerlkonstruktion aus den Gegenständen auf der Wiese vorm Stall angeschaut, und eine letzte blaue Schnur zum schlaffen Ball gelegt habe, symbolisch für den Xand. Bei den Vernehmungen konzentriert sich meine Frau zunächst auf den Wickerlmord. Dass der Elektriker mit der Christl zusammen gewesen ist, da wäre ich im Leben nicht draufgekommen. Aber vielleicht war da ja auch gar nichts, und der Xand war nur eines von den vielen Charivaris, die die Klunkerchristl gehortet hat.

«Aus ihm ist nichts rauszubringen, er macht von seinem Recht zu schweigen Gebrauch», sagt die Sophie. «Seit neuestem trägt er sogar ein Monokel.»

«Oha, nur ein Brillenglas, gibt's so was noch? Und das hat er sich ans Auge geklemmt?»

«Das hält von allein, eine ganze Weile noch und sogar in allen Farben.» Sophie grinst. «Das Monokolhämatom ist von Wolfis Schlag mit seinem Waffenkolben entstanden. Die gescheckerte Gesichtshälfte kriegt der Xand nicht so schnell los.»

Vermutlich hat er es also hinter den Metallstäben in der Untersuchungshaft etwas unkommod, aber dafür darf er vielleicht in den nächsten Jahren oder Jahrzehnten in der Stadelheimer Gefängnisfußballmannschaft mitspielen.

«Das Blut vom Wolfi seinem Taschentuch stammt fei nicht vom Wickerl. Es ist Hühnerblut. Tut mir leid, Muggerl.» Sophie krault mir die Bartstoppeln. Das tröstet mich zwar ein wenig, trotzdem treibt es mir die Tränen aus den Augen, wenn ich dran denke, dass ich den Jägerbazi nicht mal wegen Tierquälerei anzeigen kann, weil er mich sonst wegen Kinnhakerei drankriegt.

Es klingelt, ich schrecke auf, und in meinem Hirn leuchtet es grell, als hätte mich noch mal ein Schlag gestreift. Kein Läuten von einem Handy. Nein, es ist das Klingeln einer Fahrradklingel, ein besonderes Geräusch einer besonderen Klingel, die ich ewig nicht mehr klingeln gehört hab. Zweimal kurz, zweimal lang.

Woher weiß der Bub das? Der Emil strampelt mit seiner Freundin den Berg herauf zu uns. Merkwürdigerweise sitzen beide höher als bei einem gewöhnlichen Fahrrad, wie sie an unserem Gartenzaun vorbeikommen. Am Mülltonnenhäuschen bremsen sie, und Emil kraxelt von dem Gefährt, das Tandem und zugleich ein Hochrad ist. Er steigt ab und hilft der Amrei aus dem Hochsattel.

«Ach, das ist also das Geheimnis, an dem du so lang herumgetüftelt hast? Respekt!» Ich stehe auf und betrachte sein Werk, inspiziere jede Schraube und jede Speiche. Die Klingel spare ich mir noch auf. Mindestens vier Räder hat er verbunden, zusammengeschraubt, geschweißt, verkettet und schließlich lackiert. «Und wo hast du die ganzen Teile her?»

«Der Bene hat mir seine alten Räder geschenkt, ein altes Hollandrad, ein Tourenrad, ein gewöhnliches Damenrad und sein eigenes Rennrad.»

«Wieso hat der so viele?»

«Seinen verstorbenen Frauen haben zwei gehört. Das Rennrad und das Tourenrad stammen von ihm selber, aber er fährt nicht mehr, wegen seiner Gicht. Und schau her, diese Teile hier hab ich unter einem Haufen Laub am Seeufer gefunden. Im Schlosspark, in einem der alten Türme.»

«In den Resten der Schlossmauer?»

Emil nickt.

«Wie bist du da reingekommen, jeder Turm ist doch vergittert?»

«Mei Papa, nicht nur du kannst einen Schraubenzieher drehen. Stell dir vor, da hat einer sein Radl reingeworfen, war aber fast alles durchgerostet, nur die Klingel und das Rücklicht gingen noch.»

Nun tue ich es. Ich nicke und streiche über das silberne Kleeblatt auf dem Klingeldeckel, den Emil wie neu poliert hat. Und sofort weiß ich gewiss, was er für ein Rücklicht dazu gefunden hat. Und ich höre und sehe in meinem Inneren meinen Vater, wie er sich auf das Radl schwingt und auf Nimmerwiedersehen davonbraust.

Simon Halbritters Fahrrad ist wieder aufgetaucht. Seit dreißig Jahren ist das die erste Spur zu ihm. Im selben Moment erlöscht das Blinken in meinem Hirn.

AUS IST'S!

aber Obacht, Fortsetzung folgt …

Figuren

Die Familie:

Muck (Nepomuk) Halbritter, 42, Schaf- und Ziegenbauer, Schreiner
Sophie Halbritter, 38, Kriminaloberkommissarin
Emil Halbritter, 15, Schüler
Emma Halbritter, 8, Schülerin
Fidl (Fidelius) Sattler, 65, Kunstmaler und Busfahrer
Florian Halbritter, 44, Mucks Bruder, Vermögensberater und Extremsportler
Martin Halbritter, 49, Mucks Bruder, Psychotherapeut
Simon Halbritter, 79, Mucks Vater, Zimmerer und Landwirt (verschollen)
Anni Halbritter, Mucks Mama, mit 76 gestorben, meldet sich gelegentlich noch in Mucks Träumen, Schneidergesellin

Die Tiere:

Chiller, der Kater auf dem Halbritterhof
Zwiebi, Nelke u. a., 20 Mutterschafe samt Lämmern, davon das Rastaschaf Locke und die Drillinge Schoko, Vanilla und Muh
Herzchen, eine der vier Ziegen
Zorro, der Schafbock
Schorschi, der Dorfrabe
Fuggerjakl und seine Damen, Mucks Augsburger Hühner

Die Senioren von «Gemeinsam Dabeisein»:

Freund, Benedikt (Bene), 92, letzter Bayer, der aus Stalingrad entkommen ist, ehemaliger Funker bei der Bundeswehr, danach Privatier

Graber, Erich (Panscher), 69, Apotheker in Pension

Kirchbach, Gretl, 86, Mesnerin

Melcher, Manuela, 73, Dorfchronistin, ehemalige Metzgereifachverkäuferin

Melcher, Sepp, 74, Braumeister in Pension

Müller, Ayşe, 75, Türkin, ehemalige Wäschereifachkraft

Pflaum, Burgl, 76, ehemalige Kinderpflegerin

Pflaum, Herbert, 79, Metzger im Ruhestand

Rossbach, Rudolf (Rossi), 66, ehemaliger S-Bahn-Zugführer und Koordinator bei der Münchner S-Bahn

Schwipps, Erna und Berta, (die Textilstubenzwillinge), 77

Die Bürger von Pöcking und Umgebung:

Aigner, Ludwig (Hendlwickerl), 52, Hendlbrater aus Murnau

Früchtel, Amrei, 15, Christls Tochter und Freundin vom Emil

Früchtel, Christl, genannt Klunkerchristl, 42, Besitzerin vom *Geschenkechakra*

Früchtel, Walter, 71, ehemaliger evangelischer Pfarrer

Hotzel, Manfred, 59, Automechaniker und Richter

Jäger, Wolfgang, 42, Jäger und Polizeioberwachtmeister

Kraulfuß, Fritzl (Friedrich), 43, betreibt den Fischladen «Fischers Fritzl»

Pflaum, Willi, 55, Verwaltungsfachangestellter im Fundamt

Sudoku (vollständiger Name noch unbekannt), Polizeikollege vom Jäger Wolfi

Schubert, René, 39, Drogenfahnder

Windhammer, Moritz, 47, Elektrofachhändler

Windhammer, Xand (Xaver), 44, Elektrikermeister

und weitere geschätzte 5400 Pöckinger.

Bayerisch-französisches Glossar

Bündnisse mit Napoleon (1769–1821) und der Glanz des französischen Sonnenkönigs Ludwig XIV. (1638–1715) bewirkten, dass die französische Sprache nicht nur in den bayerischen Adelshäusern und bei den Großbürgern in den Städten als *très chic* galt. Händler und Soldaten trugen Sprachfetzen auch in die Dörfer, wo bis heute im bayerischen Dialekt ein paar Brocken hängen geblieben sind. Manche Wörter bekamen im Laufe der Jahrhunderte allerdings einen anderen Sinn, was zu Missverständnissen führen kann. Also Obacht!

aufstricken: (die Hemdsärmel) heraufkrempeln
Bagasch: Gesindel, zwielichtige Gestalten, von franz. Bagage: Gepäck
batzen: drücken, quetschen, kneten, schmieren
Bazi: Schlawiner, Lump, Schelm, Taugenichts
Brennsuppe: Früher ein Arme-Leute-Essen, ein Brei aus Milch, Mehl und Wasser, der angeschwitzt wurde
Chaise chaude: (franz.) heißer Stuhl
Chaisen: früher Bezeichnung für eine Kutsche, heute für ein altes Auto oder einen Kinderwagen; mit einer alten Chaisen (oide Schäsn) ist wiederum eine alte Frau gemeint
Charivari: ein Wort für alles Mögliche, u. a. Trachtenschmuck oder auch Katzenmusik bis zu der Bezeichnung für französischen Kartoffelsalat
Chauffeur: Fahrer

chéri: Liebling
cœur (mon): (franz.) Herz (mein)
Damenschoaß: der Furz einer Frau
fad: langweilig, einschläfernd, geschmacklos
Fangermanndl: Fangen, Haschen
fei: Wörtchen, um einer Aufforderung Nachdruck zu verleihen, im Sinn von übrigens, wohl, wirklich, doch
Ferschn: Ferse
fesch: elegant, modisch
Fischtandler: Fischverkäufer
(sich) fressen: sich verhaken, festhängen
Garaus: Tod
Gaudi: Spaß, Vergnügen
Gendarm: Polizist
geschniegelt: sauber, gepflegt
Glump: wertlose Sache, Gerümpel, Plunder
Graffel: zusammengewürfelte nutzlose Teile, Gerümpel, Müll, Schrott
Grant: schlechte Laune oder sogar unterschwellige Wut
grantig: schlecht gelaunt (nicht grantig sein, heißt bei einem Bayern schon fast, fröhlich zu sein)
Grusch: Kram, Krempel, Durcheinander
gschwind: rasch, schnell
Gspusi: Liebschaft, Liebhaber oder Liebhaberin
Haferl: Topf, große Tasse
Haferlschuhe: Trachtenschuhe für Herren, seitlich gebunden
hakeln: zanken, streiten
Halbe: ein halber Liter Bier
hatschen: schwerfällig gehen
Haube: Mütze, die bis über die Ohren reicht
Hundling: Schlitzohr, Spitzbub, aber auch Lump oder Taugenichts
Jalousie: Sichtschutz, Rollo, hier meint Muck seine Augenlider
Kanapee: Sofa, Häppchen
Kappi: flache Mütze, Schirmmütze

Kasperl: männliche Hauptfigur des bayerischen Puppentheaters, nicht ernstzunehmender Mensch
Klupperl: Wäscheklammern, Finger
knüpfen: knoten
kommod: (Mensch:) patent, verlässlich, bequem, (Gegenstand:) gemütlich
lichteln: rauchen
mais oui: (franz.) aber ja
mersse: (franz.) merci = danke
mosern: nörgeln, meckern
narrisch: verrückt
Nasenmanndln: Nasenbohren
Pendant: Gegenstück
Pflanzerl: Bulette, Frikadelle, gebratenes Kleingehacktes (aus Fisch, Fleisch oder Vegetarischem)
pfundig: super, spitze, sehr gut, großartig, cool
pfundsgscheit: sehr gebildet oder auch altklug
Pfurz: Furz, Darmwind, Schraß
pieseln: pinkeln, urinieren
Plafond: (franz.) Zimmerdecke
Plumeau: Bettbezug, Federbett
pressieren: es eilig haben
pudern: Geschlechtsverkehr haben
ratschen: plaudern, sich unterhalten
Remmidemmi: Show, Ereignis
Sakradi: bayerischer Fluch, abgeleitet vom Französischen sacre dieu (Fluch den Göttern)
Schafbeutelwascher: Trottel
schikanieren: (franz.) chicaner = ärgern
schleichen: drücken, abhauen, sich aus dem Staub machen
Schmarrn: Quatsch, Unsinn
schüren: anfeuern, sticheln
Spezi: Freund, Mischgetränk halb Cola – halb Limo
Stranitze: Tüte aus Plastik oder Papier

strawanzen: herumtreiben, herumstreifen
Techtelmechtel: (aus dem Jiddischen ins Bayerische übernommen) heimliche Liebschaft
Tête-à-Tête: intimes Beisammensein, Treffen unter Ausschluss der Öffentlichkeit
Tratsch: Geschwätz, Klatsch
Trottoir: (franz.) Gehsteig, Bürgersteig (in Frankreich bedeutet Trottoir heute Bahnsteig)
unkommod: (Mensch:) ungemütlich, (Gegenstand:) unpraktisch
verrecken: abkratzen, verenden, krepieren
Visage: Gesicht, Antlitz oder Fratze (je nachdem)
vis-à-vis: gegenüber
Zinnober machen: großes Aufheben veranstalten, übertreiben

Das für dieses Buch verwendete FSC®-zertifizierte Papier
Holmen Book Cream liefert Holmen, Schweden.